HEYNE BÜCHER

SCIENCE FICTION

Herausgegeben
von Wolfgang Jeschke

Von BOB SHAW erschien in der
BIBLIOTHEK DER SCIENCE FICTION LITERATUR
im Wilhelm Heyne Verlag, München:

Andere Tage, andere Augen (06/36)

BOB SHAW

DER HIMMEL IST FREI

Science Fiction-Roman

Deutsche Erstveröffentlichung

WILHELM HEYNE VERLAG
MÜNCHEN

HEYNE-BUCH Nr. 06/4106
im Wilhelm Heyne Verlag, München

Titel der englischen Originalausgabe
VERTIGO
Deutsche Übersetzung von Thomas Schlück
Das Umschlagbild schuf Eddie Jones

Redaktion: Wolfgang Jeschke

Printed in Germany 1984
Umschlaggestaltung: Atelier Ingrid Schütz, München
Satz: Schaber, Wels
Druck und Bindung: Elsnerdruck GmbH, Berlin

ISBN 3-453-31066-7

1. Kapitel

Die Fahrt nach Chivenor war lang und ermüdend gewesen. Unterwegs hatten Hassons Rückenschmerzen ständig zugenommen, und mit dem Schmerz hatte sich auch seine Laune zunehmend verschlechtert. Zuerst war er von vagen Vorahnungen erfüllt gewesen, einem Anflug von Depression, wie er sich bemerkbar machen konnte, wenn man eine Folge von Städten und Dörfern durchfährt, in denen Handel und Gemeindeleben anscheinend dem kalten grauen Märzregen erlegen waren. Als sie jedoch die Küste von Nord-Devon erreichten, war Hasson mehr als sonst niedergeschlagen, und als der Wagen schließlich über eine Anhöhe kam und den drei Insassen den Blick auf das Mündungsgebiet des Taw freigab, wurde ihm bewußt, daß er Angst hatte vor der bevorstehenden Reise.

Wie ist das möglich? fragte er sich, war er doch unfähig, diese Empfindungen mit jenen in Einklang zu bringen, die er noch vor sechs Wochen unter ähnlichen Umständen gehabt hätte. *Ich bekomme einen Freiflug nach Kanada, drei Monate vollbezahlten Urlaub, genug Zeit zum Ausruhen und Erholen ...*

»Ich finde doch immer wieder, daß das Prinzip des Flugboots irgendwie *richtig* ist«, sagte Polizeiarzt Colebrook, der mit Hasson hinten saß. »Die Vorstellung, in Schiffen über das Meer zu fliegen und vier Fünftel der Erdoberfläche als Landeplatz zur Verfügung zu haben ... Das erscheint mir recht natürlich, wenn Sie verstehen, was ich meine – Technik und Natur gehen darin gewissermaßen Hand in Hand.«

»Ich begreife schon, worauf Sie hinauswollen«, sagte Hasson nickend.

»Schauen Sie sich die Dinger doch nur an.« Eine Geste der rundlichen, kräftigen Hand Colebrooks erfaßte den bleiblauen Wasserstreifen und das scheinbar willkürliche Gewirr der Flugboote. »Silbervögel, so könnten unsere polynesischen Vettern sie wohl nennen. Wissen Sie, warum die Luftschiffe nicht angestrichen sind?«

Hasson schüttelte den Kopf und versuchte Interesse aufzubringen für das Gesprächsthema des Arztes. »Kann ich mir nicht vorstellen.«

»Wegen der Ladewerte. Der Wirtschaftlichkeit. Das Gewicht der Farbe entspräche dem eines zusätzlichen Passagiers.«

»Ach?« sagte Hasson vage lächelnd und sah, wie Colebrooks jungenhafte Begeisterung von einem Ausdruck beruflicher Fürsorge abgelöst wurde. Er machte sich Vorwürfe, seine Gefühle nicht besser verhehlt zu haben.

»Haben Sie Probleme, Rob?« Colebrook drehte sich zur Seite, um seinen Patienten besser im Auge zu haben, und zog dabei seinen Anzug über dem Magen zu seidenweichen diagonalen Falten herum. »Wie fühlen Sie sich?«

»Ein bißchen erschöpft, mehr nicht. Da und dort Schmerzen. Ich werd's überstehen.«

»*Den* Aspekt habe ich nicht gemeint. Haben Sie heute schon Ruhinal genommen?«

»Also ...« Hasson verzichtete auf den Versuch, dem anderen eine Lüge aufzutischen. »Ich mag keine Tabletten nehmen.«

»Was hat das damit zu tun?« fragte Colebrook ungeduldig. »Ich mag es auch nicht, mir die Zähne zu putzen, aber wenn ich es nicht mehr tue, handele ich mir große Schmerzen und einen infizierten Mund ein – also putze ich mir die Zähne.«

»Das ist doch aber kaum dasselbe«, wandte Hasson ein.

»Es ist *genau* dasselbe, Mann. Ihr Nervensystem wird Ihnen ein paar Monate lang sehr zu schaffen machen, vielleicht sogar länger, aber daß eine solche Reaktion im Grunde natürlich ist, bedeutet noch lange nicht, daß man sie hinnehmen muß. Es gibt hier keine Orden zu gewinnen, Rob – kein Leidenskreuz am Bande, kein Depressions-Diplom ...«

Hasson hob einen Finger. »Das ist gut gesagt, Doc. Gefällt mir.«

»Nehmen Sie ein paar von den Kapseln; Rob. Seien Sie kein Dummkopf.« Colebrook, der in seinem Beruf schon zuviel gesehen hatte, um sich über einen störrischen Patienten aufzuregen, beugte sich vor und tippte Captain Nunn von der Luftpolizei auf die Schulter. Seine entspannte Stimmung kehrte zurück. »Warum fliegen wir nicht alle nach Kanada, Wilbur? Ein kleiner Urlaub täte Ihnen und mir gut.«

Nunn hatte seit Coventry fast ununterbrochen am Steuer gesessen und begann müde zu werden. »Mancher von uns ist eben unentbehrlich«, sagte er und weigerte sich, auf den Plauderton einzugehen. »Außerdem ist es für mich noch zu früh. Ich warte lieber, bis der Island-Grönland-Korridor freigemacht ist.«

»Das kann noch Monate dauern.«

»Ich weiß, aber manche sind eben unentbehrlich.« Nunn verlagerte das Gewicht seiner Unterarme auf das Steuerrad und illustrierte damit seinen Unwillen, das Gespräch fortzusetzen. Der vor dem Wagen liegende Himmel hatte sich zu einem antiseptisch wirkenden Hellblau aufgeklart, die Erde aber war noch immer naß, und die Wagenreifen sirrten durch die Betonkurven auf dem Weg hinab zum Flugfeld und Flugbootterminal von Chivenor. Nunn fuhr schnell und mit grimmiger Konzentration, während sich tropfnasse Immergrünpflanzen vor das Panorama der Flußmündung schoben.

Hasson, der auf dem Rücksitz sehr unbequem saß, starrte auf den Nacken seines Vorgesetzten und wünschte sich, es wäre nichts über die Freiräumung von Luftkorridoren gesagt worden. Sein Flugschiff sollte in gut einer Stunde starten, und er wollte auf keinen Fall an die Möglichkeit denken müssen, daß es mit menschlichen Körpern zusammenprallen konnte, die durch die niedrigen Wolken und Nebelschwaden schwebten, welche oft die atlantischen Flugwege behinderten.

Im Westen hatte niemand eine Ahnung, was in den riesigen Ländereien der östlichen Hemisphäre vor sich ging, von Nowaja Semlja bis Sibirien – doch jeden Winter wirbelte ein dünner Schauer erfrorener Körper – von ihren AS-Harnischen in der Luft gehalten – über den Pol und gefährdete den Luftfrachtverkehr zwischen Großbritannien und Nordamerika.

Am verbreitetsten war die Annahme, daß es sich um asiatische Bauern handelte, die keine Ahnung gehabt hatten, wie gefährlich der Aufstieg auch nur in geringe Höhen war, wenn der kontinentale Winter mit voller Härte zuschlug – oder um die Opfer plötzlicher Wetterumschwünge, Erfrierungen erleidend, von denen sie im Anfang nichts mitbekamen. Eine kleine, doch hysterisch laut auftretende Gruppe behauptete, es handele sich um politisch unerwünschte Elemente, die man absichtlich mit den geostrophischen Winden aufsteigen ließ, um die Ströme des westlichen Handels und Wandels zumindest ein wenig zu stören. Hasson hatte diese Interpretation stets für unsinnig gehalten, und daß sie ihm gerade jetzt in den Sinn kam, schien ihm ein weiterer Hinweis auf seinen Gesundheitszustand zu sein. Er ließ die Hand in die Manteltasche gleiten, umfaßte das Röhrchen mit Ruhinal-Kapseln und genoß das beruhigende Gefühl, daß sie in erreichbarer Nähe waren.

Wenige Minuten später hatte der Wagen das Flugfeld erreicht und umfuhr seine Außengrenze auf dem Wege zu den Docks der Flugboote. Da und dort waren die hohen silbrigen Finnen der Boote über dem Komplex der Kaischuppen und fahrbaren Büros auszumachen. Etliche Menschengestalten, deren Kleidung mit Tagli-Streifen gekennzeichnet war, flogen zwischen dem Kai und den Booten hin und her, die weiter draußen in der Mündung ankerten – ein Hin und Her, das sich in Hassans Augenwinkeln als ständige Bewegung bunter Punkte bemerkbar machte.

Nunn stoppte den Wagen auf einem Parkplatz außerhalb des Drahtzauns, der das Abflug-Areal begrenzte. Als Hassons Abteilungsleiter war es im wesentlichen seine Aufgabe gewesen, hinter den Kulissen zu wirken, mit dem Ziel, Hasson aus dem Land zu schmuggeln und einen Ort für ihn zu finden, an dem er sich drei Monate lang unerkannt und sicher aufhalten konnte. Es gab keine offiziellen Dienstwege für das Verstecken und Beschützen von Kronzeugen, deren Leben in Gefahr sein mochte, und so hatte es Captain Nunn große Mühe gekostet, in einem anderen Land einen passenden Gastgeber für Hasson zu finden. Schließlich hatte er sich mit einem kanadischen Polizeibeamten arrangiert, der einige Jahre zuvor im Austausch den Polizeistreitkräften von Coventry angehört hatte. Nunn haßte es, wenn seine verwaltungstechnische Routine auch nur geringfügig aus dem Trott gebracht wurde, und war jetzt sehr daran interessiert, Hasson loszuwerden.

»Wir gehen nicht mit Ihnen rein, Rob«, sagte er und stellte den Motor ab. »Je weniger wir zusammen gesehen werden, desto besser. Wir sollten kein Risiko eingehen.«

»Risiko!« Hasson schnaubte durch die Nase zum Zeichen seiner Mißbilligung der ganzen Aktion, die er für eine Charade hielt. »Was für Risiken? Sullivan ist ein Gangster, aber er ist gleichzeitig Geschäftsmann und weiß genau, daß es mit ihm aus ist, wenn er anfängt, Polizisten zu ermorden.«

Nunn trommelte mit den Fingern auf dem gebuckelten Rand des Steuers herum. »Wir sind keine Polizisten, Rob – wir sind *Luft*polizisten. Ständig werden Kollegen von uns umgebracht. Wie viele Leute aus Ihrer ersten Schwadron sind noch am Leben?«

»Nicht sehr viele.« Hasson wandte den Kopf ab, um ein plötzliches unmännliches Beben seiner Unterlippe zu verbergen.

»Tut mir leid – das hätte ich nicht sagen dürfen.« Nunns Stimme klang eher gereizt als bekümmert.

Colebrook, der sich nichts entgehen ließ, faßte Hasson dicht über dem Ellbogen am Arm und drückte entschlossen zu. »Nehmen Sie auf der Stelle zwei Kapseln, Rob! Das ist ein Befehl!«

Verlegen und beschämt zog Hasson die Plastikröhre aus

der Tasche, klickte sich zwei grüngoldene Kapseln in die Handfläche und schluckte sie. Im Mund fühlten sie sich trocken und gewichtslos an, wie ausgeblasene Eier winziger Vögel.

Nunn räusperte sich. »Ich wollte nur sagen, daß der Fall Sullivan nicht mehr in den Händen der Luftpolizei liegt und wir tun müssen, was uns das SCQ auftischt. Wenn man dort meint, Ihre Beweise würden es der Sullivan-Organisation lohnend erscheinen lassen, Sie für immer zum Schweigen zu bringen, müssen wir das akzeptieren. Solche Fälle sind immerhin die Spezialität dieser Leute.«

»Ich weiß, trotzdem ist das alles so ...« Hasson blickte sich hilflos um. »Ich meine ... die falsche Identität, der falsche Paß! Wie soll ich mich nur daran gewöhnen, Haldane zu heißen?«

»Das scheint mir kein großes Problem zu sein«, sagte Nunn energisch und preßte die Lippen zusammen. »Versuchen Sie das alles doch positiver zu sehen, Rob. Fliegen Sie nach Kanada, schlafen und essen und trinken Sie dort ausgiebig, genießen Sie Ihre freie Zeit. Wir lassen Sie holen, sobald Sie in den Zeugenstand müssen.«

»Als Arzt gesprochen, scheint mir das ein guter Rat zu sein.« Colebrook öffnete auf seiner Seite die Tür, stieg aus und ging nach hinten. Er klappte den Kofferraum auf und begann Hassons Gepäck auszuladen.

»Ich steige gar nicht erst aus«, sagte Nunn und streckte die Hand nach hinten. »Passen Sie gut auf sich auf, Rob!«

»Danke.« Hasson schüttelte die hingehaltene Hand und verließ das Fahrzeug. Es hatte inzwischen völlig aufgeklart, der Himmel erstrahlte in einem ausgewaschenen Hellblau, und eine forsche Brise wehte vom Atlantik herüber. Hasson erschauderte bei dem Gedanken an die vielen tausend Kilometer offener See, die zwischen ihm und seinem Ziel lagen. Die Entfernung schien zu groß zu sein für irgendein Fluggerät, und noch unvorstellbarer war die Vorstellung, daß er, Robert Hasson, noch vor wenigen Monaten angesichts der Aufgabe, sich nach Kanada zu begeben, gelassen einen Anti-Schwerkraft-Harnisch angeschnallt und den Flug allein gemacht hätte, wobei er sich lediglich auf einen Helm und einen beheizten Anzug verließ. Beim Gedanken an das Aufsteigen, an die Möglichkeit des *Fallens* breitete sich in Hassons Knien ein Gefühl der Weichheit aus, und er lehnte sich gegen das Fahrzeug, wobei er sich den Anstrich der Lässigkeit zu geben versuchte. Bei der Berührung des lackierten Metalls fühlte er einen kalten Schauder.

»Ich begleite Sie bis zum Abflug«, sagte Colebrook. »Es wird sich niemand Gedanken machen, wenn Sie mit einem Arzt gesehen werden.«

»Vielen Dank, aber ich gehe lieber allein hinein. Es geht schon.«

Colebrook lächelte aufmunternd. »So ist es recht. Vergessen Sie nur nicht, was Ihnen der Physiotherapeut über das Heben schwerer Gegenstände eingeschärft hat.« Hasson nickte, verabschiedete sich von dem Arzt und ging auf das Tor zu, das zum Abfluggebäude führte. In jeder Hand trug er einen großen und einen kleinen Koffer, den Rücken durchdrückend, die Last im Gleichgewicht haltend. Er hatte erhebliche Schmerzen im Rückgrat und im nachgebauten linken Kniegelenk, doch wußte er bereits, daß allein die Bewegung sein Verbündeter war, so unangenehm sie ihm auch vorkommen mochte. Der echte Schmerz, die vernichtende, lähmende Qual folgte auf lange Perioden, die er reglos hatte verbringen müssen, um dann so etwas früher Einfaches zu vollbringen wie aus dem Bett zu steigen. Es war, als sehne sich sein Körper auf masochistische Weise nach Verkrüppelung, und wollte nicht auf die Wunder der Chirurgie ansprechen.

Hasson begab sich in das Passagier-Terminal, wo er und sein Gepäck mehrfach oberflächlich überprüft wurden. Es stellte sich heraus, daß etwa zwanzig weitere Leute mit ihm fliegen würden, womit die Passagierplätze des Flugboots beinahe ausgebucht waren. Es handelte sich dabei vorwiegend um Ehepaare mittleren Alters mit dem aufgeregten, erwartungsvollen Aussehen von Leuten, die lange Reisen nicht gewöhnt waren. Hasson vermutete, daß sie auf Verwandtenbesuch ins Ausland fuhren. Er hielt sich abseits, trank Automatenkaffee und fragte sich, warum Menschen, die genausogut auch hätten zu Hause bleiben können, freiwillig einen winterlichen Ozean überqueren wollten.

»Achtung, bitte!« rief eine Stewardeß, die kurzgeschnittenes goldblondes Haar und ein spitzes, energisches Gesicht hatte. »Flug BO162 nach St. John's wird in etwa zwanzig Minuten starten. Infolge der Stärke und Richtung des Windes, der sich in den letzten Stunden entwickelt hat, mußten wir die Flugschiffe weiter draußen als üblich ankern lassen, was unseren Motorbooten zusätzliche Arbeit bringt. Wir können aber eine Verzögerung unseres Abflugs vermeiden, wenn wir zum Flugboot hinausfliegen. Haben wir hier Passagiere mit Bordkarten für Flug BO162, die keinen Einzelflug von einem halben Kilometer machen können?«

Hassons Herz klopfte unangenehm heftig, als er sich im Kreis seiner Mitpassagiere umschaute und feststellen mußte, daß alle zustimmend nickten.

»Schön«, sagte die Stewardeß und nickte ebenfalls. »Die üblichen AS-Harnische finden Sie im Regal neben dem ...«

»Es tut mir leid«, meldete sich Hasson zu Wort. »Es ist mir nicht gestattet, einen Harnisch zu benutzen.«

Die Lider des Mädchens zuckten kurz, und ein enttäuschtes Murmeln ging durch die Gruppe. Einige Frauen musterten Hasson abschätzend und mißbilligend. Wortlos wandte er sich ab; er spürte die kalte Luft an sich vorbeipfeifen, nach einem Sturz von dreitausend Metern mit Endgeschwindigkeit den bevölkerten Verkehrsebenen Birminghams entgegenbombend, während die Lichter der Stadt sich wie eine riesige Juwelenblume unter ihm ausbreiteten ...

»Dann braucht keiner von uns zu fliegen.« Die Stimme der Stewardeß klang unbeteiligt. »Bitte machen Sie es sich bequem. Ich rufe Sie auf, sobald ein Boot zur Verfügung steht. Wir werden uns bemühen, die Verzögerung auf ein Minimum zu begrenzen. Vielen Dank.« Sie begab sich zu einem Kommunikations-Set in der Ecke des gläsernen Warteraums und begann hineinzuflüstern.

Hasson stellte seinen Kaffeebecher weg. Im Bewußtsein neugieriger Blicke machte er kehrt und betrat den Toilettenraum. Er schloß sich in einer Kabine ein, lehnte sich kurz an die Tür, nahm das Tablettenröhrchen heraus und schob sich zwei weitere Kapseln in den Mund. Die beiden, die er im Wagen genommen hatte, wirkten noch nicht, und während er so in dem traurigen, abgeschlossenen kleinen Universum aus Trennwänden und Kacheln stand und die notwendige innere Ruhe herbeiflehte, ging ihm zum erstenmal auf, wie total sein Zusammenbruch gewesen war. Er hatte miterlebt, wie andere Männer wegen Überarbeitung die Nerven verloren, wegen zu vieler Stunden nächtlicher Gegenwindpatrouillen, wenn die Gefahr des Zusammenstoßes mit einem wildgewordenen Flieger die Nerven wie sturmgepeitschte Telefondrähte singen ließ – doch stets hatte er diese Dinge mit einer Art selbstgefälliger Verständnislosigkeit verfolgt. Tief unter seinem Mitgefühl, seiner intellektuellen Anerkennung der medizinischen Tatsachen hatte stets eine vage Verachtung gelegen, eine Überzeugung, daß die heruntergewirtschafteten Luft-Bullen, die kranken Vögel, wären sie nur mit seiner geistigen Stabilität ausgestattet, ihren Kummer hätten abschütteln und zur Tagesordnung übergehen können. Er hatte sich dermaßen sicher gefühlt, daß er die eigenen warnenden Symptome völlig übersah – die schweren Depressionen, die Gereiztheit, der zunehmende Pessimismus, der dem Leben jede Würze nahm. Ohne es zu wissen, war Hasson sehr verwundbar gewesen, und in diesem zerbrechlichen Zustand – jeder Abwehrkraft beraubt – war er gegen einen grinsenden Gegner in die Arena getreten, der einen schwarzen Umhang trug und eine Sense schwang ...

In einem plötzlichen Gefühl des Eingesperrtseins öffnete Hasson die Toilettentür. Er ging zum Waschbecken, füllte kaltes Wasser ein und benetzte sich damit das Gesicht. Erst dann merkte er, daß jemand neben ihm stand. Es war einer seiner Mitpassagiere, ein etwa sechzigjähriger Mann mit rötlichem Gesicht und satanisch vorgewölbten Augenbrauen.

»Deswegen braucht man sich nicht zu schämen«, sagte der Mann mit nördlichem Akzent.

»Was?« Hasson begann sich das Gesicht abzutrocknen.

»Man braucht sich deswegen nicht zu schämen. Das hab' ich den Leuten draußen gesagt. Es gibt eben Menschen, die keinen Harnisch nehmen können, basta.«

»Da haben Sie wohl recht.« Hasson bekämpfte einen Impuls, dem Fremden anzuvertrauen, daß er schon sehr viel geflogen war, aus gesundheitlichen Gründen aber im Augenblick darauf verzichten müsse. Wenn er damit begann, sich gegenüber jedermann zu rechtfertigen, der ihm über den Weg lief, würde er für den Rest seines Lebens nicht mehr damit aufhören – ganz abgesehen von der Tatsache, daß seine Geschichte gelogen war. Es gab keinen physischen Grund, auf das persönliche Fliegen zu verzichten.

»Andererseits«, fuhr der rotgesichtige Mann fort, »bemächtigen sich manche Menschen dieses Elements, als wären sie darin geboren. Ich war beinahe vierzig Jahre alt, als ich meinen ersten Harnisch bekam, und schon eine Woche später konnte ich es als Wolkenstürmer mit den Besten aufnehmen.«

»Sehr schön«, sagte Hasson und wollte sich seitlich davonmachen.

»Ja, und noch heute fliege ich in einem unruhigen Bezirk. Bradford! Den jungen Leuten macht es nichts aus, absichtlich ganz dicht heranzukommen und einen zwanzig oder dreißig Meter tief absacken zu lassen.« Der Fremde lachte leise vor sich hin. »Macht mir allerdings nichts aus. Hab' 'nen gesunden Magen.«

»Großartig.« Hasson strebte zur Tür, wo ihm einfiel, daß ein gesprächiger Begleiter vielleicht genau das Richtige war, um sich während der Atlantiküberquerung abzulenken. Er blieb stehen und wartete darauf, daß der andere ihn einholte. »Trotzdem fliegen Sie aber auf die bequeme Tour nach Kanada.«

»Geht nicht anders«, sagte der Mann und klopfte sich vor die Brust. »Die Lungen vertragen die Kälte nicht mehr – sonst hätte ich mir natürlich das Flugticket gespart. Der reinste Straßenraub, diese Preise.«

Hasson nickte zustimmend und kehrte neben seinem neuen Gefährten in den Warteraum zurück. Das Einzelfliegen war so einfach wie billig, und mit dem Aufkommen der Anti-Schwerkraft-Harnische hatte der konventionelle Flugverkehr einen gewaltigen Einbruch erlitten. Zuerst war die Sache rein wirtschaftlich gesehen worden, dann aber hatte sich der Himmel zu sehr gefüllt – Millionen von befreiten, mobilen, tollkühnen, unkontrollierbaren Menschen –, als daß Flugzeuge noch außerhalb streng freigehaltener Korridore hätten verkehren können. Der einst sehr gewinnträchtige Passagierverkehr über den Nordatlantik war von Frachtflugzeugen abgelöst worden, die zu weit auseinanderliegenden Terminen lediglich kleine Gruppen von Passagieren beförderten – die Kosten pro Person waren entsprechend gestiegen.

Zu den anderen Passagieren zurückkehrend, erfuhr Hasson, daß der ältere Mann Dawlish hieß und unterwegs war nach Montreal, um einen kranken Vetter zu besuchen, vielleicht in der Hoffnung, ein gewisses Erbe anzutreten. Hasson plauderte zehn Minuten lang mit ihm, gestärkt durch die Gelassenheit, die die Ruhinal-Kapseln in Wellen durch seinen Körper schickten. Die Erkenntnis, daß die Ruhe künstlich ausgelöst war, minderte sein Wohlbefinden nicht, und als schließlich das Boot eintraf, um die Passagiere von Flug BO162 zur Maschine zu bringen, schwebte er in den Wolken einer leichten Euphorie.

Während der Bootsfahrt durch das bewegte Wasser saß er vorn und genoß eine angenehme Erregung bei dem Gedanken, drei Monate im Ausland verbringen zu können. Das Flugboot wirkte prähistorisch – mit Gittern über den Turbinenansaugstutzen und Panzerplatten an den Vorderkanten der Leitwerke –, doch inzwischen hatte Hasson doch Vertrauen in die Fähigkeit der hochaufragenden Maschine gewonnen, ihn in der Welt überallhin zu bringen. Er stieg an Bord, wobei er den typischen Geruch nach Maschinenöl, salzwasserdurchtränkten Tauen und heißem Essen wahrnahm, und wählte einen Fensterplatz im hinteren Teil der Passagierkabine. Dawlish setzte sich ihm gegenüber, mit dem Rücken zu der versetzbaren Trennwand, mit der der Frachtraum nach Bedarf vergrößert oder verkleinert werden konnte.

»Gute Maschinen sind das«, bemerkte Dawlish und blickte sich wissend um. »Grundlage dafür war die Konstruktion des Empire-Boots aus den dreißiger Jahren. Sehr interessante Geschichte.«

Wie Hasson schon erwartet hatte, begann Dawlish einen ausgedehnten Diskurs über die Romantik des Luftschiffs, wobei er nicht vergaß, auf das Verschwinden dieses Fluggeräts in den fünfziger Jahren einzugehen, weil es zu schwierig wurde, die Kabine für den Verkehr in den größeren Höhen auszurüsten, wie er von den Düsentriebwerken gefordert wurde, und auf sein Wiederauftauchen im einundzwanzigsten Jahrhundert, wo sich ohnehin alle Flugzeuge langsam und in geringer Höhe bewegen mußten.

Bei anderer Gelegenheit hätte Hasson vielleicht gelangweilt oder gereizt reagiert, hier und jetzt jedoch hatte Dawlish eine nützliche Funktion, und Hasson konzentrierte sich langsam auf den Strom der Worte, während die vier Motoren des Luftschiffs ansprangen und es langsam in den Wind gezogen wurde. Trotz der Kapseln spürte er einen Anflug von Unbehagen, da der Startlauf endlos zu dauern schien, bis er in einem Wummern von Wellenkronen gegen den Kiel endete – urplötzlich war der Lärm vorbei, und das Boot flog ruhig dahin. Hasson warf einen Blick auf das feste Deck unter seinen Füßen und fühlte sich sicher.

»... Turbopropmotoren würden in größerer Höhe genausogut funktionieren«, sagte Dawlish gerade, »doch wenn man niedrig fliegt, sind mögliche Hindernisse einigermaßen weich, und die Panzerung hält den Aufprall aus. Stellen Sie sich nur vor, mit beinahe tausend Kilometern in der Stunde auf einen gefrorenen Körper zu stoßen! Die *Titanic* wäre auf keinen Fall ...« Dawlish unterbrach sich und berührte Hasson am Knie. »Tut mir leid, mein Junge – ich sollte wohl nicht von solchen Dingen reden.«

»Mir geht es gut«, sagte Hasson schläfrig, der zu spät feststellte, daß vier Ruhinal-Kapseln für einen dermaßen erschöpften Menschen zuviel sind. »Machen Sie nur weiter! Reden Sie sich's von der Seele!«

»Was meinen Sie damit?«

»Nichts.« Hasson wollte auf keinen Fall undiplomatisch sein, doch hatte er Mühe, bei der Wahl seiner Worte auf Nuancen zu achten. »Sie scheinen viel über das Fliegen zu wissen.«

Über Hassons Tonfall offensichtlich verärgert, blickte Dawlish mit verschleiertem Blick in die Runde. »Natürlich ist das hier kein *richtiges* Fliegen. Wolkenstürmen, das ist der wahre Jakob. Niemand weiß, was Fliegen bedeutet, solange er sich nicht einen Harnisch umgeschnallt und fünfhundert, sechshundert Meter hoch gestürmt ist, mit nichts als dünner Luft unter den Füßen. Ich wünschte ehrlich, ich könnte Ihnen beschreiben, wie das so ist.«

»Das wäre ...« Hasson gab den Versuch des Sprechens auf, denn die bewußte Welt entglitt behäbig-unaufhaltsam seinem Griff.

Er befand sich dreitausend Meter über Birmingham, so hoch, wie es ohne spezielle Anzugheizung nur ging, im Mittelpunkt einer milchig-weißen Strahlenkugel, die von seinen Fackeln erzeugt wurde ... ein kurzes Stück entfernt die Leiche seines Partners Lloyd Inglis, aufrecht schwebend im Griff der Höhenerhaltungs-Energie, einen seltsamen Lufttanz vollführend ... und knapp außerhalb der Reichweite der Düsen lauerte Lloyds Mörder ...

Kein menschlicher Laut war zu vernehmen, als der Angriff begann – nur ein lauter werdendes Brausen der Luft, als sich die AS-Harnische der beiden Männer gegenseitig in ihrer Wirkung aufhoben und sie wie Steine in die Tiefe stürzten ...

Der Sturz aus dreitausend Metern dauerte eine Minute – eine scheußliche, die Seele ausbrennende Minute, in der das Heulen des Flugwindes wie die Lohe aus dem Schornstein der Hölle anmutete. In dieser Minute dehnten sich die niedrigen Verkehrsebenen, die wie eine Galaxis funkelten von den Lichtern vieler zehntausend Einzelflieger, hungrig unter ihm aus, sich öffnend wie eine fleischfressende Blüte. In dieser Minute raubten ihm Schmerz und Schock das Denkvermögen, und die obszöne Art und Weise, wie sich der Körper des psychotischen Killers an dem seinen rieb, lähmte seinen Verstand noch mehr ...

Und dann – so spät, so unmöglich spät – kam die Loslösung, kam das Freikämpfen, gefolgt von einem letzten sinnlosen Auftrieb seines Harnischs ... von dem Aufprall ... dem schrecklichen Aufprall auf dem Boden ... dem Zerschmettern von Knochen, der explosiven Zerstörung von Bandscheiben ...

Hasson öffnete die Augen und blinzelte verständnislos in eine Welt voller himmelsklarer Fenster, gekrümmter Dekkenstreben und Gepäckgitter, erfüllt von gedämpftem Triebwerksbrausen. *Ich bin in einem Flugzeug,* dachte er. *Was habe ich in einem Flugzeug zu suchen?* Er richtete sich auf, benommen wie ein Boxer nach einem Knockout, und sah, daß Dawlish im Sessel gegenüber eingeschlafen war; seine bläulich geäderte Hand umschloß einen Mikroleser. Der Erkenntnis, daß er eine Zeitlang bewußtlos gewesen war, folgte ein Strom von Erinnerungen, und er entdeckte die Tatsache, daß er auf dem Weg nach Kanada war und sich dort mit einer neuen Identität und einem neuen Lebensstil abfinden mußte.

Diese Zukunft erschreckte ihn – aber nicht so sehr wie die Vorstellung, sich dieser Anforderung in seinem jetzigen, künstlich betäubten Zustand der Unfähigkeit zu stellen, lediglich von einer psychotropischen Krücke aufrechtgehalten. Er wartete einige Minuten ab und atmete tief durch, dann stand er auf und ging zur Toilette an der Vorderseite der Passagierkabine. Innerhalb der Toilette war die Schalldämmung nicht so gut wie im übrigen Flugzeug, und im ersten Augenblick erschreckte ihn das Hämmern atmosphärischer Fäuste gegen die Außenhülle, doch schließlich stemmte er sich gegen die Zwischenwand und nahm das Tablettenröhrchen aus der Tasche. Er drehte den Deckel ab und schüttete einen Strom grüngoldener Kapseln in das Toilettenbecken, ohne sich Zeit zu nehmen, über sein Tun noch einmal nachzudenken.

Als er zu seinem Sitz zurückkehrte, fühlte er sich wieder wacklig auf den Beinen und bereit zum Schlafen, doch zugleich erfüllte ihn jene seltene Zufriedenheit, wie sie sich bei ihm immer dann einstellte, wenn er sich einem Kompromiß widersetzt hatte. Er war nicht der Robert Hasson, der er einmal gewesen war – oder als der er sich früher gesehen hatte. Er fühlte sich verkrüppelt, verwundbar, mit Mängeln behaftet – aber die Zukunft gehörte allein ihm, und keinem Problem, das sie ihm präsentieren mochte, wollte er feige aus dem Wege gehen.

2. Kapitel

Wegen technischer Schwierigkeiten war der transkontinentale Flugkorridor westlich von Regina geschlossen, so daß Hasson seine Reise auf der Schiene beendete.

Es war noch lange nicht Mittag, als er Edmonton erreichte. Beim Verlassen des Zuges überfiel ihn sofort die Kälte der sonnenfunkelnden Luft, die ihn wie das Wasser eines Bergbaches umspülte. Eine Sekunde lang befand er sich wieder im Fluge, in gefährlicher Lage, tief unter sich ein Schwarm Möwen, die wie Sterne funkelten – und die Schwäche kehrte in seine Knie zurück. Er blickte sich im Bahnhof um und verankerte sich fest am Boden, indem er die Einzelheiten seiner Umgebung in sich aufnahm. Der Bahnsteig erstreckte sich ein gutes Stück über das gerippte Dach hinaus und tauchte schließlich in hartem Schnee unter, auf dem sich ein Gewirr von Reifenspuren abzeichnete. Stadtgebäude bildeten eine kompakte Palisade vor den Schneefeldern, die er im Norden erahnte. Hasson fragte sich, wie er seinen Gastgeber erkennen sollte, und begann sich die in der Nähe befindlichen Leute anzuschauen. Die Männer kamen ihm riesig und erschreckend jovial vor, und viele trugen rötlich karierte Jacken, wie um sich der Vorstellung von Touristen über das Aussehen von Kanadiern anzupassen.

Hasson fühlte sich plötzlich überwältigt in seiner Angst, nahm seine Koffer auf und ging zum Bahnhofsausgang. Im gleichen Augenblick kam ein beinahe hübsch aussehender Mann mit ausgestreckten Händen auf ihn zu. Er hatte einen olivenfarbenen Teint und ungewöhnlich hellstrahlende Augen, während seine Oberlippe von einem schmalen Schnurrbart verziert war. Auf dem Gesicht des Fremden stand ein dermaßen intensiver Ausdruck der Liebenswürdigkeit und Freude, daß Hasson zur Seite trat, besorgt, er stünde einer Begrüßung unter engen Verwandten im Wege. Hastig warf er einen Blick über die Schulter und mußte zu seiner Überraschung feststellen, daß sich niemand hinter ihm befand.

»Rob!« Der Fremde umfaßte Robs Schultern. »Rob Hasson! Es tut gut, Sie wiederzusehen, ehrlich gut!«

»Ich ...« Rob starrte in die glänzenden Augen, die ihn mit ungezügelter Zuneigung anblickten, und mußte sich der Erkenntnis stellen, daß dies sein kanadischer Gastgeber Al Werry war. »Freut mich, daß wir uns mal wiedersehen.«

»Kommen Sie, Rob – Sie sehen aus, als könnten Sie einen Drink gebrauchen.« Werry entzog Hassons schlaffen Fingern die Koffergriffe und marschierte mit der Last auf die Ausgangspforte zu. »Ich habe draußen im Wagen eine Flasche Scotch – raten Sie mal, welche Marke!«

»Ja, welche?«

»Ihr Lieblingsstoff – Lockhart's.«

Hasson war verblüfft. »Vielen Dank, aber woher wußten Sie ...?«

»Das war 'ne tolle Nacht, die wir da in der Bar zugebracht haben – Sie wissen schon, fünf Minuten vom Hauptquartier der Luftpolizei entfernt. Wie hieß sie doch gleich?«

»Weiß ich nicht mehr.«

»Der Haywain«, lieferte Werry die Information. »Sie tranken Lockhart-Whisky. Lloyd Inglis hatte sich auf Wodka festgelegt, und ich machte mich mit eurem Boddington-Ale vertraut. Was für eine Nacht!« Werry blieb neben einem elegant-windschlüpfrig aussehenden Wagen stehen, auf dessen Türen die Embleme der Stadt leuchteten, öffnete den Kofferraum und lud die vier Gepäckstücke hinein. Hasson hatte einen Augenblick lang Zeit, seine Gedanken zu sammeln. Er hatte nur sehr vage Erinnerungen an einen Abend vor sieben oder acht Jahren, als es darum ging, eine Gruppe kanadischer Polizeibeamter auszuführen – die Einzelheiten dieses Ereignisses waren ihm aber nicht mehr gegenwärtig. Es lag auf der Hand, daß Werry einer dieser Besucher gewesen war. Die Fähigkeit des anderen, sich eines so unwichtigen Ereignisses mit solcher Klarheit zu entsinnen, bedrückte und alarmierte ihn.

»Springen Sie rein, Rob! Wir machen einen rasanten Abgang. Ich möchte Sie zum Mittagessen in Tripletree haben. May macht uns Elchsteaks – ich möchte wetten, Sie haben noch nie Elch gegessen.« Während des Sprechens legte Werry seinen Mantel ab, faltete ihn sorgfältig zusammen und legte ihn auf den Rücksitz. Seine schokoladenbraune Uniform, die die Abzeichen eines Stadtsheriffs aufwies, wirkte sauber und frisch, und als er sich setzte, brauchte er einige Zeit, um den Stoff der Jacke hinter sich zu glätten, damit sich keine Falten hineindrückten. Hasson öffnete die Beifahrertür und stieg ein, wobei er nicht minder sorgsam darauf achtete, daß sein Rückgrat gerade war und in der Lendengegend gut gestützt wurde.

»Hier, das brauchen Sie jetzt«, sagte Werry, nahm eine flache Flasche aus einem Handschuhfach und reichte sie Hasson. Er lächelte gönnerhaft und zeigte dabei große, gesunde Zähne.

»Danke.« Gehorsam nahm Hasson die Flasche entgegen und trank einen Schluck daraus, wobei er beim Zurückneigen des Kopfes bemerkte, daß neben Werrys Mantel auf dem Rücksitz ein polizeilicher Anti-Schwerkraft-Harnisch lag. Der Alkohol schmeckte warm und unnatürlich stark, ohne viel Aroma zu entwickeln, doch er tat, als genieße er den Schluck, was zur wahren Anstrengung wurde, als die Flüssigkeit in einem der Mundgeschwüre brannte, die ihm seit Wochen zu schaffen machten.

»Behalten Sie das – wir haben gut eine Stunde Fahrt bis Tripletree.« Während des Sprechens brachte Werry die Wagenturbine in Gang, und Sekunden später verschmolzen sie mit einem nach Norden rasenden Verkehrsstrom. Als der Wagen den Bereich städtischer Bebauung verließ, wurde der weite blaue Himmel sichtbar. Hoch über sich erblickte Hasson einen phantastischen Komplex von Luft-Verkehrsstraßen. Die Bilaser-Bilder wirkten real und irreal zugleich – Kurven, Rampen, gerade Strecken, trompetenförmige Zu- und

Ausgänge, scheinbar aus bunter Gelatine geformt und am Himmel ausgebreitet, um das Hin und Her der Einzelflieger zu lenken, die in der Stadt etwas zu erledigen hatten. Tausende dunkler Punkte bewegten sich in den durchscheinenden Röhren, als wäre dort oben eine Versuchsanordnung in Betrieb, die den Fluß von Gasmolekülen demonstrieren sollte.

»Hübsch, nicht wahr? Ein tolles System!« Werry beugte sich vor und blickte begeistert zum Himmel.

»Sehr schön.« Hasson betrachtete die dreidimensionalen pastellfarbenen Projektionen und versuchte gleichzeitig in den zu weichen Polstern des Wagens eine bequeme Sitzstellung zu finden. Ähnliche Methoden zur Verkehrskontrolle hatte man in Großbritannien schon vor langer Zeit ausprobiert, als noch Hoffnung bestand, den konventionellen Flugzeugen gewisse Zonen freihalten zu können, dann aber war man davon abgekommen, weil sie zu teuer und kompliziert waren. Angesichts der Millionen von Einzelfliegern über einer kleinen Insel, von denen sich überdies viele jeglicher Disziplin widersetzten, hatte man sich auf ein einfaches System säulenförmiger Routenmarkierungen beschränkt, die in unterschiedlichen Höhen mit farbigen Streifen versehen waren. Für die Projektion dieser kompakt erscheinenden Wegweiser genügten die einfachsten Bilaser-Geräte, außerdem ergab sich der weitere Vorteil, daß der atmosphärische Bereich relativ wenig vollgepfropft aussah. Hasson erinnerte das bunte Gewirr über Edmonton an die Eingeweide einer riesigen halb durchsichtigen Molluske.

»Alles in Ordnung mit Ihnen, Rob?« fragte Werry. »Kann ich irgend etwas für Sie tun?«

Hasson schüttelte den Kopf. »Bin einfach zu lange unterwegs gewesen.«

»Man hat mir gesagt, es hätte Sie ziemlich übel erwischt.«

»Ein gebrochenes Skelett, weiter nichts«, antwortete Hasson und wandelte damit einen alten Witz ab. »Wieviel hat man Ihnen gesagt?«

»Nicht viel. So ist es sicher besser. Ich erzähle allgemein

herum, Sie wären mein Vetter aus England, Sie hießen Robert Haldane, Sie seien Versicherungsvertreter und müßten sich von einem schweren Autounfall erholen.«

»Klingt ganz plausibel.«

»Das hoffe ich auch.« Werry trommelte mit den Fingern auf dem Steuer herum und bekundete damit seine Unzufriedenheit. »Es ist aber irgendwie komisch. Ich meine, daß England eine getrennte Luftpolizei hat. Hätte mir nie träumen lassen, daß Sie da mit den großen Tieren des organisierten Verbrechens aneinandergeraten könnten.«

»So hat sich's aber nun mal ergeben. Lloyd Inglis und ich haben einen Trupp dieser Young Angels aufgebracht, und als Lloyd getötet wurde ...« Hasson unterbrach sich, als der Wagen leicht aus der Bahn schwenkte. »Entschuldigung. Hat man Ihnen das nicht gesagt?«

»Ich wußte nicht, daß Lloyd tot ist.«

»Ich begreife es selber kaum.« Hasson starrte geradeaus auf die Straße, die ihm wie ein von Schnee gesäumter schwarzer Kanal vorkam. »Ein Bandenmitglied war der Sohn eines Gangsterhäuptlings, der sich Ehrbarkeit zusammenkaufte wie baureifes Land, und der Junge hatte Papiere bei sich, mit denen sich die jahrelangen Bemühungen seines alten Herrn ausradieren ließen. Es ist eine lange und komplizierte Geschichte ...« Hasson, des Redens überdrüssig, hoffte, daß sich Werrys berufliche Neugier mit den bisher erhaltenen Auskünften zufriedengeben würde.

»Okay, vergessen wir den ganzen Kram, *Vetter.*« Werry lächelte und blinzelte Hasson übertrieben zu. »Sie sollen sich entspannen und wieder sammeln können. Die nächsten drei Monate werden die tollste Zeit Ihres Lebens sein, das können Sie mir glauben.«

»Tu ich gern.« Hasson warf seinem neuen Freund einen unauffälligen, dankbaren Blick zu. Werrys Körper wirkte hart und mager und besaß schwellende Muskelrundungen, die durch regelmäßige Übungen geförderte natürliche Kräfte vermuten ließen. Die Makellosigkeit seiner Uniform schien ihm ein unschuldiges Vergnügen zu bereiten, ein

Zug, der sich mit seinem südamerikanischen Aussehen zu dem Eindruck verband, er sei ein selbstbewußter junger Oberst in einer Revolutionsrepublik. Sogar die Art und Weise, wie er mit dem Wagen umging – leicht aggressiv, etwas zu schwungvoll – deutete auf einen Mann hin, der in seiner Umgebung bestens zu Hause war und der sich allen Herausforderungen energisch und selbstbewußt stellte. Hasson, der den anderen um seinen intakten, funkelnden psychologischen Panzer beneidete, fragte sich, wie er seine erste Begegnung mit Werry überhaupt hatte vergessen können.

»Ach, übrigens«, sagte Werry, »ich hab' meinen Leuten zu Hause noch nichts von Ihnen erzählt – das wären May und Ginny und mein Sohn Theo. Ich fand es besser, daß wir alles für uns behalten. So ist es einfacher.«

»Da haben Sie wahrscheinlich recht.« Hasson beschäftigte sich einen Augenblick lang mit der neuen Information. »Wird Ihre Frau es nicht ein bißchen seltsam finden, wenn Sie so aus dem Nichts einen neuen Vetter herbeizaubern?«

»May ist nicht meine Frau – jedenfalls noch nicht. Sybil hat mich vor etwa einem Jahr verlassen. May und ihre Mutter sind erst letzten Monat eingezogen – da gibt's also keine Probleme. Ich könnte ohne weiteres überall in der Welt Vettern besitzen.«

»Ich verstehe.« Hasson verspürte einen Anflug von Unbehaglichkeit bei der Aussicht, drei weitere Fremde kennenzulernen und mit ihnen zu leben, und erneut wurde ihm klar, daß er jetzt in die Reihen der innerlich Verwundeten dieser Welt gehörte. Der Wagen raste über eine gerade Schnellstraße, die durch gleißende weiße Schneeflächen führte. Er fummelte in seiner Brusttasche herum, zog eine Sonnenbrille heraus und setzte sie auf, froh, vor dem Druck eines unbezwingbaren Universums eine Barriere errichten zu können. Er setzte sich im Sitz bequemer zurecht, die unerwünschte Whiskyflasche im Arm haltend, und versuchte mit dem neuen Robert Hasson ins reine zu kommen.

Der täuschend alltägliche Begriff ›Nervenzusammenbruch‹ stand für eine ganze Reihe übler seelischer und psychischer Symptome, soviel hatte er inzwischen herausgefunden – aber die Erkenntnis, daß er an einer klassischen und heilbaren Krankheit litt, linderte jene Symptome nicht. So oft er sich auch einredete, daß er in nicht allzu ferner Zukunft wieder ganz in Ordnung sein würde, blieben doch seine Depressionen und Ängste unbezwingbare Feinde, die blitzschnell zuschlugen und ihn hartnäckig belagerten, um nur zögernd wieder von ihm zu lassen. Was seinen Zustand anging, so schien er sich emotional rückentwickelt zu haben, um die Qualen des Erwachsenwerdens noch einmal durchzumachen.

Sein Vater, Desmond Hasson, hatte im West Country einen Laden besessen. Durch die Umstände gezwungen, in der Stadt zu arbeiten, hatte er sich auch nicht annähernd auf seine neue Umgebung einstellen können. Naiv, umständlich, auf pathologische Weise menschenscheu, hatte er, ganze zweihundert Kilometer von seinem Geburtsort entfernt, das Leben eines hoffnungslos Ausgestoßenen geführt, gegeißelt von der Strenge seiner Ansichten, in der Öffentlichkeit stets flüsternd, damit sein fremder Akzent keine neugierigen Blicke auslöste. Seine Ehe mit einer entschlossenen Städterin hatte nur dazu geführt, daß die unbegreifliche Fremdheit der Welt der Fabriken und Bürohochhäuser in sein Heim eindrang, und er war immer zurückhaltender und verschlossener geworden. Er hatte es als bittere Enttäuschung empfunden, daß sein Sohn der städtischen Umgebung ganz natürlich und wie selbstverständlich begegnete, und hatte sich einige Jahre lang nach besten Kräften bemüht, diesen vermeintlichen schlimmen Charakterfehler zu korrigieren. So war es zu langen, wenig ergiebigen Spaziergängen auf dem Lande gekommen (Desmond Hasson wußte überraschend wenig über die Welt der Natur, die er so pries); zu nutzlosen Angelversuchen in verseuchten Flüssen, zur Langeweile erzwungener Aufgaben im Gemüsegarten. Der junge Rob Hasson hatte alle diese Dinge nicht gemocht, die eigentlichen psychologischen Narben aber gingen auf die Versuche seines Vaters zurück, auf seine grundlegende Natur einzuwirken.

Er war ein aufgeschlossener Junge gewesen, der gern seine Meinung vertrat, und gerade aus dieser Tatsache hatten sich die schlimmsten Persönlichkeitskonflikte ergeben. Immer wieder war er unterdrückt, beschämt, traurig gestimmt worden durch die Ermahnung – die stets in einem Ton des Entsetzens und des Verratenwerdens erging –, daß diese oder jene vorgesehene Handlungsweise dazu führen müßte, daß die Menschen ihn *anschauten*. In seinen formenden Jahren wurde ihm immer wieder suggeriert, daß es das Skandalöseste sei, in der Öffentlichkeit die Aufmerksamkeit auf sich zu lenken. Natürlich hatte es auch andere strenge Regeln gegeben, insbesondere im Hinblick auf den Sex, aber die wichtigste Einengung, die sich am längsten hielt und ihm das Leben am meisten erschwerte, waren jene Ermahnungen zur Selbstverleugnung gewesen. Noch als junger Erwachsener, auf der Universität und während seiner kurzen Zeit in der Armee, hatten ihn, sollte er einmal aufstehen und das Wort an eine Versammlung richten, stets Visionen erschrockener blauer Augen und das Flüstern der väterlichen Stimme heimgesucht und seiner Entschlossenheit beraubt: »Alle werden dich *anschauen*!«

Mit der Zeit hatte Hasson diesen Reflex überwunden und sich davon frei geglaubt – zumal sein Vater seit vielen Jahren tot war – die akute nervliche Belastung jedoch schien seinen erwachsenen Charakter wie eine Glasfigur zerschmettert zu haben. Es war, als hätte sein Vater einen posthumen Sieg errungen und sich in seinem einzigen Sohn neu geschaffen. Hasson fiel es immer schwerer, ein Gespräch im Gang zu halten, und der Gedanke, ein Haus voller Fremder betreten zu müssen, erfüllte ihn mit panischem Entsetzen. Düster betrachtete er die vorbeiziehende fremde Schneelandschaft und sehnte sich verzweifelt in seine Zweizimmerwohnung in Warwick zurück, wo er die Tür hinter sich verschließen und sich auf die anforderungslose, tröstende Gesellschaft eines Fernsehgeräts verlassen konnte.

Als spüre Al Werry das Bedürfnis seines Gastes, schwieg er in der nächsten Stunde. Nur gelegentlich äußerte er eine Information über örtliche geographische Gegebenheiten. Dazwischen meldete sich dann und wann knatternd und knurrend der Polizeifunk, es gab jedoch keine direkten Anrufe. Hasson nutzte die Gelegenheit, seine seelischen Batterien neu aufzuladen, und fühlte sich der Lage schon wieder etwas mehr gewachsen, als über dem Horizont ein Gewirr hellschimmernder Luftskulpturen erschien und ihn informierte, daß sie sich Tripletree näherten. Noch beschäftigte er sich mit der Grundanlage des Verkehrskontroll-Systems, als sein Blick von der Silhouette eines nahe der Stadt stehenden Bauwerks angezogen wurde, ein krasser Gegensatz vor dem Hintergrund leuchtender Pastellfarben. Aus der Ferne wirkte das Gebilde wie eine monströse Blume, die bis in eine Höhe von etwa vierhundert Metern gewachsen war. Er fragte sich kurz, wozu das Bauwerk da sein mochte, und wandte sich schließlich an Werry.

»Was ist das für ein Ding?« fragte er. »Ein Wasserturm kann es wohl nicht sein. Oder doch?«

»Ihre Augen sind jedenfalls in Ordnung, Rob.« Werry starrte noch einige Sekunden lang geradeaus und überzeugte sich, daß auch er das Objekt klar ausmachen konnte. »Das ist unser Wahrzeichen hier, Morlachers Torheit – sonst auch als Tschinuk-Hotel bekannt.«

»Komische Architektur für ein Hotel.«

»Ja, aber nicht so komisch, wie man auf den ersten Blick annehmen könnte. Wissen Sie, was ein Tschinuk ist?«

»Ein warmer Wind im Winter.«

»Richtig, nur kommt der nicht immer. In dieser Gegend regt sich jenes Lüftchen in einer Höhe von hundert oder zweihundert Metern. Manchmal kommt's bis auf fünfzig runter. Hier unten am Boden können wir zehn Grad minus haben und uns den Arsch abfrieren, während die Vögel sich da oben bei zehn oder fünfzehn Grad Wärme die Sonne auf das Gefieder brennen lassen. Und genau das hatte der alte Harry Morlacher im Sinn, als er das Hotel erbaute – der

Wohntrakt befindet sich da oben im warmen Luftstrom. Es sollte ein teurer Urlaubsort für finanzkräftige Persönlichkeiten aus der Ölwirtschaft von ganz Athabasca werden.«

»Aber dann ging etwas schief?«

»*Alles* ging schief.« Werry schnaubte leise durch die Nase – ein Laut, mit dem er sowohl Anerkennung als auch Ehrfurcht und Verachtung ausdrücken konnte. »Von den Baufirmen dieser Gegend hatte noch keine den Versuch gemacht, einen so großen Lolli hochzuziehen, folglich stiegen die Kosten immer mehr, bis Morlacher seinen letzten Cent ausgegeben hatte. Etwa um dieselbe Zeit fand man neue Methoden, die Teersand-Ablagerungen auszunutzen, und das leicht zugängliche Zeug wurde innerhalb weniger Jahre aufgebraucht. Dann kamen die Mono-Antriebs-Maschinen, und niemand konnte mit Öl mehr viel anfangen – und das Tschinuk-Hotel sah keinen einzigen zahlenden Gast. Keinen einzigen! Da haben Sie einen wahren Dummkopf und sein Geld!«

Hasson, der sich mit Geld nicht groß auskannte, schnalzte mit der Zunge. »Jeder kann sich mal irren.«

»Aber doch nicht so. Man muß schon besonders talentiert sein, um einen solchen Fehler zu machen.« Werry grinste Hasson an und schob sich das Käppi noch ein wenig schräger über die Augen, das Urbild des verächtlich über den Dingen stehenden, rücksichtslosen, gesunden und gut eingestimmten Karriere-Beamten, ein Mann mit absolutem Vertrauen in die eigenen Fähigkeiten. Hasson spürte frischen Neid in sich aufwallen.

»Gibt aber ein gutes Gesprächsthema ab«, sagte er.

Werry nickte. »Wir kommen auf dem Weg in die Stadt dicht daran vorbei. Wir können haltmachen, damit Sie sich's mal aus der Nähe ansehen.«

»Ja, gern.«

Ansonsten bot die flache weiße Landschaft nicht viel Interessantes, so daß Hasson immer wieder auf das bemerkenswerte Bauwerk starrte, das im Feld der Windschutzscheibe langsam anwuchs. Erst als sie sich auf etwa einen

Kilometer genähert hatten, begann er das wahre Ausmaß des Wagemuts auszumachen, das in der unkonventionellen Bauweise steckte. Die Stützsäule wirkte unmöglich dünn, wie sie da dem Himmel entgegenstrebte, um sich schließlich zu radial angeordneten Streben zu verzweigen, die das eigentliche Hotel stützten. Das Ganze wirkte, als habe man es aus einem einzigen Stück rostfreien Stahls geschmiedet, obgleich Hasson annehmen mußte, daß ganz aus der Nähe die Nähte sichtbar werden mußten. Die Sonne spiegelte sich auf der Glas- und Plastikhülle des Hoteltrakts und ließ ihn weit entfernt und unerreichbar erscheinen, wie die olympische Zuflucht einer göttergleichen Menschenrasse.

»In dem Stengel ist doch kaum Platz für einen Fahrstuhl«, bemerkte Hasson, als der Wagen die Außenbezirke von Tripletree erreichte und an den ersten weit voneinander entfernten teuren Anwesen vorbeifuhr, die auf schneebedeckten Hügeln thronten.

»Kein Platz«, antwortete Werry. »Es war vorgesehen, zwei durchsichtige, kugelförmige Fahrstühle am Schaft auf- und niederfahren zu lassen, aber so weit kam es dann nicht mehr. Man kann die dafür vorgesehenen Öffnungen an der Unterseite des Hotels erkennen.«

Hasson hatte vor dem intensiven Licht des Himmels die Augen zusammengekniffen und machte eben die beiden kreisförmigen Öffnungen aus, als seine Aufmerksamkeit von einem Punkt abgelenkt wurde, der sich hoch oben am Hotel in der Luft bewegte. »Da oben ist ein Flieger.«

»Ach?« bemerkte Werry desinteressiert. »Könnte Buck Morlacher sein – der Sohn des alten Harry. Buck oder einer seiner Leute.«

»Das Hotel ist doch nicht in Betrieb, oder?«

»O doch, benutzt wird es – doch nicht so, wie es sich die Morlachers vorgestellt hatten«, sagte Werry grimmig. »Auch bei uns gibt es Angel, müssen Sie wissen – und das Tschinuk gibt ein hübsches Schlupfloch für sie ab. Bei Nacht kommen sie aus allen Teilen der Provinz herbei und halten dort oben ihre Zusammenkünfte ab.«

Hasson versuchte sich auszumalen, wie schwierig es sein mußte, den riesigen Horst bei Nacht zu überwachen, und hatte plötzlich ein eiskaltes Gefühl in der Magengrube. »Können Sie den Laden nicht irgendwie dichtmachen?«

»Zuviel Glas. Die Kerle können sich irgendein Fenster aussuchen, die Streben durchtrennen – und schon sind sie drin.«

»Was ist mit AS-Feldneutralisatoren? Ein solches Gebäude muß doch damit ausgerüstet sein, um Neugierige fernzuhalten.«

»Das Geld war alle, ehe die Geräte eingebaut werden konnten.« Werry warf einen Blick auf die Armbanduhr. »Hören Sie, Rob, Sie müssen ziemlich hungrig sein. Ich bringe Sie jetzt auf direktem Wege nach Hause. Wir können uns das Hotel ein andermal anschauen. Was halten Sie davon?«

Hasson wollte aus reiner Höflichkeit bereits auf den Vorschlag eingehen, als ihm bewußt wurde, daß er gar keinen Hunger hatte. Außerdem würde eine nähere Inspektion des phantastischen Gebäudes die unangenehme Begegnung mit den anderen Haushaltsmitgliedern Werrys hinauszögern.

»Ich könnte im Moment nichts essen«, sagte er und testete die Sachlage. »Eine dermaßen hohe Säule muß ein unvorstellbares Fundament haben.«

»Ja – tief im Boden, wo man's nicht sehen kann.«

»Trotzdem ...«

»Touristen«, sagte Werry seufzend, zog den Wagen nach links herum und fuhr in eine baumgesäumte Straße, die zum Hotel führte. Für die Insassen eines Wagens machte sich das Gebäude aus unmittelbarer Nähe lediglich als silbern schimmernder Mast bemerkbar, der hinter gewöhnlich aussehenden Gebäuden sprießte und in schwindelerregenden Höhen verschwand. Der Gedanke, diesem schlanken Pfeiler vierhundert Meter weit aufwärts zu folgen und dort oben eine eigene Welt aus Konferenzräumen, Ballsälen, Cocktail-Bars und Schlafzimmern zu finden, kam ihm völlig unrealistisch vor, so märchenhaft wie das Schloß eines Riesen am Ende einer Bohnenpflanze.

Hasson schaute sich interessiert um, als der Wagen ein flaches, unerschlossenes Terrain erreichte, das eine ausgedehnte Bodenbasis für das Hotel hätte bilden können. Die Grenze bildete ein vierbahniger Drahtzaun, der an etlichen Stellen umgestoßen worden war, während man da und dort die Spuren schwerer Erdräumgeräte unter dem Schnee ausmachen konnte. Zu der Aura der Verkommenheit, der Kapitulation in einem hoffnungslosen Kampf, trug auch der Zustand des niedrigen, runden Gebäudes bei, welches das Fundament des Stützpfeilers umgab. Die meisten Fenster wiesen sternenförmige Löcher auf, und an den Wänden drängten sich in vielen Farben aufgesprühte Grafitti. Ein Streifen der wasserdichten Dachfolie hatte sich abgelöst und bewegte sich leicht im Wind.

Als der Wagen hielt, bemerkte Hasson ein zweites Fahrzeug – einen teuer aussehenden, weinroten Sportwagen, der dicht hinter dem Zaun stand. Ein Mann mit Pelzmütze, der noch keine vierzig Jahre alt war, lehnte daran und hielt eine Flinte in der Armbeuge. Er trug einen einteiligen Fluganzug, dessen schimmernder schwarzer Stoff die fluoreszierenden Streifen eines AS-Harnischs aufwies. Den anderen Wagen hörend, drehte er den Kopf kurz in Werrys und Hassons Richtung, wobei das Sonnenlicht auf seiner verspiegelten Brille blitzte, und setzte dann seine konzentrierte Beobachtung der hochgelegenen Hotelbauten fort.

»Das ist Buck Morlacher«, sagte Werry. »Er bewacht den Familienbesitz.«

»Wirklich? Mit einer Flinte?«

»Die dient hauptsächlich zur Abschreckung. Buck hält sich gern für einen tollen Mann der freien Wildnis.«

Hasson hatte die Wagentür öffnen wollen und hielt inne. »Er trägt keine Transportbeutel. Sagen Sie bloß nicht, er fliegt herum und hält dabei die Flinte ganz einfach in der Hand.«

»Auf keinen Fall.« Werry zupfte sein Käppi zurecht.

»Würde sowieso kaum einen Unterschied machen. Gibt hier keinen, dem das Ding auf den Kopf fallen könnte.«

»Ja, aber ...« Hasson hielt inne bei der Erkenntnis, daß er sich hier in Dinge einzumischen im Begriff war, die ihn nichts angingen. Eine der wichtigsten und verbreitetsten Vorschriften in bezug auf den Einzelflug war das Transportverbot harter Gegenstände außerhalb speziell zugelassener Beutel. Trotz dieser Regel war die jährliche Zahl derer, die herabstürzenden Gegenständen zum Opfer fielen, unzulässig hoch, und es gab auf der Welt kein Land, in dem die Übertretung dieses Gesetzes nicht hohe Strafen nach sich zog. Hassons Instinkte ließen keine Zweifel daran aufkommen, daß Morlacher eben noch mit der Flinte geflogen war oder sich gleich in die Lüfte erheben wollte, und empfand eine ungeheure Erleichterung angesichts der Tatsache, daß nicht er hier das Gesetz vertreten mußte. So etwas oblag einem körperlich intakten, energischen Mann, der sich selbst voll im Griff hatte.

»Wollen Sie aussteigen?« fragte Werry und blickte schon wieder auf die Uhr.

»Von drinnen sehe ich nichts.« Hasson stieß die Beifahrertür auf, ließ die Füße zur Seite schwenken und erstarrte, als sein Rücken sich starr verkrampfte, wobei er das Gefühl hatte, als schabte Knochen über trockenen Knochen. Er hielt den Atem an und probierte verschiedene Griffe am Türrahmen, während er sich mit dem technischen Problem abmühte, sein Skelett in eine aufrechte Stellung zu bringen. Werry stieg auf der anderen Seite aus, ohne etwas zu merken, rückte sein Käppie zurecht, schaute nach, wie es seinen blanken Stiefeln im Schnee erging, zog auf dem Rücken seine Uniform glatt und ging vorsichtigen Schrittes auf Morlacher zu.

»Guten Morgen, Buck«, sagte er. »Woll'n Sie ein bißchen auf die Entenjagd?«

»Verschwinden Sie, Al – ich hab' zu tun.« Morlacher starrte unverwandt in die Höhe, und seine Augen waren hinter zwei Streifen hellblauen Himmels verborgen. Er war ein großer, übergewichtiger Mann mit kupferrotem Haar und einem roten Dreieck auf jeder Wange. Seine Lippen waren schmal und angespannt und entblößten Zähne, die unmenschlich breit und kräftig zu sein schienen, mit kompakten Blöcken anstelle der Schneidezähne. Hasson empfand sofort Angst vor dem Mann.

»Ich sehe, daß Sie zu tun haben«, sagte Werry freundlich. »Wollte nur mal wissen, *was*.«

»Was ist denn los mit Ihnen?« Ein ungeduldiger Ausdruck huschte über Morlachers Gesicht, das sich kurz in Werrys Richtung wandte. »Sie wissen doch selbst, daß ich hier die Arbeit tue, für die eigentlich Sie zuständig sind – wenn Sie nur ein bißchen Mumm in den Knochen hätten. Warum steigen Sie nicht wieder in Ihren Spielzeugwagen und lassen mich in Ruhe? Begriffen?«

Werry warf einen Blick auf Hasson, der sich, die Arme auf die Oberkante der Wagentür gelegt, in eine stehende Position hochgestemmt hatte. »Jetzt hören Sie aber mal, Buck«, sagte Werry. »Wie kommen Sie nur darauf ...?«

»Letzte Nacht waren sie wieder oben«, unterbrach ihn Morlacher. »Haben wieder so eine Drecksparty veranstaltet – unerlaubt in meinem Besitz, *unerlaubt*, hören Sie? Und was tun Sie dagegen? Nichts! Genau das ist es: Sie tun *nichts!*« Morlacher zog die farblosen Augenbrauen zusammen und richtete seinen spiegelnden Blick auf Hasson, als bemerke er ihn überhaupt zum erstenmal. Hasson, der noch immer festzustellen versuchte, ob er ohne fremde Hilfe stehen konnte, starrte in die Ferne. Am oberen Rand seines Blickfeldes machte er eine Bewegung aus und hob den Kopf – vom Hotel raste ein Flieger herab.

»Ein oder zwei haben sich da oben vielleicht noch festgesetzt«, fuhr Morlacher fort, »und wenn das stimmt, werden Starr und ich die Kerle raustreiben und selbst drannehmen. Auf die alte Tour.«

»Es besteht kein Anlaß, so zu reden«, protestierte Werry. Sein verwirrter Blick ruhte auf Morlacher, während der andere Flieger von schräg hinten auf ihn zuraste. Es handelte sich um einen dünnbärtigen Jüngling in einem blauen Fluganzug. Eine Repetierflinte hing ihm quer auf dem Rücken. Hasson schaute gerade zu ihm hoch, als er eine Hand zum Gürtel führte und absichtlich sein Anti-Schwerkraft-Feld ausschaltete, während er sich noch drei Meter über dem Boden befand. Augenblicklich stürzte er ab, aber das Bewegungsmoment, das von seiner gekrümmten Landebahn ausging, führte ihn zu einem heftigen Zusammenstoß mit Werrys Schulter. Werry ging zu Boden, fiel mit dem Gesicht in den Schnee.

»Tut mir leid, Al, tut mir wirklich leid.« Der junge Mann half Werry auf die Beine und begann ihm den Schnee von der Uniform zu klopfen. »Entschuldigung. Das war ein Versehen. Der Sonnenschein hat mich geblendet.« Gleichzeitig blinzelte er Morlacher zu.

Hasson spürte den Adrenalinstoß in seinem Innern, während er Al Werry anschaute und auf die Reaktion wartete, die in dieser Situation unerläßlich war. Werry richtete sich auf und blickte unsicher auf den Neuankömmling hinab, der sich vor ihm gebückt hatte und ihm mit übertrieben sorgenvollen Gesten die Kleidung reinigte. *Jetzt,* dachte Hasson drängend. *Unternimm etwas, ehe mehr Zeit verstreicht! Tu etwas, solange er dir in seiner Arroganz noch ein gutes Ziel bietet!*

Werry schüttelte den Kopf und begann katastrophalerweise zu lächeln. »Wissen Sie was, Starr Pridgeon? Ich glaube, Sie werden es *nie* lernen, mit dem Harnisch richtig umzugehen.«

»Wissen Sie was, Al? Ich glaube, Sie haben recht.« Der Jüngling lachte schallend auf, drehte sich gleichzeitig um und richtete den Blick auf Hasson, so wie Morlacher es getan hatte, als bemerke er ihn zum erstenmal. Hasson, der tausend solcher Begegnungen hinter sich hatte, erkannte die Imitation einer besonderen Eigenart und vermutete sofort, daß Morlacher der dominierende Partner der beiden war. Er stützte sich weiter auf die Wagentür und versuchte probehalber den Rücken durchzudrücken, während Pridgeon auf ihn zukam. Schmerz zuckte ihm durch die Gelenke. Es handelte sich um Gleitlager, die mit Karborundpulver sabotiert worden waren und ihn zur Unbeweglichkeit verdammten.

»Ah, dies muß Als Vetter aus England sein«, stellte Pridgeon fest. »Was halten Sie von Kanada, Als Vetter?«

»Ich hatte noch keine Zeit, mir eine Meinung zu bilden«, sagte Hasson gelassen.

Pridgeon drehte sich zu den anderen um. »Redet er nicht hübsch?« Er richtete den Blick wieder auf Hasson. »War das nicht der blödeste Unfall, den Sie je gesehen haben?«

»Ich hab' ihn eigentlich gar nicht gesehen.«

»Ach nein?« Pridgeon betrachtete ihn einen Augenblick lang kritisch. »Sind Sie ein Krüppel, oder was?«

Zu seinem Entsetzen mußte Hasson feststellen, wie sich seine Lippen zu einem Lächeln verzogen. »Beinahe.«

»Ha!« Pridgeon entfernte sich mit unbefriedigter Miene und blieb neben Morlacher stehen, und Hasson erkannte, daß der ältere Mann den anderen mit einer leichten Neigung des Kopfes zurückgepfiffen hatte. Seine Vermutung über die Beziehung der beiden war damit bestätigt, doch er konnte mit der Information wenig anfangen.

»Hast du oben was gesehen?« wandte sich Morlacher an Pridgeon, als wären sie allein, als wäre nichts geschehen.

»Fehlanzeige. Wenn sich da wer rumtreibt, hält er sich von den Fenstern fern.«

»Ich komme mit rauf.« Morlacher begann die Gurte seines Harnischs anzuziehen.

»Solange Sie die Flinte nicht mitnehmen«, sagte Werry streng. »Wir dürfen nicht zulassen, daß Sie damit auf Leute schießen.«

Morlachers Worte galten noch immer Pridgeon. »Ich nehme die Flinte mit hoch, und wenn ich wen sehe, kriegt er eins auf den Pelz gebrannt.«

»Also, ich weiß nicht, wie es euch geht, ich habe jedenfalls Hunger«, sagte Werry plötzlich verbindlich-jovial und drehte sich zu Hasson um: »Kommen Sie, Rob – May regt sich auf, wenn wir zu ihren Steaks nicht rechtzeitig zur Stelle sind.«

Er ging zu seinem Wagen und ließ sich in den Fahrersitz fallen, was den Wagen in der Federung wippen ließ. Hasson, der gerade soweit war, daß er sich gefahrlos hätte bewegen können, ließ sich wieder in den Wagen sinken und schloß die Tür. Er legte die Hände auf die Knie und blickte starr darauf, während Werry den Wagen startete, ihn im Halbkreis durch den unebenen Schnee steuerte und zur Straße zurückfuhr. Doch mehr als eine Minute Schweigen hielt er nicht aus.

»Al«, fragte er leise, »wollen Sie Alarm geben?«

»Alarm?« fragte Werry und schien ehrlich überrascht zu sein. »Weswegen denn?«

»Na, Sie haben doch selbst *gesehen,* wie Pridgeon ein Verkehrsvergehen beging – er trug eine Flinte an einem ganz normalen Schultergurt. Und Morlacher wird es genauso tun.«

»Darüber würde ich mir nicht allzu sehr den Kopf zerbrechen. Außerdem befanden wir uns auf Bucks Privatbesitz.«

»Was bei Luftverkehrs-Gesetzen ohne Bedeutung ist.«

Werry lachte. »Entspannen Sie sich, Rob. Wir befinden uns hier nicht in der alten Heimat. Die Leute stehen hier nicht Schulter an Schulter auf der Erde. Wir haben Millionen von Quadratkilometern offenen Landes, das man mit ganzen Häuserblöcken bombardieren könnte, ohne daß sich jemand darum scherte.«

»Aber ...« Hassons Hände verkrampften sich um seine Knie, und die Knöchel schimmerten wie elfenbeinweiße Hügel durch die Haut, jeder von einer schmalen rosaroten Linie zerteilt. Ihm war aufgegangen, warum er sich nicht an seine erste Begegnung mit Werry erinnerte – der Mann, für den er Werry gehalten hatte, existierte gar nicht.

»Pridgeon hat Sie absichtlich niedergeschlagen, wissen Sie«, sagte er. Er ermahnte sich erneut, daß ihn das gar nichts angehe, doch er konnte den Mund einfach nicht halten.

»Der macht öfter solche Scherze«, erwiderte Werry beiläufig. »Übermut. Hat nichts zu bedeuten.«

Und damit liegst du falsch, dachte Hasson. *Der Symbolismus hatte sogar sehr viel zu bedeuten.* »Soweit ich mitbekommen habe ...«

»Ich dachte, Sie hätten nichts gesehen«, unterbrach ihn Werry. »Als Starr Sie fragte, haben Sie geantwortet, Sie hätten nichts gesehen.«

»Ja, aber ...« Hasson schmerzte Werrys Bemerkung, vor allem deshalb, weil sich nichts dagegen sagen ließ, und eine beschämte, tadelnde Stille trat ein. Der Wagen erreichte das Geschäftsviertel von Tripletree. In sein Schneckenhaus kriechend begann sich Hasson mit dem fremdartigen Aussehen der Läden und Bürogebäude zu beschäftigen, richtete die Aufmerksamkeit auf fremdartige Elemente, registrierte die Art und Weise, in der sich Fenster, Mauer und Türen kombinieren ließen, und verglich das Ergebnis in einem nostalgischen Anflug mit der anheimelnden Architektur englischer Dörfer. Auf den Bürgersteigen tummelten sich Menschen, die Mittagspause hatten, und viele trugen bunte Fluganzüge zum Schutz vor der Kälte. Zwei Polizisten – einer dick und nicht mehr ganz jung, der andere, so schien es jedenfalls, war eben erst aus dem Stimmbruch heraus – nickten Werry freundlich zu, als der Wagen an einer Kreuzung halten mußte. Er bedachte sie mit der Parodie eines formvollendeten Saluts, nickte und grinste und schien wieder in die Sicherheit der auf ihn zugeschnittenen Rolle zurückgekehrt zu sein, als der Dicke so tat, als bewege er Messer und Gabel vor sich. Beide Beamte drehten sich augenblicklich um und verschwanden in einem Hamburger-Lokal.

»Ewig am Essen, die beiden«, bemerkte Werry. »Na, jedenfalls weiß ich meistens, wo sie zu finden sind.«

Hasson war überrascht, wie formlos Werry mit seinen Männern umging, und sah darin ein weiteres Anzeichen dafür, daß er allein war, losgelöst, auf sich gestellt in einer fremden Welt. Er ließ sich gerade in neue angenehme Tiefen der Depression sinken, als ihm bewußt wurde, daß der Wagen, nachdem er nur drei oder vier Geschäftsstraßen überquert hatte, erneut einen Wohnbereich erreichte.

»Wie viele Einwohner hat Tripletree?« fragte er und sah sich einigermaßen überrascht um.

»Bei der letzten Zählung waren es knapp sechsundzwanzigtausend.« Werry warf ihm einen belustigten Blick zu. »Trotzdem nennen wir uns noch Stadt. Als die Provinzen autonom wurden und sich eigene Regierungen verschafften, wollten sie nach Möglichkeit wie richtige Länder antreten und erteilten allen Orten Stadtrechte. Es gibt keine Dörfer oder Städtchen mehr. Nur noch richtige Städte. Hunderte.« Er lachte und zupfte an seinem Käppi. Offenbar hatte er zu seiner üblichen guten Laune zurückgefunden.

»Ich verstehe.« Hasson versuchte die Information zu verdauen. »Und wie viele Männer haben Sie in Ihrem Revier?«

»Für den Streifendienst – vier. Was Sie da eben in Ronnies Kneipe verschwinden sahen, war die Hälfte meiner Streitmacht. Die andere Hälfte gibt sich mit dem Flugverkehr ab.«

»Das scheint mir nicht genug zu sein.«

»Ich werd' damit fertig – und mein Posten bringt den amtlichen Sheriff-Titel mit sich. Wenn ich mal in eine große Stadt versetzt werde, dann nur als Sheriff.«

Hasson versuchte sich vorzustellen, eine solche Stadt mit nur vier Beamten wirkungsvoll zu beaufsichtigen, wurde aber von seiner Phantasie im Stich gelassen. Er wollte schon weitere Fragen stellen, als Werry langsamer fuhr und in eine kurze Straße einbog, die von weißgestrichenen Holzhäusern gesäumt war. Im Gegensatz zur Hauptstraße war der Schnee hier nicht fortgeräumt worden, so daß die Fahrbahn zahlreiche gelbe Rillen aufwies. Hassons Herz begann heftig zu schlagen, als ihm aufging, daß sie Werrys Haus erreicht hatten und er gleich seine Familie kennenlernen würde. Knirschend hielt der Wagen ungefähr in der Mitte der Straße, vor einem Haus, das sich hinter mehreren jungen Fichten versteckte.

»Das ist es«, sagte Werry aufgekratzt. »Rob, wir sollten

dran denken, daß wir uns jetzt duzen müssen. Keine Sorge, im Nu hast du die Beine unter dem Tisch stehen.«

Hasson versuchte zu lächeln. *Denken Sie immer daran,* hatte Colebrook ihm einmal eingeschärft, *eine Person, die einen Nervenzusammenbruch erlitten und erfolgreich überwunden hat, ist weitaus besser geeignet, sich dem Leben zu stellen, als jemand, der diese Erfahrung nicht kennt. Der Kampf um die Selbstbeherrschung setzt innere Kräfte und Reserven frei, die anders nicht hätten entdeckt werden können.* An diese Worte denkend, versuchte Hasson Trost darin zu finden, während er damit begann, die Wagentür zu öffnen und die Füße auf den Boden zu stellen, wobei er nicht zum Haus blickte, aus Angst, den Blicken eines Fremden zu begegnen. Er stellte fest, daß der Aussteigeversuch am Hotel seine Rückgrat- und Bekkenmuskeln gelockert hatte, so daß er nun ganz normal aufstehen konnte. In seiner Erleichterung bestand er darauf, Werry zwei seiner Koffer abzunehmen und sie den Weg zum Haus hinaufzutragen.

Werry öffnete schwungvoll die doppelte Haustür und führte ihn in ein Haus, in dem es warm nach Essen, Bohnerwachs und Kampfer roch. Eine Treppe führte an der rechten Seite des schmalen Flurs empor, der zusätzlich durch eine altmodische Garderobe eingeengt wurde, an der eine Vielzahl von schweren Kleidungsstücken hing, gepolsterte Fluganzüge und AS-Harnische. Gerahmte Photos und etliche sehr amateurhafte Aquarelle zierten die Wände und schufen eine Atmosphäre der Häuslichkeit, die Hasson mehr denn je mit Fremdheit erfüllte, war doch das Heim, das diese Atmosphäre verbreitete, nicht das seine.

Sich erdrückt fühlend, in der Falle sitzend, blickte er sich um, als am Ende des Flurs eine Tür aufging und eine etwa dreißigjährige Frau erschien. Sie war mittelgroß und blond und hatte eine schmalhüftige, doch busenbetonte Figur und ein Gesicht mit vollen Lippen und mürrischem Ausdruck, wie es Hasson aus hundert Flachbildfilmen kannte, die er in Kino-Klubs gesehen hatte. Da vor ihm, so sagte er sich, stand das Saloon-Mädchen, das an ihrer Arbeit Freude hatte, die Freundin des Gangsters, die Biene auf dem Sozius des schweren Motorrads, die Kellnerin im Straßencafé, um deren Gunst sich Lkw-Fahrer Stuhlbeine um die Ohren hauten. Für diese vielfache Rolle war sie passend gekleidet: Sie trug hochhackige Schuhe, bauschige Hosen und ein weißes T-Shirt. Hasson brachte es nicht über sich, ihrem Blick zu begegnen.

»May«, sagte Werry, und in seiner Stimme lag ein umfassender Stolz, »ich möchte dich meinem Vetter Rob Haldane vorstellen. Er ist seit Tagen unterwegs und hat großen Hunger. Stimmt das nicht, Rob?«

»Stimmt«, sagte Hasson, der akzeptieren mußte, daß es keine diplomatische Möglichkeit gab, Werry klarzumachen, wie er sich nach Einsamkeit und Ruhe sehnte. »Freut mich, Sie kennenzulernen.«

»Hallo, Rob.« May ergriff seine ausgestreckte Hand und schenkte ihm im Augenblick der Berührung ein abruptes Lächeln, zugleich scheu und direkt, als habe sich hier eine plötzliche menschliche Spannung bemerkbar gemacht und sie überrascht. Der Trick war so direkt, daß Hasson verlegen reagierte; trotzdem fühlte er sich geschmeichelt.

Werry strahlte die beiden an: »Wir sollten uns einen genehmigen. Was hast du mit der Flasche gemacht, Rob?«

»Hier.« Hasson entdeckte, daß er die Flasche Whisky in die Außentasche seines Mantels hatte gleiten lassen. Er war gerade dabei, sie hervorzuholen, als eine etwa sechzigjährige Frau im Flur erschien. Sie hatte ein spitzes Gesicht und hagere Schultern und war wie zu einer Party herausgeputzt, mit reichlich Schmuck und Haar, dessen Tönung zu ihrem Coppertex-Anzug paßte.

»Und dies ist Ginny Carpenter – Mays Mutter«, sagte Werry. »Ginny, dies ist Rob.«

»Freut mich.« Mit zusammengekniffenen Augen blickte sie zu Hasson empor und machte keine Anstalten, ihm die Hand zu schütteln. »Sie sind der, der sich beinahe mit seinem Wagen umgebracht hat.«

Hasson war verblüfft. »Stimmt.«

»Gibt's denn drüben in England keine guten Krankenhäuser?«

»Also, Ginny«, schaltete sich Werry mit beruhigender Stimme ein, »Rob ist im Krankenhaus behandelt worden, solange es nötig war. Er ist jetzt hier bei uns, um sich auszuruhen und wieder zu Kräften zu kommen.«

»Das braucht er auch«, stellte Ginny fest, ohne den kritischen Blick von Hasson zu wenden. »Mal sehen, was zwei Monate guten Essens ausmachen.«

Hasson versuchte eine schnelle Replik zu finden, mit der er der Frau mitteilen konnte, daß er es sein Leben lang gewöhnt gewesen war, gut zu essen, und dies auch fortzusetzen gedenke, wenn er Kanada wieder verließ, doch ihre abweisende Art hatte seine Gedanken verwirrt. Matt und hilflos starrte er auf sie hinab, während er sich bemühte, die richtigen Worte zu finden.

»Wollten Sie gerade einen Zug machen?« kam sie ihm voraus und warf einen bedeutsamen Blick auf die Flasche in seiner Hand. »Machen Sie nur zu, wenn Sie's unbedingt brauchen, der Geruch stört mich nicht.«

Die Sätze, die Hasson voller Verzweiflung zu zimmern versuchte, kollidierten mit jenen, die ihm bereits im Kopf herumschwirrten, und erhöhten sein Unvermögen, ein klares Wort herauszubringen, noch mehr. Er wandte sich an die anderen in der kleinen Gruppe. Werry nickte eifrig, erwartungsvoll, als genieße er einen scherzhaften Wortwechsel zwischen alten Freunden. May betrachtete ihn wie zuvor mit weit aufgerissenen, verschleierten Augen und sandte Wogen erschrockener Zärtlichkeit aus. Hasson unterdrückte einen Drang zu fliehen.

»Das ist meine Flasche, Ginny«, sagte Werry nach einer Zeit, die Hasson sehr lange vorkam. »Rob hat sie aus dem Wagen für mich hereingetragen.«

»Warum hat er das nicht gesagt?« fauchte Ginny und verschwand in dem Zimmer, aus dem sie gekommen war. »Ich lege die Steaks auf den Grill. Komm schon, Mädchen! Du bist heute nicht sonderlich regsam, dabei gibt's jede Menge zusätzliche Arbeit.« Gehorsam folgte May ihrer Mutter, nicht ohne Hasson einen letzten feuchten Blick zuzuwerfen, ehe sie die Tür schloß.

»Das war Ginny, wie sie leibt und lebt – ein echter Typ«, sagte Werry und lachte leise. »Sie bleibt sich treu, egal, wen sie vor sich hat. Du hättest dein Gesicht sehen sollen, als sie ihren Spruch über das Trinken losließ!«

Hasson lächelte bestürzt und fragte sich, wie weit die nervliche Verkrampfung in einem Menschen überhaupt gehen konnte. »Ich bin ein bißchen müde. Wenn du nichts dagegen hast, möchte ich jetzt in mein Zimmer hinauf.«

»Du hast ja kaum was angerührt«, sagte Werry enttäuscht und hielt die Whiskyflasche gegen das Licht. »Ich hatte sie extra für dich besorgt.«

»Danke, aber ich bin ... liegt mein Zimmer oben?«

»Mir nach.« Werry nahm die beiden größeren Koffer und wandte sich zur Treppe. Er brachte Hasson in einem freundlichen quadratischen Zimmer unter, mit einem Doppelbett und gerahmten Photos von Eishockeymannschaften an den Wänden. Die Einrichtung war modern, bis auf einen Bücherschrank, hinter dessen Glastüren dunkle Leinenbände standen, dessen Titel zu vereinzelten silbernen oder goldenen Punkten verwittert waren. Zwei Fenster ließen ein weißes Licht herein, das im wesentlichen zur Decke strahlte – ein Reflex des draußen liegenden Schnees – und ein luftiges Ambiente schuf ähnlich der Passagierkabine des Luftschiffs, mit dem er den Atlantik überquert hatte. Hasson blickte sich im Zimmer um, registrierte die Details mit einer geradezu übernatürlichen Klarheit, geboren aus der Erkenntnis, daß dies für die kommenden Monate seine ureigene Festung sein sollte. Er überzeugte sich, daß die Tür ein Schloß hatte, und bestimmte die günstigste Stelle für ein tragbares Fernsehgerät.

»Badezimmer und Toilette sind ein Stück den Flur entlang«, sagte Werry hilfsbereit. »Sobald du dich eingerichtet hast, kommst du zum Mittagessen herunter. Theo kommt heute früher aus der Schule, der will dich bestimmt auch gleich kennenlernen.«

»Ich bin gleich unten«, erwiderte Hasson und drängte den anderen innerlich, das Zimmer zu verlassen. Kaum war er allein, legte er sich auf das Bett, entspannte seinen Körper, und betrachtete die zuckenden Silhouetten der Äste an der Decke. *Wo sind sie?* dachte er. *Wo sind die inneren Stärken und Reserven, die mir Dr. Colebrook versprochen hat?* Er drückte einen Handrücken gegen die Lippen und schloß die Augen, um die gnadenlose weiße Strahlung abzuwehren, die ihn wie eine Belagerungsarmee auf allen Seiten umgab.

3. Kapitel

Seine erste Mahlzeit im Haus der Werrys war schlimmer, als Hasson befürchtet hatte. An einem runden Tisch in der Küche waren vier Plätze gedeckt, wobei sich Hassons Gedeck von den anderen durch einen bis zum Rand gefüllten Krug puren Whiskys unterschied, ein Anblick, der jedesmal von neuem seinen Magen flattern ließ. Er setzte sich mit Werry und May Carpenter an den Tisch, während Mays Mutter, der eine schwarze Zigarette an der Oberlippe klebte, das Mahl von ihrem Standort am Herd aus dirigierte. Höchstpersönlich füllte sie jeden Teller aus verschiedenen Pfannen wie eine Armeeköchin, ohne sich groß um die geäußerten Wünsche zu kümmern. Hasson, der sein Fleisch gern gut durchgebraten aß, bekam einen keilförmigen Brocken vorgesetzt, der außen schwarz angekohlt war, aus mehreren Spalten aber rötlichen Saft absonderte.

»Für mich keine Sauce«, sagte er, als Ginny nach einem übergroßen Schöpflöffel griff.

»Sauce muß sein«, erwiderte sie, überschüttete seinen gesamten Teller mit einer dicklichen Flüssigkeit und stellte das Ergebnis vor ihn hin. Hasson warf einen Blick auf Werry, in der Hoffnung, er würde seinen Pflichten als Gastgeber nachkommen und ihn retten, doch Werry war damit beschäftigt, May anzugrinsen und ihr neckisch ein Bändchen aus dem Haar zu zupfen. Noch immer trug er die volle Uniform, bis auf die Mütze, und sah aus wie ein Garnisons-Soldat, der mit einem Mädchen flirtete, das er eben erst kennengelernt hatte. May reagierte stirnrunzelnd, bewegte den Kopf hin und her und fuhr sich immer wieder mit beiden Händen glättend über das Haar, eine Bewegung, die vielleicht darauf angelegt war, die Fülle ihrer Brüste zur Geltung zu bringen. Gegen seinen Willen war Hasson fasziniert, doch auch ein wenig beirrt von der Entdeckung, daß im Moment der höchsten Anhebung ihr Blick stets unschuldig auf ihm ruhte. In seiner Verzweiflung und während er darauf wartete, daß Ginny sich setzte, lenkte er sich mit dem Whisky ab, mit winzigen Schlucken, die kaum seine Lippen benetzten. Die kommenden Monate kamen ihm plötzlich unerträglich vor, eine Ausdauerprüfung, die er auf keinen Fall bestehen konnte, wenn er nicht augenblicklich damit begann, seine Abwehr zu errichten.

»Al«, sagte er und versuchte seine Stimme gelassen klingen zu lassen, »gibt es hier in der Nähe einen Laden, in dem ich einen tragbaren Fernseher kaufen oder mieten könnte?«

Werry hob die Augenbrauen. »Was für eine verrückte Idee! Ich hab' im Vorderzimmer einen nagelneuen Festbildapparat. Mit einer Zwei-Meter-Bühne. May und Ginny gucken laufend fern, und du kannst dich jederzeit dazusetzen. Hab' ich nicht recht, May?«

May nickte. »Heute abend gibt's den Nabisco-Club.«

Hasson versuchte zu lächeln. Er brachte es nicht fertig zu offenbaren, daß er sich in seinem Zimmer einzuschließen gedachte, um es zu einem Außenposten seiner Heimat zu machen, indem er über die Satelliten nichts anderes als britische Programme hereinholte. »Äh ... ich schlafe diese Tage sehr schlecht. Bei Nacht, sollte ich sagen. Ich brauche ein Gerät im Schlafzimmer, wenn ich die Augen nicht zukriege.«

»Andere Leute müssen aber schlafen«, warf Ginny Carpenter ein, die sich mit einem gefüllten Teller an den Tisch setzte.

»Ich würde Kopfhörer nehmen. Es gäbe keinen ...«

»Scheint mir doch Geldverschwendung zu sein, wenn wir hier im Vorderzimmer ein Festbildgerät mit Zwei-Meter-Bühne haben«, sagte Werry achtlos. »Ich sag' dir, was wir machen – ich nehme dich Dienstag früh mit in die Stadt und stelle dich meinem Kumpel Bill Ratzin vor. Der macht dir 'nen guten Preis.«

Hasson rechnete im Geiste nach und kam zu dem Schluß,

daß er nicht vier Tage warten konnte. »Danke, aber wenn du nichts dagegen hast, möchte ich lieber ...«

»Hier wird gutes Essen schlecht«, sagte Ginny mahnend.

Hasson senkte den Kopf und begann zu essen. Das Elchsteak war genießbarer, als er befürchtet hatte, allerdings erinnerte ihn der Geschmack, der durch die Saucenschmiere zu dringen vermochte, so sehr an Kaninchenfleisch, so daß er nach wenigen kleinen Bissen nicht weiteressen konnte. Er versuchte Zeit zu gewinnen, indem er dünne Karottenscheibchen aß, die freizügig mit braunem Zucker glasiert worden waren und wie Bonbons schmeckten. Sein Mangel an Appetit fiel zuerst Werry auf, der ihn anzutreiben begann, womit er erst aufhörte, als Ginny zu erklären begann, daß Leute, die einen niedrigen Lebensstandard gewöhnt waren, oft mit nahrhaften Speisen nicht fertigwurden. Hasson fielen darauf mehrere passende Antworten ein, doch sobald er Anlauf nahm, sie in Worte zu kleiden, sah er die entsetzten Augen seines Vaters vor sich und hörte die sattsam bekannte Stimme sagen: »Alle werden dich *anschauen*!« May Carpenter warf ihm immer wieder mitfühlende Blicke zu und unternahm übertrieben taktvolle Anläufe, über seine Reise zu sprechen, sie erreichte damit jedoch nur, daß er sich noch ungeschickter fühlte als vorher. So konzentrierte er sich schließlich darauf, zu verhindern, daß kein Brocken Nahrung in eines der schmerzhaften Mundgeschwüre geriet, und hoffte, daß das Essen bald zu Ende gehen möge.

»Lecker«, verkündete Werry, sobald er mit dem Kaffee fertig war. »Ich geh noch auf eine Stunde ins Büro – nur um sicherzugehen, daß ich noch eins habe. Auf dem Rückweg hole ich dann Theo von der Schule ab und bringe ihn nach Hause.«

Hasson ergriff die günstige Gelegenheit und folgte Werry auf den Flur hinaus. »Hör mal, Al, ich will es lieber gleich zugeben – ich bin ein richtiger Fernsehfanatiker, seit es die Festbildergeräte gibt. Kann ich mit dir in die Stadt fahren und mir heute nachmittag einen Apparat kaufen?«

»Wenn du unbedingt willst.« Werry musterte ihn verwirrt. »Hol deinen Mantel!«

Ins Freie tretend, erkannte Hasson sofort, daß das Wetter umgeschlagen war. Eine niedrige Wolkenbank hatte sich wie eine Jalousie vor den Himmel geschoben, und die Luft hatte einen seltsam kühl-metallischen Geruch, der neuen Schnee verhieß. Vor diesem bleigrauen Hintergrund leuchteten die federleicht aussehenden Luftwege des Verkehrskontrollsystems besonders lebhaft und wirkten so kompakt wie Neonröhren. Die Düsternis, die von der Bewölkung ausging, erinnerte Hasson an Winternachmittage in Großbritannien – mit der Folge, daß sich seine Stimmung ein wenig besserte. In einer grauen Welt würde sein Zimmer ein Kokon der Sicherheit und Wärme sein, mit fest verschlossener Tür und dicht zugezogenen Gardinen, mit einem Fernsehgerät und einer Flasche, die ihm Gesellschaft leisteten und ihn von jeder Notwendigkeit erlösten, selbst zu denken oder ein eigenes Leben zu leben.

Auf dem Weg in die Stadt empfand er beinahe so etwas wie Zufriedenheit, als er sich umschaute und eine Weihnachtskartenszene nach der anderen ausmachte. Der Wagen fuhr gerade auf der Hauptstraße ins Stadtzentrum, als das Funkgerät zu prasseln begann und ein Ruf durchkam.

»Al, hier Henry Corzyn«, sagte eine Männerstimme. »Ich weiß, Sie wollten heute nachmittag nicht gestört werden, wo doch Ihr Vetter eingetroffen ist und so, aber wir haben hier eine schlimme LK, und ich finde, Sie sollten besser mal kommen.«

»Eine Luftkollision?« Werry schien interessiert, aber nicht sonderlich besorgt zu sein. »Hat da jemand eine Abkürzung genommen? Oder ist außerhalb der Verstrebungen geflogen?«

»Nein, einige Jugendliche haben den Ostanflug bombardiert, einer irrte sich und ist direkt auf einen Kerl geprallt. Durchaus möglich, daß beide tot sind. Sie sollten lieber herkommen, Al.«

Werry fluchte ausgiebig, während er sich von dem Beamten die Richtung beschreiben ließ und den Wagen in eine nach Osten führende Straße lenkte. Er schaltete die Blinklichter und eine Sirene ein, und der ohnehin nicht sehr dichte Oberflächenverkehr vor ihm schmolz dahin und wurde eins mit dem allesdurchdringenden Grau.

»Tut mir leid, Rob«, sagte er. »Ich erledige das so schnell ich kann.«

»Schon gut«, sagte Hasson, dessen Anflug von insularer Selbständigkeit in alle Winde zerstoben war. Im Laufe seiner beruflichen Tätigkeit hatte er oft die Folgen von Bombenunfällen gesehen und kannte die Situation, auf die Werry sich zubewegte. Mit dem Auftreten des Automobils war der Mensch zu dem schnellsten Geschöpf auf der Erdoberfläche geworden, im Rausch einer neuen Freiheitsdimension gefangen. Diese Freiheit war für manche zuviel gewesen, und das Ergebnis waren Todesfälle in denselben grausamen Größenordnungen, wie sie zuvor von anderen Heimsuchungen besetzt gewesen waren, beispielsweise Kriegen, Hungersnöten und Seuchen. Dann hatte es der Mensch gelernt, die Schwerkraft in den Schwitzkasten zu nehmen, die dort wirkenden Energien auf den Kopf zu stellen, woraufhin er auch zum schnellsten Geschöpf in der Luft geworden war – und mit dieser neuen Freiheit, der Fähigkeit, mit der Lerche aufzusteigen und den Adler zu überholen, auf dem Regenbogen zu reiten und dem Sonnenuntergang um die Krümmung der Welt herum zu folgen, war der Fünfte Reiter, der Reiter auf dem geflügelten Tier, voll in Aktion getreten.

Dem Jugendlichen, der zuvor mit Hilfe eines Motorrads oder schnellen Wagens sich selbst und andere ums Leben gebracht hatte, stand nun ein ganz neues Repertoire gefährlicher Kunststücke zur Verfügung, die ausnahmslos darauf angelegt waren, seine Unsterblichkeit zu beweisen – wobei immer wieder genau das Gegenteil herauskam. Ein Lieblingsspiel war eine Art Tapferkeitsritual – das »Bomben«: dabei faßten sich zwei Flieger hoch oben in der Luft und stürzten steinschwer in die Tiefe, denn die beiden AS-Felder hoben sich in ihrer Wirkung gegenseitig auf, wenn sie sich unmittelbar berührten. Wer sich als erster freimachte und den Sturz abbremste, galt als Verlierer, während der andere – besonders wenn er sein Feld abgeschaltet und den Sturz bis zum denkbar letzten Moment ausgedehnt hatte – wurde als Sieger gefeiert, obwohl der Sieger im letzten Moment doch noch zum Verlierer werden konnte, wenn er nämlich seine Höhe falsch einschätzte und im Rollstuhl oder unter einer Marmorplatte endete.

Bomben war ebenfalls ein beliebtes Spiel besonders an jenen Tagen, da eine niedrige Wolkendecke die Teilnehmer vor den Augen des Gesetzes verbarg. Zu diesem Zweck bezog man in der Bewölkung über einer Luftstraße Position, schaltete den Auftrieb ab und stürzte durch den Strom von Passanten in die Tiefe, am besten ohne Einsatz der AS-Kraft, die den Sinkflug steuern konnte. Es galt dem bürgerlich-braven Alltagsflieger auf dem Rückweg von der Arbeit einen tüchtigen Schrecken einzujagen – ein Ziel, das im allgemeinen erreicht wurde, denn objektiv gesehen war es unmöglich, die Annäherungswinkel genau genug zu berechnen, um einen Zusammenstoß stets auszuschließen. Mehr als einmal hatte Hasson dem Bomber wie auch dem Getroffenen schmerzstillende Injektionen geben müssen oder hatte hilflos dabeigestanden, während der Fünfte Reiter seine Erfolgsliste um neue sargförmige Zeichen verlängerte.

Werry aktivierte sein Mikrofon. »Henry, haben Sie schon eine Identifikation?«

»Zur Hälfte. Der Verursacher erwies sich als ein gewisser Martin Prada, Adresse in Stettler.« Im Funkgerät trat ein unruhiges Schweigen ein. »Mag sein, daß er sich den ganzen Morgen im Tschinuk versteckt hatte. Wenn's da gestern nacht eine Party gegeben hat, werden die Kerle jetzt vielleicht ein bißchen unruhig. Die niedrige Wolkendecke, die sich bildet, hat das Hotel vor etwa einer Stunde verschluckt, die können also kommen und gehen, wie es ihnen paßt.«

»Was ist mit dem anderen?«

»Ich weiß nur, daß er ebenfalls tot ist. Nach seiner Ausrüstung zu urteilen, kommt er aus den Staaten.«

»Das hat uns gerade noch gefehlt«, sagte Werry verbittert. »Gibt's bei dem Jungen Hinweise auf Rauschgift?«

»Al, der Bursche ist auf einem Laternenmast gelandet«, beschwerte sich das Funkgerät. »Ich hab' keine Lust, in der Schweinerei herumzuwühlen und nach Einstichen zu suchen.«

»Na schön – ich bin in ein paar Minuten zur Stelle.« Werry unterbrach den Funkkontakt und warf Hasson einen Seitenblick zu. »Wenn's da einen US-Bürger erwischt hat, heißt das dreifachen Papierkrieg. Das ist nun wirklich Pech!«

Für ihn oder dich? fragte sich Hasson. Laut fragte er: »Wie ist denn die Rauschgiftsituation?«

»Das überlieferte Zeug ist weitgehend ausgestorben, bis auf Acid, aber Empathin entwickelt sich zum großen Problem.« Werry schüttelte den Kopf und beugte sich vor, um den Horizont abzusuchen. »Dabei kapier' ich das ehrlich nicht, Rob. Ich verstehe durchaus, wenn junge Leute high sein wollen, aber den Wunsch zu haben, sich gegenseitig in die Köpfe zu kriechen, die Gedanken des anderen zu denken ... Weißt du, an manchen Abenden erleben wir sie im Revier, und ein paar Stunden lang, bis die Wirkung nachläßt, wissen sie ehrlich nicht, wer sie sind. Manchmal geben zwei denselben Namen und dieselbe Anschrift an. Der eine glaubt tatsächlich, er wäre der andere! Warum tun die das?«

»Das ist ein Gruppenphänomen«, sagte Hasson. »Junge Leute sind schon immer scharf gewesen auf Gruppenidentität – und das Empathin verwirklicht diesen Traum total.«

»Solches Gerede überlasse ich den Psychiatern.« Werry schaltete seine Sirene aus, als weiter vorn auf der Straße einige Fahrzeuge mit blitzenden Blinkleuchten auftauchten. Die Vororte der Stadt lagen in der Ferne, ringsum erstreckte sich die Landschaft flach und weiß und sah öde und verlassen aus. Parallel zur Straße, doch Hunderte von Metern darüber, befanden sich zwei Lufttunnel mit glockenförmigen Zugangsöffnungen, gelb und purpurn schimmernde Bilaser-Projektionen zur Lenkung der Flieger, die die Stadt betraten oder verließen. Im Innern der durchscheinenden Röhren war ein ununterbrochener Strom von Reisenden auszumachen, doch Gestalten schwirrten auch in anderen Höhen durch die kalte Luft, angelockt von dem Auflauf am Boden.

Werry stoppte den Wagen in der Nähe der anderen, stieg aus und marschierte durch den Schnee auf eine Gruppe von Männern zu, in der sich auch zwei Gestalten in Polizei-Fluganzügen befanden. Inmitten des Dickichts aus Beinen lagen zwei Gebilde auf dem Boden, bedeckt von schwarzen Plastikbahnen. Hasson wandte den Blick ab und dachte entschlossen an sein Fernsehgerät, während ein Mann das Plastik anhob, damit Werry sich die Opfer des Unfalls ansehen konnte. Werry sprach kurz mit den anderen in der Gruppe, kam zum Wagen, öffnete die hintere Tür und nahm seinen Fluganzug heraus.

»Ich muß für ein Weilchen nach oben«, sagte er und streifte sich den isolierten Einteiler über. »Henry hat auf seinem Radar ein paar Punkte aufgeschnappt und meint, ein paar von den Kerlen könnten noch da oben sein.«

Hasson blickte zu der allesverschluckenden Wolke empor. »Dann müßten sie verrückt sein.«

»Ich weiß, aber wir müssen hinauf und ein paar Leuchtraketen abschießen und die Sache ein bißchen in Fahrt bringen. Die braven Bürger sollen ruhig sehen, daß wir unsere Arbeit tun.« Werry zog alle Reißverschlüsse zu und begann seinen AS-Harnisch anzulegen, und wie er so die Gurte festzurrte, wirkte er wieder wie das Sinnbild von Kompetenz und Härte, als das er Hasson am Bahnhof entgegengetreten war. »Rob, es fällt mir schwer, dich darum zu bitten, aber könntest du mit dem Wagen auf die andere Seite der Stadt fahren und Theo von der Schule abholen?«

»Das müßte zu schaffen sein, wenn du mir den Weg beschreibst.«

»Ich würde dich nicht darum bitten, aber ich hatte ihm versprochen, zur Stelle zu sein.«

»Al, das ist wirklich kein Problem«, sagte Hasson und wunderte sich, warum Werry so nervös war.

»Es gibt da doch ein kleines Problem.« Werry zögerte und schien sogar verlegen zu sein. »Weißt du ... Theo ist blind. Du wirst dich ihm vorstellen müssen.«

»Oh.« Hasson wußte nicht, was er sagen sollte. »Das tut mir leid.«

»Es ist kein dauernder Zustand«, fuhr Werry hastig fort. »In zwei Jahren oder so wird er operiert. Dann ist alles mit ihm in Ordnung.«

»Wie erkenne ich ihn?«

»Das ist kein Problem – es ist keine Blindenschule. Du brauchst nur nach einem großen Jungen mit einem Sensorstab Ausschau zu halten.«

»Alles klar.« Hasson bemühte sich, die Wegbeschreibung zur Schule zu erfassen und sich darüber klarzuwerden, wie er zu einem blinden Jungen stehen würde, während ihn zugleich gegen seinen Willen Werrys Flugvorbereitungen faszinierten, die instinktiven Rituale, die kein Professioneller ausließ, ehe er sich in eine gefährliche Umwelt begab. Alle Gurte richtig festgezogen und gesichert, Schulter- und Fußleuchten überprüft, Energiezellen intakt und unter der vorgeschriebenen Spannung. Alle Netze, Seile und Taschen, die zum Beruf des Luftpolizisten gehörten, vorhanden und vorschriftsmäßig verstaut. Anzugheizung in Funktion. Gesichtsschutz in der Unten-Position festgemacht, Helmradar einwandfrei, Kommunikationsgeräte in Ordnung. AS-Feld-Generator vorgewärmt, alle Kontrollen am Gürtel in den richtigen Ausgangsstellungen.

Den Flugüberprüfungen mit Geist und Auge folgend, ließ sich Hasson einen Augenblick lang dazu verlocken, die Gedanken auf den nächsten Schritt zu richten – den mühelosen Sprung, der zum schwindelerregenden Aufstieg wurde, das Gefühl, aufwärts zu *fallen*, während das Muster der Felder und Straßen kreiselnd nach unten entschwand – und prompt zogen sich seine Magenmuskeln zusammen und ließen einen sauren Geschmack in seinem Mund entstehen. Er schluckte energisch und lenkte sich ab, indem er hinter das Steuer des Wagens hinüberrutschte und sich die Kontrollen ansah.

»Wir sehen uns dann zu Hause wieder«, sagte Werry. »Ich beeile mich.«

»Bis dann«, erwiderte Hasson gelassen und konzentrierte sich anderweitig, während Werry an seinem Gürtel einen Hebel berührte und in den kalten grauen Himmel hinaufgesaugt wurde – im Mittelpunkt einer unsichtbaren Energiekugel schwebend, in seinem eigenen Mikro-Universum, in dem einige grundlegende Naturgesetze umgekehrt worden waren. Gleichzeitig starteten die beiden anderen Polizeibeamten – steifbeinig, die Köpfe in den Nacken gelegt, sich vorsichtig in ein ungewöhnlich belebtes Medium erhebend.

Hasson setzte den Motor in Gang, wendete den Wagen und fuhr zur Stadt zurück. Die Bewölkung hatte sich noch mehr verdichtet, so daß der Himmel merklich dunkler wirkte, obwohl der Abend noch fern war, und im oberen Bereich seines Blickfeldes leuchteten die pastellfarbenen Geometrien des Verkehrskontroll-Systems bsonders grell und auffällig. Hasson gelangte mühelos ins Geschäftszentrum, wobei ihm zu Hilfe kam, daß die ganze Stadt quadratisch angelegt war. Er steuerte bereits wieder auf die Außenbezirke zu, als er hinsichtlich seines ersehnten Fernsehgeräts eine spontane Entscheidung traf. Er verlangsamte die Fahrt, begann auf die Ladenfronten zu achten, die an ihm vorbeiglitten, und wurde schon nach Sekunden mit der Entdeckung eines Elektroladens belohnt. Er parkte wenige Wagenlängen hinter dem gerätegefüllten Fenster und ging darauf zu, hocherfreut über die Aussicht, an diesem und allen folgenden Abenden endlich eine Zuflucht gefunden zu haben. Doch als er den Griff bewegte, rührte sich die Glastür nicht von der Stelle.

Hasson trat einen Schritt zurück und starrte ungläubig in das erleuchtete Innere. Er wunderte sich, daß ein so zentral gelegener Laden, obwohl er klein war, so früh schon geschlossen sein konnte. Er verwünschte sein Pech und fühlte sich verfolgt und um sein Glück betrogen, dann bemerkte er, daß ein Mann aus dem Nachbargeschäft ihn beobachtete. Hasson war nicht so ohne weiteres bereit, seinen elektronischen Talisman aufzugeben, wo er ihn schon beinahe in der Hand hatte, und betrat den anderen Laden, der sich wie ein Reformhaus auf Gesundheitsnahrung spezialisiert hatte. Die Regale waren angefüllt mit Paketen und Flaschen, und in der Luft lagen widerstreitende Hefe-, Malz- und Kräutergerüche. Hinter einem überfüllten Tresen stand ein kleiner, nicht mehr junger Mann asiatischer Herkunft, der Hasson mit wissenden, verständnisvollen Augen musterte.

»Nebenan«, sagte Hasson: »Was ist nebenan los? Warum ist da niemand?«

»Ben ist mal fünf Minuten unterwegs.« Der kleine Mann sprach mit präziser, nüchterner Stimme. »Er ist gleich wieder da.«

Hasson runzelte die Stirn und trat von einem Fuß auf den anderen. »Ich habe keine Zeit. Ich müßte jetzt eigentlich schon woanders sein.«

»Ben muß jede Minute, jede Sekunde zurück sein. Sie werden nicht lange warten müssen, Mr. Haldane.«

Hasson blickte den Ladenbesitzer überrascht an. »Woher kennen Sie meinen ...?«

»Sie fahren Sheriff Werrys Wagen, und Sie sprechen mit britischem Akzent.« Die Augen des Mannes begannen humorvoll zu funkeln. »Einfach, nicht wahr? Immer wieder gebe ich die Gelegenheit aus der Hand, mich rätselhaft und undurchdringlich zu geben, aber wenn man Oliver heißt, hat es wohl kaum Sinn, die Orientalenmasche zu übertreiben, meinen Sie nicht auch?«

Hasson musterte den kleinen Mann mit ernstem Gesicht und fragte sich, ob er auf den Arm genommen werden sollte. »Sind Sie sicher, daß er gleich wieder da ist?«

»Ganz sicher. Wenn Sie wollen, können Sie gern hier warten.«

»Vielen Dank, aber ...«

»Vielleicht kann ich Ihnen verkaufen, was Sie brauchen.«

Die ungewöhnliche Formulierung wie auch ein undefinierbarer Unterton in der Stimme des Ladenbesitzers weckten den Polizisten in Hasson, der sich zu fragen begann, was hier denn wohl feilgeboten wurde. Sein Verstand ging eine Liste der Möglichkeiten durch – Drogen, Mädchen, Spielhöllen, Verhütungsmittel, gestohlene Waren –, ehe er zu dem Schluß kam, daß nur ein Dummkopf einem Verwandten des Polizeichefs solche Angebote machen würde, ohne ihn besser zu kennen. Was immer Oliver auch sein mochte, ein Dummkopf war er auf keinen Fall.

»Ich brauche nichts.« Hasson griff nach einer kleinen Flasche mit limonengrünen Tabletten, warf einen desinteressierten Blick auf das Etikett und stellte sie wieder ins Regal. »Ich sollte lieber gehen.«

»Mr. Haldane!« Oliver hatte die Stimme nach wie vor nicht erhoben, auch blieb er völlig entspannt hinter dem Tresen stehen – doch sein Blick beunruhigte Hasson. »Für Ihr Leben sind allein Sie selbst verantwortlich, doch Sie sind nicht im reinen mit sich selbst – und ich kann Ihnen helfen. Glauben Sie mir, ich kann Ihnen helfen.«

Ein guter Werbespruch, dachte Hasson abwehrend. Er versuchte noch Worte zu finden, mit denen er seinen Rückzug begründen konnte, als ein stämmiger grauhaariger Mann draußen am Schaufenster vorbeiging und Oliver zuwinkte. Im nächsten Augenblick klapperte das Türschloß des Nachbarladens, und Hasson starrte zur Straße, der Notwendigkeit des Sprechens enthoben.

»Auf Wiedersehen, Mr. Haldane«, sagte Oliver lächelnd, der auf den Verlust eines möglichen Kunden eher mitfühlend als enttäuscht reagierte. »Ich hoffe, Sie kommen bald mal wieder.«

Hasson verweilte einen Augenblick lang in der bitterkalten Luft in dem Gefühl, irgend etwas entronnen zu sein, und hastete in das Elektrogeschäft. Er brauchte weniger als fünf Minuten, um einen kleinen Festbild-Fernseher zu kaufen, wobei er auf die Dollars zurückgriff, die ihm vor seiner Abreise ausgehändigt worden waren. Er trug das Gerät zum Wagen hinaus, stellte es vorsichtig auf dem Rücksitz ab und setzte die Fahrt nach Westen in Richtung Schule fort. Wo sie sich befand, wurde schon aus der Ferne erkennbar, denn sie war durch zwei baumähnliche Bilaser-Projektionen mit dem Luftverkehrssystem verbunden. Hasson machte Hunderte von winzigen Gestalten aus, bei denen es sich um Schüler und Eltern handeln mußte, die im rubinfarbenen äußeren Stengel aufwärts schwebten und auf verschiedenen Ebenen auseinanderstrebten.

Die eigentliche Schule erwies sich als ein Gewirr nicht allzu moderner Gebäude rings um eine große Startzone mit Parkplatz. Noch immer kamen Schüler und auch einige Lehrer aus den Türen, und ihr Anblick verriet Hasson, daß er nicht zu spät kam. Er hielt den Wagen an und stieg aus, wobei ihn der Rücken nicht sonderlich zwickte, und schaute sich nach Theo Werry um. Im Umkreis von fünfzig Schritten waren mehrere Gruppen von Teenagern auszumachen, alle von spielerischer Energie gebeutelt, die auf die Befreiung von den Schulzwängen und die frische Luft zurückging.

Die meisten schienen auf Dinge, die außerhalb ihres unmittelbaren Gesichtsfeldes abliefen, nicht zu achten, Hasson fiel aber auf, daß seine Ankunft im Streifenwagen bei einer Gruppe eine Veränderung bewirkt hatte. Die Angehörigen dieser Gruppe hatten bei seinem Anblick einige Sekunden lang die Köpfe zusammengesteckt und sich dann so aufgestellt, daß die Mehrheit ihn mühelos beobachten konnte. Hassons geschultes Auge machte unaufgefordert das Flüstern und Füßescharren aus und vor allem die unmerklichen prahlerischen Schulterbewegungen, die ihm verrieten, daß junge Kraftprotze mit dem Gedanken an Gewalt spielten.

Aus reiner Gewohnheit versuchte er die Kommandostruktur der Gruppe zu ermitteln, und sein Blick fiel sofort auf einen Rotschopf von etwa achtzehn Jahren in einem Fluganzug. Er war etwa vier Jahre älter als die anderen. Er stand irgendwie anders da als seine Gefährten und strich sich ab und zu über die Nase, während er starr ins Nichts starrte. *Warum mache ich das?* fragte sich Hasson, während sein Blick über die reichlich verzierten und unvorschriftsmäßigen Gurte des Harnischs glitt und die schwach sichtbaren rechteckigen Umrisse auf dem Fluganzug, die erkennen ließen, daß hier gesetzeswidrig das fluoreszierende Material entfernt worden war, um eine Verfolgung während des Fliegens zu erschweren. Der Anzug sah außerdem feucht aus, als wäre er vor kurzem noch bei einem Wolkenflug getragen worden. In diesem Augenblick drehte sich ein jüngeres Mitglied der Gruppe in seine Richtung, und Hasson spürte ein seltsames Kribbeln im Magen, als er in der Hand des Jungen einen langen weißen Sensorstab ausmachte. Von seinen Kameraden beobachtet, marschierte er auf Hasson zu.

Hasson setzte ein Begrüßungslächeln auf, das sich in einer seltsamen Starre seines Gesichts auflöste, als ihm bewußt wurde, daß der Junge es ja nicht sehen konnte. Theo Werry war groß und schwarzhaarig und hatte zarte Gesichtszüge, auf denen die ersten Schatten an Oberlippe und Kinn seine Mannbarkeit ankündeten. Seine Augen wirkten klar und ganz normal, und nur die zurückgeneigte Kopfhaltung wie auch eine unnatürliche Gelassenheit des Ausdrucks zeigten an, daß er blind war. Hasson spürte ein Aufwallen von Zorn und Mitleid, das ihn in seiner Intensität überraschte, und dachte sofort an Al Werrys Worte, daß der Junge bald geheilt werden würde. Reglos blieb er stehen, während Theo auf ihn zukam. Der Junge ging langsam, aber sicher, und hielt den Stock in einem Winkel, der ihm aus den unsichtbaren Laserstrahlen ein Maximum an Informationen über Hassons Position und Größe verschaffte.

»Hallo, Theo«, sagte Hasson. »Ich bin Rob Haldane. Dein Vater mußte zu einem Einsatz und hat mich gebeten, dich abzuholen.«

»Hallo.« Theo verstellte etwas an dem Kopfhörer, der die Signale seines Stocks in Schallwellen umsetzte. Er streckte die linke Hand aus. Hasson ergriff sie ebenfalls mit der Linken und gab sich bei dem Händedruck Mühe.

»Tut mir leid, daß Sie sich bemühen mußten«, sagte Theo. »Ich hätt's auch allein nach Haus geschafft.«

»Es ist keine Mühe.« Hasson öffnete die Beifahrertür des Streifenwagens. »Möchtest du einsteigen?« Er war überrascht, als Theo den Kopf schüttelte.

»Ich würde lieber zurückfliegen, wenn Sie nichts dagegen haben. Ich habe den ganzen Tag auf einem Fleck gesessen.«

»Aber ...«

»Kein Problem«, sagte Theo hastig. »ich darf hinauf, solange ich mit einem anderen Flieger verbunden bin. Meinen Anzug und Harnisch finden Sie im Kofferraum.«

»Dein Vater hat aber nichts davon gesagt, daß du ...« Hasson begann sich unbehaglich zu fühlen. »Er hat mich gebeten, dich im Wagen abzuholen.«

»Es geht in Ordnung – ehrlich. Ich fliege oft von der Schule nach Hause.« Ein Hauch von Ungeduld lag in Theos Stimme. »Barry Lutze hat sich erboten, mich zu begleiten, und er ist der beste Flieger in Tripletree.«

»Ist das der Rothaarige, mit dem du eben gesprochen hast?«

»Ja. Der beste Flieger im ganzen Land.«

»Ach?« Hasson blickte zu Lutze hinüber, der sich sofort abwandte und in die Ferne blickte, während er sich zwischen Daumen und Zeigefinger die Nasenflügel streichelte.

Theo lächelte. »Kann ich jetzt bitte Anzug und Harnisch haben?«

Hasson wandte den Blick nicht von Lutze, während er seine Entscheidung traf. »Tut mir leid, Theo. Die Verantwortung kann ich nicht übernehmen – jedenfalls nicht ohne ausdrückliche Zustimmung deines Vaters. Du siehst, in welcher Lage ich bin, ja?«

»Ich sehe überhaupt nichts«, sagte Theo verbittert. Er fand mit dem Stab den Wagen und stieg ein. Von den anderen Jungen scharf beobachtet, ließ Hasson sich in den Fahrersitz sinken und versuchte nicht zusammenzuzucken, als seine Rückenmuskeln heftig auf die Krümmung reagierten. Er setzte den Motor in Gang, verließ das Startareal und hielt auf die Stadt zu. Theo verharrte in vorwurfsvollem Schweigen.

»Ist sowieso ein mieser Tag zum Fliegen«, sagte Hasson nach einiger Zeit. »Viel zu kalt.«

»Weiter oben kann es wärmer sein – durch den Tschinuk.«

»Heute gibt's keinen Tschinuk – nur tiefhängende Wolken und Fallwinde von den Bergen. Glaub mir, du bist hier unten besser dran.«

Theo zeigte einen Anflug von Interesse. »Fliegen Sie viel, Mr. Haldane?«

»Äh ... nein.« Hasson erkannte, daß es ein Fehler gewesen war, in Gegenwart eines himmelssüchtigen Jungen die Sprache auf das Fliegen zu bringen. »Ich fliege überhaupt nicht.«

»Oh. Das tut mir sehr leid.«

»Schon gut.« Die Entschuldigung zeigte, daß nach Ansicht des Jungen ein beschämendes Geständnis gemacht worden war, und trotz aller Vernunftgründe war Hasson plötzlich nicht bereit, das Thema fahren zu lassen. »Es ist nichts dagegen zu sagen, wenn man bequem reisen kann.«

Theo schüttelte den Kopf und äußerte sich mit direkter Gewißheit. »Man *muß* fliegen. Wenn ich wieder sehen kann, werde ich da oben *leben.* Etwas anderes gibt es nicht.«

»Wer sagt das?«

»Zum Beispiel Barry Lutze – und der weiß wirklich Bescheid. Barry sagt, man kann einen guten Flieger erkennen, wenn man ihn nur vor sich stehen sieht.«

In diesen Worten sah Hasson ein beunruhigendes Echo der Angel-Lehre, jenes unsystematischen und halb instinktiven Denkens, zu urzeitlich, um als Philosophie bezeichnet zu werden, das in den Köpfen mancher Jugendlicher herumspukte, die wie Supermenschen hoch über der schlummernden Erde flogen und enthusiastisch der »Freiheit« des Himmels huldigten. Es war eine gefährliche Glaubenslehre, die er sein ganzes Leben lang bekämpft zu haben schien. Er erinnerte sich an das Kondenswasser auf Lutzes Fluganzug, und schon machte sich ohne bewußte Willensentscheidung der Polizist in ihm ans Werk und versuchte gewissen Ideen auf der Spur zu bleiben.

»Barry scheint dir so manches zu erzählen«, sagte er. »Kennst du ihn gut?«

»Ziemlich gut«, antwortete Theo in schlichtem Stolz. »Er redet viel mit mir.«

»Hat er heute nachmittag ein bißchen Wolkenstürmerei betrieben?«

Theos Gesichtsausdruck veränderte sich: »Warum wollen Sie das wissen?«

»Aus keinem besonderen Grund«, antwortete Hasson und erkannte, daß er sich verraten hatte. »Interessiert mich bloß. War er oben?«

»Barry verbringt die meiste Zeit oben.«

»Wir haben heute nicht gerade die Art Wetter, die ich mir zum Wolkenanbohren aussuchen würde.«

»Wer hat gesagt, er ist in den Wolken geflogen?«

»Niemand.« Hasson, der nun doch das Thema möglichst schnell wechseln wollte, musterte die Doppelreihe der fremden Häuser vor dem Wagen. »Ich weiß nicht recht, ob ich von hier aus den Rückweg finde.«

»Steht an der nächsten Kreuzung eine Art braunes Glasgebäude?« fragte Theo. »Ein Möbelgeschäft mit der Projektion eines großen Sessels auf dem Dach?«

»Ja – unmittelbar vor uns.«

»Dann biegen Sie links ab und folgen der Straße, bis Sie die nördliche Umgehung erreichen. Dieser Weg ist ein wenig länger, dafür aber auch einfacher, wenn man sich hier nicht so gut auskennt.«

»Vielen Dank.« Hasson folgte der Wegbeschreibung. Er warf seinem Beifahrer einen neugierigen Blick zu und fragte sich, ob Theo in gewissem Ausmaß doch noch sehen konnte.

»Ich kann ungefähr die Nacht vom Tage unterscheiden«, sagte Theo, »aber ich habe ein gutes Gedächtnis.«

»Ich wollte nicht ...«

Theo lächelte. »Jeder ist überrascht, wenn er feststellt, daß ich nicht völlig hilflos bin. Ich habe eine Karte der Stadt im Kopf und überprüfe daran meine Position. Ich schiebe einen kleinen Punkt die Straßen entlang.«

»Das ist ja wirklich toll.« Die Gefaßtheit des Jungen beeindruckte Hasson.

»In der Luft funktioniert das System allerdings nicht.«

»Nein, aber in ein paar Jahren ist ja alles überstanden, nicht wahr?«

Theos Lächeln verkrampfte sich. »Sie haben mit meinem Vater darüber gesprochen?«

Hasson biß sich auf die Unterlippe angesichts der erneuten Lektion, die er schlucken mußte, daß Theo eine wache Person war und an höflichem Gerede kein Interesse hatte. »Dein Vater hat mir gesagt, in etwa zwei Jahren würdest du operiert oder so. Vielleicht habe ich ihn da falsch verstanden.«

»Oh, Sie haben ihn durchaus richtig verstanden«, sagte Theo leichthin. »Ich muß bloß noch zwei Jahre warten – und das ist ja nichts, oder? Eine Kleinigkeit.«

»Das würde ich nicht sagen«, brummte Hasson vor sich hin und wünschte, das Gespräch hätte nie begonnen, er wünschte, er säße sicher in seinem Zimmer, hinter verschlossener Tür und zugezogenen Gardinen, während die ganze Welt eine Fernsehbühne war. Er faßte das Steuer fester und konzentrierte sich darauf, den Verkehrszeichen der Straße zu folgen, die sich um die Außenbezirke der Stadt nach Norden schwang. Sie führte durch einen Hügeleinschnitt, der links und rechts von steilen schneebedeckten Hängen gesäumt wurde. Alle Anzeichen der Besiedlung waren auf diese Weise ausgelöscht, und es entstand der Eindruck, als führe er durch eine unerschlossene Wildnis.

Hasson verfolgte gerade, wie sich ein bleigraues Himmelsdreieck öffnete, ihn zu empfangen, als plötzlich etwas gegen den Wagen schlug, kräftig genug, um ihn in der Federung schwingen zu lassen. Der Aufprall schien auf dem Dach stattgefunden zu haben, doch nichts, was ihn ausgelöst haben mochte, fiel zu Boden.

Theo fuhr hoch. »Was war das?«

»Ich glaube, wir haben Gesellschaft«, sagte Hasson. Vorsichtig trat er auf das Bremspedal. Gleichzeitig raste ein Flieger von oben herbei und landete etwa hundert Meter weiter vorn auf der Straße. Der großgewachsene Mann trug einen schwarzen Anzug, einen Harnisch mit orangerot schimmernden Streifen und – trotz des abnehmenden Lichts – eine spiegelnde Sonnenbrille. Hasson erkannte Buck Morlacher sofort und ahnte gleichzeitig, daß sein Partner Starr Pridgeon in diesem Augenblick auf dem Dach des Wagens hockte, nachdem er sich in der Luft der Bewegung angepaßt hatte und dann auf dem Fahrzeug gelandet war. Weniger Wut als Gereiztheit veranlaßte ihn zu reagieren, wie er es von früher gewöhnt war. Der Wagen näherte sich langsamer werdend Morlacher, doch Hasson trat nun heftig auf die Bremse und ließ das Fahrzeug mit einem Ruck anhalten. Eine blaugekleidete Gestalt purzelte über die geneigte Windschutzscheibe, prallte auf die Motorhaube und fiel zu Boden.

Hasson bedauerte sein impulsives Vorgehen sofort wieder. Reglos blieb er sitzen, während die Gestalt aufsprang und die hageren, wutschnaubenden Züge Starr Pridgeons offenbarte. Pridgeon stürmte auf den Wagen zu, riß auf der Fahrerseite die Tür auf und dann überrascht die Augen.

»He, Buck!« rief er. »Ist gar nicht Werry – sondern sein gottverdammter Vetter aus dem gottverdammten England!«

Morlacher zögerte einen Augenblick lang und kam dann auf den Wagen zu. »Ich rede trotzdem mit ihm.«

»Recht so.« Pridgeon steckte den Kopf in den Wagen, bis seine Nasenspitze beinahe Hassons Gesicht berührte. »Was sollte denn das eben?« flüsterte er. »Was haben Sie sich dabei gedacht, mich so auf die Straße kullern zu lassen?«

Gelähmt vor Angst schüttelte Hasson den Kopf und brachte schließlich die Worte hervor, die auch Pridgeon geäußert hatte, nachdem er Al Werry umgerissen hatte. »Ein Versehen, weiter nichts.«

Pridgeons Gesicht verzog sich wütend. »Soll ich dich da rausziehen?«

»Es war ein Versehen«, sagte Hasson und blickte geradeaus. »Ich bin an dieses Modell nicht gewöhnt.«

»Wenn ich annehmen müßte, daß du so frech ...«

»Komm da raus!« sagte Morlacher zu Pridgeon und schob sich neben ihn. Mürrischen Gesichts zog sich Pridgeon zurück, ging auf die andere Seite des Wagens hinüber und starrte Theo Werry an. Der Junge rührte sich nicht, sein Gesicht war ruhig.

Morlacher beugte sich herab und schaute Hasson an. »Wie heißen Sie? Halford oder so ähnlich, nicht wahr?«

»Haldane.«

Morlacher schien die Information einen Augenblick lang auf sich einwirken zu lassen, und die beiden roten Dreiecke leuchteten auf dem rosa Untergrund seiner Wangen. »Wo ist Werry?«

»Drüben im Osten«, antwortete Hasson und ließ sich auf das Verhör ein. »Es hat eine LK gegeben.«

»Eine was?« fragte Morlacher mißtrauisch.

»Eine Luft-Kollision. Zwei Leute sind ums Leben gekommen. Er mußte hin.«

»Er hätte dort sein müssen, *ehe* jemand getötet wurde.« Morlachers Ton zeugte von einer kaum noch im Zaum zu haltenden Wut, eine Tatsache, die Hasson zur Kenntnis nahm und einigermaßen verwirrend fand – Morlachers Einstellung war ihm bisher nicht sonderlich human oder gemeinnützig vorgekommen. Er beschäftigte sich noch mit der Frage, als er rechts ein Klicken hörte und feststellen mußte, daß Pridgeon die Beifahrertür geöffnet hatte und Theo mit einem gewissen mürrisch-klinischen Interesse musterte. Theo mußte zwar das Geräusch gehört haben und den kalten Luftzug spüren, doch er bewegte sich nicht.

Hasson versuchte die Ablenkung zu verdrängen. »Es ist nicht leicht, *vor* einem Unfall zur Stelle zu sein.«

»Ach Scheiße – Unfall!« knurrte Morlacher. »Das war kein Unfall. Diese aufgepeppten jungen Scheißer können sich einfach alles erlauben. Wir lassen das zu und machen uns nichts draus!«

»Einer von ihnen ist dabei umgekommen.«

»Und Sie finden, das rückt alles wieder zurecht?«

»Nein«, mußte Hasson einräumen. »Aber dabei zeigt sich ...«

»Wissen Sie, der andere, den es erwischt hat, war kein Irgendwer, sondern ein wichtiger Besucher in unserem Land. Ein wichtiger Besucher – und nun schauen Sie sich mal an, was ihm zugestoßen ist!«

»Haben Sie ihn gekannt?« Hasson wurde von dem Gespräch über den toten Flieger durch die Tatsache abgelenkt, daß Pridgeon eine Hand gespreizt hatte und sie wenige Zentimeter vor Theos Nase hielt. Der Junge spürte das Vorhandensein des Hindernisses sofort und bog ruckartig den Kopf zurück. Pridgeons Gesicht zuckte unter den dünnen Strähnen seines Schnurrbarts vor Vergnügen, und er wiederholte das Experiment, wobei er die Hand ein wenig weiter weg hielt. Hasson starrte auf seine Hände, die das Steuerrad umklammerten und versuchte mitzubekommen, was Morlacher sagte.

»... in den Medien heute abend«, dröhnte der große Mann, »und was wird darin zum Ausdruck kommen? Ich werd's Ihnen sagen. Es wird heißen, man kann nördlich von Calgary nicht mehr gefahrlos fliegen. Es wird heißen, hier oben, das wäre ein Cowboy-Land. Ich sag' Ihnen, manchmal könnte man den Verstand ...« Molachers klobige Vorderzähne schlossen sich mit einem hörbaren Klicken und unterbrachen einen Strom von Worten, den zu formulieren seine Wut zu groß geworden war.

Hasson blickte zu ihm empor, stumm, hilflos, verwirrt, sich fragend, was ihm noch bevorstand, ob die herumstreunenden Fremden gewalttätig werden würden gegenüber einem kranken Mann und einem blinden Jungen. Neben ihm bewegte Theo den Kopf hin und her in dem Bemühen, der Nähe von Pridgeons Hand zu entgehen.

»Wenn Sie Werry sehen, sagen Sie ihm, ich hab' die Nase

voll«, knurrte Morlacher schließlich. »Sagen Sie ihm, mir steht dieser Kram bis hier, und ich käme ihn besuchen. Begriffen?«

»Ich sag's ihm«, versprach Hasson und registrierte erleichtert, daß Morlacher die Hand an die Flugkontrollen seines Gürtels gelegt hatte.

»Komm, Starr – wir haben Arbeit!« Morlacher bewegte einen Hebel und wurde in den Himmel emporgerissen. Im Bruchteil einer Sekunde war er aus Hassons begrenztem Blickfeld verschwunden. Auf der anderen Seite des Wagens schnalzte Pridgeon dicht vor Theos Gesicht mit den Fingern, was den Jungen zusammenzucken ließ, und wiederholte dann seinen einschüchternden Trick, indem er Hasson plötzlich mit düster-abweisendem Blick aufs Korn nahm. Ohne die Augen abzuwenden, trat er einige Schritte zurück, sprang empor und war fort. Die nun eintretende Stille wurde nur durch das Rauschen des Windes unterbrochen, der durch die offenen Wagentüren hereindrang.

Hasson lachte unsicher auf. »Was sollte denn das alles?«

Theo kniff die Lippen zusammen und sagte nichts.

»Nett von Ihnen, mal bei uns vorbeizuschauen«, sagte Hasson und versuchte das Gefühl der Unzulänglichkeit und Scham zu überspielen, das ihn erfüllte. »Ihr habt hier wirklich nette Leute.«

Theo streckte die rechte Hand aus, schloß die Beifahrertür und bewegte sich ein wenig in seinem Sitz zum Zeichen, daß er jetzt nach Hause wollte. Hasson atmete tief ein, während er auch seine Tür schloß und den Wagen anfahren ließ. Sie verließen den tiefen Einschnitt. Weiter vorn wurden auf einer Seite vereinzelt stehende Häuser sichtbar, von denen eingie schon erleuchtet waren. In allen anderen Richtungen erstreckte sich ein weites, fremdes Land bis in jene Zwischenzone, in der der Schnee so grau war wie der Himmel. Hasson fühlte sich allein.

»Ich wußte nicht recht, was ich sagen sollte«, wagte er sich vor. »Bin doch erst ein paar Stunden in der Stadt ...

kenne kaum jemanden ... ich wußte nicht so ganz, wie ich mit der Situation fertigwerden sollte.«

»Machen Sie sich keine Sorgen«, erwiderte Theo. »Sie haben sich genauso verhalten, wie es mein Vater getan hätte.«

Hasson versuchte diese Bemerkung zu beurteilen und kam zu dem Schluß, daß er beleidigt worden war, entschied sich aber dagegen, etwas zu seiner Verteidigung vorzubringen. »Ich verstehe nicht, warum Morlacher so aufgebracht ist – ist er Bürgermeister oder was?«

»Nein – nur unser netter kleiner Gangster an der Ecke.«

»Was ist dann mit ihm los?«

»Da sollten Sie besser meinen Vater fragen. Der muß es wissen, denn er arbeitet für Morlacher.«

Hasson warf einen Blick auf Theo, dessen Gesicht bleich und starr war. »Damit gehst du doch ein bißchen weit, nicht wahr?«

»Finden Sie? – Na schön, sagen wir's mal so!« Theo äußerte sich mit einer Bitterkeit, die darüber hinwegtäuschte, wie jung er noch war. »Mr. Morlacher hat meinem Vater seinen Sheriffsposten verschafft, was er nur deswegen tat, weil er wußte, daß er dazu absolut nicht taugte. Damit sollte gewährleistet sein, daß Mr. Morlacher sich in Tripletree erlauben konnte, was ihm einfiel, ohne vom Gesetz belästigt zu werden. Inzwischen hat sich die Lage aber verändert, und Mr. Morlacher braucht jemanden, der tüchtig durchgreift – und nun gibt es niemanden, der das für ihn erledigt. Ich bin sicher, Sie sehen die Komik dieser Situation. Alle anderen in der Stadt tun das nämlich.«

Die Worte des Jungen klangen wie eine gründlich überlegte und gut eingeübte Rede, die er schon vor vielen Leuten gehalten hatte, und Hasson ging auf, daß er im Begriff stand, die Zehen in den dunklen, tiefen See der Familienangelegenheiten zu stecken, die ihn wahrhaft nichts angingen. Obwohl Theos Zynismus ihn schockierte, nahm er sich sofort vor, von der Sache abzulassen, ehe er in anderer Leute Probleme hineingezogen wurde. Er war aus keinem anderen Grunde in Kanada, als sich auszuruhen und zu erholen, und am Ende der vorgesehenen Zeit würde er frei und ungehindert wie ein Vogel davonfliegen. Das Leben war auch so schwierig genug, diese Lektion hatte er inzwischen begriffen ...

»Ich glaube, wir sind in wenigen Minuten zu Hause«, sagte er. »Vor uns sehe ich eine Straße, die wie die nördliche Schnellstraße aussieht.«

»Dort biegen Sie rechts ab, dann die dritte rechts«, erwiderte Theo, und ein seltsamer Unterton in seiner Stimme schien beinahe Enttäuschung anzuzeigen, daß Hasson auf seinen Vortrag nicht reagiert hatte. Mehrmals veränderte er die Haltung in seinem Sitz. Sein Gesicht wirkte intelligent, zeigte aber einen bedrückten, gequälten Ausdruck. Alles in allem erweckte er nicht gerade den Anschein, als wäre er innerlich ausgeglichen.

»Der Unfall heute nachmittag«, sagte er. »War er schlimm?«

»Ziemlich – zwei Leute sind tot.«

»Warum hat dann Morlacher gesagt, es sei kein Unfall gewesen?«

Hasson verlangsamte vor der Kreuzung die Fahrt. »Soweit ich weiß, hat ein geistig Zurückgebliebener in der Ost-Annäherung gebombt – mit dem unvermeidlichen Ergebnis.«

»Wer sagt, daß es unvermeidlich sein muß?«

»Ein Typ namens Isaac Newton. Ist jemand verrückt genug, seinen Harnisch während des Fluges auszuschalten, dauert es nur sieben Sekunden, bis er die Endgeschwindigkeit von zweihundert Kilometern in der Stunde erreicht, und egal welchen Vektor er ins Spiel zu bringen versucht ...« Hasson hielt inne, als ihm Theos blicklose Augen bewußt wurden, die sich auf ihn richteten. »Wir erfahren in der Versicherungsbranche von solchen Sachen.«

»Das ist wohl anzunehmen«, sagte Theo nachdenklich.

Hasson schwieg und fragte sich, ob es stimmen konnte, was über den unheimlichen Wahrnehmungssinn mancher Blinder verbreitet wurde. Er folgte der Wegbeschreibung, die Theo ihm gegeben hatte, und stoppte den Wagen vor Al Werrys Haus. Theo verstellte etwas an den Kontrollen seines Stabs und erweckte die eingebauten rubinroten Lämpchen zum Leben. Er stieg aus und ging auf das Haus zu. Hasson nahm das Fernsehgerät vom Rücksitz und folgte ihm, froh, der dunkler werdenden Welt den Rücken zuwenden zu können.

Der Flur kam ihm kleiner vor als früher – was auf die Tatsache zurückzuführen war, daß Theo sich in der Mitte bemühte, seinen Mantel auszuziehen, außerdem roch es nun nicht mehr nur nach Bohnenwachs und Kampfer, sondern auf angenehme Weise auch nach Kaffee. Augenblicklich steigerten sich Hassons Angstgefühle bei der Aussicht, auf der Stelle ins Hinterzimmer gehen und mit Beinahe-Fremden Konversation treiben zu müssen. Er marschierte sofort auf die Treppe zu und bezwang sich, nicht zwei Stufen auf einmal zu nehmen, um zu verhindern, daß sich die Tür zum Hinterzimmer zur Unzeit noch öffnete.

»Gib deiner Familie Bescheid, ich bin oben und packe aus«, sagte er leise zu Theo. »Dann mache ich mich ein bißchen frisch.«

Er erreichte den oberen Flur, als unten das Drehen eines Türknaufs zu hören war. Wie in panischem Entsetzen stürzte er in sein Zimmer, stellte den Fernseher auf das Bett und verschloß die Tür hinter sich. Im Dämmerlicht wirkte das Zimmer düster und fremd. Die Gesichter in den gerahmten Photographien starrten sich in stummer Verständigung an und stimmten darin überein, daß sie den Eindringling ignorieren wollten. Hasson schloß die Gardinen, schaltete eine Lampe ein und machte sich daran, den Fernseher auf einem Tisch neben dem Bett aufzustellen. Er schaltete ihn ein und ließ auf diese Weise ein Miniatur-Proszenium entstehen, unter dem in einer perfekten Simulation der Realität winzige Menschengestalten herumstolzierten.

Hasson dämpfte das Licht, zog hastig die Überkleidung aus und legte sich zu Bett, ohne den Blick von dem Technicolor-Mikrokosmos zu wenden, der vor ihm entstanden war. Er zog die Decke bis unter das Kinn und schuf damit eine weitere Barriere zwischen sich und dem äußeren Universum. Die Kühle des Bettlakens, die mit seinem Rücken in Berührung kam, löste schmerzhafte Krämpfe aus, die dazu führten, daß er sich eine ganze Minute lang unbehaglich hin und her wand, doch endlich fand er eine bequeme Stellung und begann sich zu entspannen. Mit Hilfe der Fernsteuerung wies er das Gerät an, britische Fernsehprogramme auszuwählen, die über Satellit kamen, und mußte prompt feststellen, daß ihm wegen der Zeitdifferenz nur frühmorgendliche Bildungssendungen zugänglich waren. Schließlich gab er sich mit einem Holofilm zufrieden, der von einer hiesigen Station ausgestrahlt wurde, und nahm sich vor, bei nächster Gelegenheit in den Laden zurückzukehren und etliche Spulen mit britischen Komödien und dramatischen Serien zu kaufen. Zunächst aber fühlte er sich warm, einigermaßen sicher, frei von Schmerzen, enthoben der Notwendigkeit des Handelns oder Denkens ...

Ein beharrliches Klopfen an der Tür riß Hasson aus seiner elektronischen Halbwelt. Er stemmte sich in eine sitzende Stellung hoch und blickte durch das Zimmer, das dunkel vor ihm lag, unwillig, den Kokon des Bettes zu verlassen. Das Klopfen hörte nicht auf. Hasson stand auf, ging zur Tür und machte auf. Al Werry marschierte in voller Uniform auf ihn zu.

»Man sieht ja gar nichts«, bemerkte Werry und schaltete bereits die Beleuchtung ein. »Hast du geschlafen?«

»Zumindest habe ich mich ausgeruht«, antwortete Hasson blinzelnd.

»Ein guter Einfall – dann bist du ja für die Party heute abend in Form.«

Hasson spürte einen Ruck in seiner Brust. »Welche Party?«

»He! Du hast dir ja den Fernseher schon besorgt.« Werry ging zum Gerät und hockte sich davor nieder, wobei ein zweifelnder Ausdruck auf seinem Gesicht erschien. »Putziges kleines Ding, nicht wahr? Wenn man sich erst an ein Zwei-Meter-Ding gewöhnt hat, wie wir's unten im Vorderzimmer stehen haben, gibt man sich mit etwas anderem gar nicht mehr ab.«

»Hast du eben von einer Party gesprochen?«

»Aber ja doch! Keine große Sache, nur ein paar Freunde, die dich kennenlernen und einen hinter die Binde kippen wollen. Auf jeden Fall soll's eine echte Alberta-Begrüßung werden, Rob, ich verspreche dir, du wirst garantiert deinen Spaß haben.«

»Ich ...« Hasson blickte in Werrys eifriges Gesicht und erkannte, daß es aussichtslos war, ihn von seinen Plänen abzubringen. »Du hättest dir nicht soviel Mühe machen sollen.«

»Ist doch keine Mühe – besonders wenn man bedenkt, wie ihr euch in England um mich gekümmert habt.«

Erneut versuchte sich Hasson an die erste Begegnung mit dem anderen zu erinnern, an jenes Trinkgelage, an das Werry offenbar sehr gern zurückdachte, doch in seinem Kopf entstanden keine Bilder, und er empfand ein vages Schuldbewußtsein. »Übrigens bin ich heute nachmittag deinem Freund Morlacher begegnet.«

»Ach?« Werry schien die Auskunft nicht zu bekümmern.

»Er sagte, der Mann, der heute nachmittag bei dem Unfall ums Leben kam, war eine Art VIP.«

»Unsinn! Er war Einkäufer für ein Warenhaus aus Great Falls. Natürlich hatte er es nicht verdient, ums Leben zu kommen, aber er war nichts anderes als ein ganz normaler Bursche auf einer ganz normalen Geschäftsreise. Ein normaler Fall in der Statistik.«

»Warum hat dann aber ...?«

»Buck redet immer so«, fuhr Werry fort und gab ein wenig von seiner Zurückhaltung auf. »Er hat es sich in den Kopf gesetzt, man könnte die Zivilflugbehörde dazu überreden, den Nord-Süd-Luftkorridor über Calgary hinaus nach Edmonton zu verlängern, vielleicht sogar bis nach Athabasca. Und dafür spricht er im Fernsehen, bringt Petitionen ein, holt auf eigene Kosten große Tiere in die Stadt ... Ihm scheint nicht aufzugehen, daß der wichtige Frachtverkehr einfach nicht ausreicht, um den Aufwand zu rechtfertigen.«

Hasson nickte bei dem Gedanken an die Kosten der Einrichtung einer Kette automatischer Radarposten, Energiezäune und bemannter Patrouillenstationen, mit denen ein dreihundert Kilometer langer Streifen auf den Sicherheitsstandard gebracht werden konnte, der von den verschiedenen Pilotenvereinigungen gefordert wurde. »Wieso hängt er da mit drin?«

»Wegen des Tschinuk. Des großen Lutschers, des Spitzenhotels auf der Spitze.« Werry zog ein gekränktes Gesicht. »Buck bildet sich ein, er könnte aus der Investition seines alten Herrn noch 'was rausschlagen. Er sieht den Bau als luxuriöses Flughafenhotel, Kongreßzentrum, Superbordell, Stadion für olympische Spiele, als Zentrale der Vereinten Nationen, Disney-Planet, als letzte Tankstelle vor dem Mars. Nenn irgend etwas ... Buck sagt, er kann es draus machen.«

Hasson lächelte verständnisvoll, kannte er doch die bitteren Sprüche von Menschen, die sich eine alte Plage von der Seele reden. »Heute nachmittag war er deswegen ziemlich aufgebracht.«

»Was erwartet er von mir?«

»Soweit ich mitbekommen habe, will er zu dir kommen, um dir seine Erwartungen auseinanderzusetzen. Ich hab' versprochen, es dir auszurichten.«

»Danke.« Werry zog mit einer schimmernden Stiefelspitze Furchen durch den Teppich. »Manchmal wünschte ich, ich wäre ...« Unter herabgezogenen Brauen warf er Hasson einen Blick zu und lächelte plötzlich, in die Rolle des sorglosen Revolutions-Obersten zurückkehrend. Seine Finger fuhren über die dünne Linie des Schnurrbartes, wie um sich zu überzeugen, daß er noch vorhanden sei.

»Hör zu, Rob! Wir haben bessere Gesprächsthemen«, sagte er. »Du bist nach Kanada gekommen, um der Polizeiarbeit den Rücken zu kehren, und ich werde dafür sorgen, daß es dabei bleibt. In dreißig Minuten meldest du dich unten, auf Party getrimmt und durstig wie die Hölle. Begriffen? – Begriffen?«

»Einen Drink könnte ich wohl vertragen«, sagte Hasson. Im Laufe dieses Tages war zuviel geschehen, und er wußte aus Erfahrung, daß er mindestens einen Dreiviertelliter Whisky zu sich nehmen mußte, wenn er mühelos einschlafen und nicht vom Fliegen träumen wollte.

»So klingt das schon besser.« Werry schlug ihm auf die Schulter und verließ das Zimmer in einem Gewirr von Luftströmen, die eine seltsame Geruchsmischung von Talkumpuder, Leder und Maschinenöl hinterließen.

Bekümmert blickte Hasson auf das Bett und den anheimelnd schimmernden Fernseher und machte sich dann verspätet ans Auspacken. So schlimm die Aussicht auf die Party auch war, sie mochte ihm zugleich eine größere Bewegungsfreiheit bieten als ein Abend allein mit Al Werry und den drei anderen Angehörigen des Haushalts. So mochte er die Chance haben, sich unweit des Alkoholvorrats in einer Ecke festzusetzen, bis er sich ohne aufzufallen zurückziehen konnte. Und so kam er ohne große Probleme in den nächsten Tag, der ihm die Gelegenheit bieten würde, sich gegen neue Anfechtungen zu wappnen.

Er sammelte seine Toilettensachen ein, öffnete die Tür ein Stück und lauschte, damit er nicht etwa May oder Ginny Carpenter über den Weg lief. Verstohlenen Schrittes machte er sich sodann auf den Weg ins Badezimmer. Auf halber Strecke des Flurs erreichte er eine andere Tür, die leicht geöffnet war, und registrierte interessiert, daß das dahinterliegende Zimmer im Abstand von wenigen Sekunden immer wieder erleuchtet und in Dunkelheit gestürzt wurde. Hasson eilte an der Erscheinung vorbei, suchte das Badezimmer auf und verbrachte die nächste Viertelstunde damit zu duschen und sich frischzumachen. Dabei erneuerte sich eine schon früher gemachte Feststellung, daß einem aus einem fremden Spiegel auch stets ein Fremder entgegenblickt, Als einzige Erklärung wollte ihm einfallen, daß Menschen vor einem vertrauten Spiegel unwillkürlich eine Pose einnehmen, mit dem Bemühen, ein Wunschbild ihrer selbst vor Augen zu bekommen, ehe sie sich dem Glas zuwenden.

Heute wurde Hasson von dem Anblick eines dunkelhaarigen, auf unauffällige Weise kräftigen Mannes überrascht, dessen Gesicht durch eine angstvolle Gespanntheit um Mund und Augen entstellt wurde. Er starrte in den Spiegel, veränderte bewußt seinen Ausdruck und versuchte die sichtbar werdenden Anzeichen von Belastung und Selbstmitleid zu entfernen; dann verließ er das Badezimmer und schritt durch den Flur zurück. Die andere Tür stand noch immer offen, dahinter ging noch immer das Licht in kurzen Abständen an und wurde wieder gelöscht. Hasson war schon vorbeigegangen, als ihn die Angst vor einer bizarren elektrischen Fehlfunktion packte, die das trockene Holz des Hauses in Brand stecken könnte. Er ging einige Schritte zurück, schob die Tür ein wenig weiter auf und blickte ins Zimmer. Mit untergeschlagenen Beinen saß Theo Werry auf dem Bett, hielt sich eine Tischlampe dicht vor die Augen und bediente unablässig den Schalter. Hasson zog sich möglichst leise zurück, beschämt von der Erkenntnis, daß es schlimmere Verletzungen gab als gerissene Wirbel und Knochenbrüche.

Mit langsamen, nachdenklichen Bewegungen zog er eine bequeme Hose und ein weiches braunes Hemd an, und als er fertig war, hatten sich die ersten Partygäste bereits eingefunden. Ihre Stimmen tönten in unregelmäßigen Wogen durch den Fußboden herauf. Sie waren laut, entspannt und fröhlich, wie es sich für Mitglieder des exklusiven Klubs jener gehörte, die sich bei Al Werry zu Hause fühlen konnten – ein Klub, dem Hasson nicht angehörte. Dreimal öffnete er die Zimmertür und kehrte dreimal zurück, ehe er den Mut aufbrachte, nach unten zu gehen.

Die erste Person, die er beim Eintreten zu Gesicht bekam, war May Carpenter, die wenige durchsichtig-weiße Stoffetzen am Leibe trug, zusammengehalten durch dünne Goldkettchen. Lächelnd wandte sie sich zu ihm um und überwältigte ihn beinahe mit ihrer Ausstrahlung, in der er Elemente sämtlicher Film-Sexbomben zu entdecken glaubte, die ihm in den Sinn kamen. Er blinzelte und versuchte den Eindruck zu verarbeiten, ehe er merkte, daß andere Frauen ähnlich exotisch gewandet waren und die Männer bunte, mit Schnüren verzierte Jacken trugen. Da dämmerte ihm, daß hier entgegen dem Eindruck, den Werry ihm vermittelt hatte, eine formelle Party stattfand, für die man sich herausputzen mußte. *Alle schauen dich an*, ermahnte ihn eine tonlose Stimme. Er zögerte an der Tür und überlegte, ob es noch die Möglichkeit gab, sich zurückzuziehen.

»Da ist er ja!« rief Al Werry. »Komm rein und lern die anderen kennen, Rob!« Werry eilte mit dem Glas in der Hand auf ihn zu. Er wirkte fehl am Platze in seiner Sheriffsuniform, bei der nur das Käppi fehlte. Hasson am Arm haltend, führte er ihn auf die anderen zu.

Hasson wußte nicht recht, was er sagen sollte. Er musterte Hassons Uniform und fragte: »Hast du heute abend Bereitschaft?«

Werry blickte ihn überrascht an. »Natürlich nicht.«

»Ich dachte nur, weil ...«

»Hier, das sind Frank und Carol«, unterbrach ihn Werry und begann damit eine verwirrende Folge von Vorstellungen, bei denen sich Hasson keinen einzigen Namen einzuprägen vermochte. Betäubt von den lächelnden Gesichtern, dem Händeschütteln, den freundlichen Begrüßungen wurde Hasson schließlich wie ein Stück Treibholz an einen Tisch voller Drinks getrieben, den Ginny Carpenter verwaltete. Sie trug denselben Coppertex-Anzug, in dem er sie schon gesehen hatte. Sie blickte ihn an, ohne sich zu bewegen, unbeugsam wie eine Metallrüstung.

»Gib dem Mann etwas zu trinken«, sagte Werry und lachte leise. »Damit meine ich Robs Spezialmarke – den Lockhart. Gib ihm eine tüchtige Ladung!«

Ginny griff nach der Flasche, betrachtete kritisch das Etikett und schenkte eine ganz kleine Portion aus. »Etwas dazu?«

»Ja bitte – Sodawasser.« Hasson nahm das Glas entgegen und leerte es unter Werrys wohlwollendem Blick beinahe ganz. Er konnte ein Zusammenzucken nicht verhindern, als er feststellen mußte, daß der Whisky mit Tonic-Wasser verdünnt worden war.

»Gut, wie?« fragte Werry. »Hat mich drei Tage gekostet, die Flasche aufzutreiben.«

Hasson nickte. »Ich hab' das Zeug bloß noch nie mit Tonic getrunken.«

Ein Ausdruck des Unglaubens und Entzückens erschien auf Werrys Gesicht. »Sag bloß nicht, Ginny hat dir den falschen Zusatz gegeben? Was für eine Frau!«

»Er sollte guten Rye-Whisky und Ginger Ale trinken wie alle anderen«, bemerkte Ginny unbeeindruckt, und Hasson erkannte, daß sie ihm den Drink absichtlich verdorben hatte. Ihre Feindseligkeit verwirrte und bedrückte ihn, und er wandte sich ab und verharrte wortlos, bis Werry ihm ein frisches Glas besorgt hatte, das bis zum Rand mit nahezu purem Whisky angefüllt war. Damit zog er sich in eine stille Ecke zurück und begann sich methodisch und ohne große Freude mit dem Getränk zu beschäftigen, in der Hoffnung, sich möglichst bald soweit zu betäuben, daß die unmittelbare Nähe von Fremden ihm nichts mehr ausmachte.

Ringsum ging die Party ihren Gang, da und dort bildeten sich Aktionszentren und lösten sich wieder auf, und mit der Zeit wirkte sich der konsumierte Alkohol insbesondere in der Lautstärke aus. Al Werry, der offensichtlich der Meinung war, er habe sich seiner Gastgeberpflichten gegenüber Hasson entledigt, wanderte beständig zwischen den Gruppen seiner Freunde herum, ohne sich jeweils länger als einige Sekunden aufzuhalten. Er wirkte gesund, energisch und kompetent – und in seiner schokoladenbraunen Uniform völlig fehl am Platze. Um May Carpenter scharten sich in der Regel nicht weniger als drei Männer; sie schien voll damit in Anspruch genommen, ihre Aufmerksamkeiten zu erwidern, und schaffte es doch immer wieder, seinem Blick zu begegnen, wenn er in ihre Richtung schaute. Hasson wurde bewußt, daß Werry und May sich insoweit ähnlich waren, als er ihren Charakter nicht zu durchschauen vermochte. Beide waren von dermaßen überwältigender physischer Präsenz, daß ihr inneres Wesen verborgen blieb. May benahm sich zum Beispiel genauso, als finde sie Hasson interessant, trotz der Tatsache, daß er für Frauen praktisch zu existieren aufgehört hatte. Vielleicht verfügte sie über ausgeprägte Mutterinstinkte, vielleicht trat sie allen Männern so gegenüber – Hasson vermochte es nicht zu beurteilen. Mit diesem Problem beschäftigte er sich dann und wann zwischen Gesprächen mit Männern und Frauen, die es auf sich nahmen, ihn seiner Einsamkeit zu berauben. Der Lärmpegel im Zimmer stieg weiter. Hasson setzte das Trinken fort, bis er die halbe Flasche Scotch vertilgt hatte und sich mit Rye begnügen mußte, den er flach, aber noch einigermaßen akzeptabel fand.

Es gab eine Phase, da war die Beleuchtung heruntergedimmt, und einige Paare tanzten. Dabei machte er die Entdeckung, daß der rundliche junge Mann mit den apfelroten Wangen, der auf ihn einredete, kein Bauer war, wie sein Aussehen vermuten ließ, sondern ein Arzt namens Drew Collins. Eine Erinnerung, die Hasson bisher unterdrückt hatte – Theo Werry, wie er auf seinem Bett saß und sich die Lampe dicht vor die Augen hielt – stieg sofort an die Oberfläche seines Bewußtseins.

»Ich würde Sie gern mal was fragen«, sagte er und wußte nicht recht, ob sich so etwas mit der ärztlichen Standesehre vertrug. »Ich weiß, der Zeitpunkt ist nicht günstig gewählt, und so weiter ...«

»Machen Sie sich mal deswegen keine Sorgen«, sagte Drew fürsorglich. »Notfalls schreibe ich Ihnen das Rezept auch auf einen Untersetzer.«

»Es geht nicht um mich – ich habe mich nur gefragt, ob Sie auch Theo behandeln.«

»Ja, ich kümmere mich um Theo.«

»Also ...« Hasson führte seinen Drink im Kreis herum und erzeugte eine konische Vertiefung in der Mitte der

Flüssigkeit. »Stimmt es, daß er in zwei Jahren wieder sehen kann?«

»Durchaus. Genau genommen sind es keine ganzen zwei Jahre mehr.«

»Warum muß man mit der Operation denn so lange warten?«

»Es handelt sich eigentlich nicht um eine Operation«, erklärte Drew, der offenbar gern über berufliche Dinge redete. »Es ist der Gipfelpunkt einer drei Jahre währenden Behandlung. Die Krankheit, an der Theo leidet, wird grauer Star genannt. Bis vor etwa zwanzig Jahren gab es nur eine mögliche Behandlung – das Entfernen der undurchsichtigen Linsen –, und das hätte ihn für den Rest seines Lebens mit einem höchst abnormen Sehvermögen ausgestattet. Inzwischen jedoch können wir die Durchsichtigkeit der Linsenkapsel wiederherstellen. Dabei müssen die Augen drei Jahre lang täglich mit Tropfen behandelt werden, doch am Ende dieser Zeit genügt die einfache Injektion eines genau zugeschnittenen Enzyms in die Linsen, um sie wie neu zu machen. Ein echter medizinischer Fortschritt.«

»Hört sich auf jeden Fall so an«, bemerkte Hasson. »Nur ...«

»Nur was?«

»Drei Jahre Dunkelheit sind eine lange Zeit.«

Überraschenderweise rückte Drew näher an Hasson heran und senkte die Stimme. »Hat Sybil Sie etwa auch auf ihre Seite gezogen?«

Hasson starrte ihn einen Augenblick lang stumm an und versuchte seine Verwirrung zu verbergen. »Sybil? Nein, sie hat mich nicht auf ihre Seite gezogen.«

»Ich hielt es immerhin für möglich«, sagte Drew in vertraulichem Ton. »Sie hat sich mit einigen von Als Verwandten in Verbindung gesetzt und sie dazu gebracht, Druck auf ihn auszuüben, aber Al ist vor dem Gesetz als einziger für den Jungen verantwortlich und mußte die Entscheidung ganz allein fällen.«

Hasson durchforstete sein Gedächtnis und stieß auf die

vage Erinnerung an eine Bemerkung Werrys, daß seine Ex-Frau Sybil hieß. Und vages Verstehen glimmte in seinem Kopf.

»Na«, sagte er behutsam, »es gibt sicher Argumente für und wider diese neue Behandlung.«

Drew schüttelte den Kopf. »Das einzige, was dagegen spricht, ist die dreijährige Verzögerung, doch ist das – besonders für einen jungen Menschen – ein geringer Preis für ein perfektes Sehvermögen.«

»Ach, wirklich?«

»Natürlich. Al hat die Entscheidung jedenfalls getroffen, und Sybil hätte darin zu ihm stehen sollen, wenn auch nur, um Theo zu helfen. Alles in allem meine auch ich, er hat richtig entschieden.«

»Wohl möglich ...« Hasson, der gefährliche Gesprächsuntiefen erahnte, fischte nach einem neuen Thema, und mußte plötzlich ohne besonderen Grund an den Mann denken, den er im Reformhaus in der Stadt kennengelernt hatte. »Haben Sie hier viel Konkurrenz durch alternative Mediziner?«

»So gut wie gar keine.« Drew blickte zur Seite und hob die Augenbrauen, als Ginny Carpenter neben ihm erschien. »Die Gesetze in Alberta sind in dieser Beziehung ziemlich streng. Warum fragen Sie?«

»Ach, aus keinem besonderen Grund. Ich bin heute einem interessanten Typ begegnet, einem Asiaten, der eine Art Reformhaus besitzt. Er sagt, er hieße Oliver.«

»Oliver?« Drews Gesicht blieb ausdruckslos.

»Das ist Olly Fan«, warf Ginny ein und kicherte wie eine Disneyhexe. »Von dem lassen Sie mal die Finger, mein Junge. Überhaupt von allen Chinesen. Die halten's noch an Orten aus, wo Weiße aus Kummer sterben würden, denn sie denken doch nur ans Geldverdienen.« Sie schwankte einen Augenblick lang hin und her, das Glas in der Hand, das dreieckige Gesicht vom Alkohol gerötet. »Woll'n Sie wissen, wie diese Kerle in ihren Eckläden Geld verdienen, wenn kein Kunde da ist?«

»Ich will vor allem einen neuen Drink«, erwiderte Drew und entfernte sich.

Ginny hielt ihn am Arm fest. »Ich sag' Ihnen, was die machen. Sie ertragen es nicht, eine Minute verstreichen zu lassen, ohne Geld zu verdienen, und so stehen sie da hinter dem Zigarettentresen, öffnen Streichholzschachteln und nehmen aus jeder ein Hölzchen heraus. Ich hab' reingeschaut und sie dabei beobachtet – sie stehen einfach nur da! Ein Streichholz aus jeder Schachtel! Niemand vermißt das eine Holz, doch wenn sie das fünfzigmal gemacht haben, haben sie 'ne zusätzliche Schachtel für den Verkauf. Weiße würden sich nicht soviel Mühe geben, aber diese Schlitzaugen stehen einfach da ... Ein Hölzchen aus jeder Schachtel!«

Hasson beschäftigte sich kurz mit der Geschichte, ordnete sie unter »Rassistisches Gerede« ein und übersah auch die mangelnde innere Logik nicht. »Schwer vorstellbar, nicht wahr?«

Ginny überdachte seine Worte und schien den Doppelsinn zu erfassen. »Glauben Sie etwa, ich hab' das alles erfunden?«

»Ich wollte nicht behaupten ...« Hasson lächelte entschuldigend, denn er hatte Angst vor einer Auseinandersetzung mit der barschen kleinen Frau. »Ich glaube, ich brauch' auch einen neuen Drink.«

Ginny winkte großzügig in Richtung Tisch. »Nur zu, saugen Sie's ein wie ein Schwamm, mein Freund.«

Hasson gingen etliche Antworten durch den Kopf, die von abweisend-sarkastisch bis grob-unhöflich reichten, doch wieder war er das Opfer einer verbalen Ladehemmung, die durch Unterströmungen von Verlegenheit, Erschöpfung und Angst noch kompliziert wurde. Schließlich murmelte er Ginny sogar dankend zu und wich vor ihr zurück wie ein Höfling, der sich einer Majestät empfiehlt. Er füllte sein Glas nach, wobei er durchaus wußte, daß er zuviel trank, und nahm sich vor, Werrys Methode des ständigen Ortswechsels nachzuahmen, bis er sich ohne Folgen in die Festung seines Zimmers zurückziehen konnte. Schon nach kurzer Zeit erzeugten das Übermaß an starkem Alkohol und seine Müdigkeit einen tranceähnlichen Zustand, in dem das Zimmer zu einem allesumfassenden Bildschirm wurde, auf dem die menschlichen Umrisse flache, bedeutungslose Projektionen waren, wie von einem sprühenden Feuer gemalte Schattenmuster.

Zu seiner Verblüffung erkannte Hasson einige Zeit später, daß er in ein trunkenes Spiel hineingezogen worden war, dessen Regeln ihm niemand erklärte, das aber dazu führte, daß alle Leute in der Dunkelheit herumstolperten, flüsterten und lachten und unsichtbare Türen knallten. Ihm ging auf, daß hier seine Fluchtchance gekommen war, daß er mit einigem Glück sicher im Bett liegen könnte, ehe seine Abwesenheit überhaupt bemerkt wurde. Er versuchte sich in der Dunkelheit zu orientieren und hielt auf die Tür zu, die zum Flur führte, dabei aber gerieten ihm andere in den Weg, die die wundersame Fähigkeit zu besitzen schienen, genau zu wissen, was sie taten und wohin sie sich trotz des mangelnden Lichts begaben. Vor ihm ging eine Tür auf und offenbarte einen vage erleuchteten Raum, und mehrere Hände schoben Hasson vorwärts. Er hörte die Tür hinter sich zufallen und erkannte im gleichen Moment, daß er mit May Carpenter in der Küche allein war. Sein Herz begann unregelmäßig zu hämmern.

»Also, das ist nun wirklich eine Überraschung«, sagte sie mit leiser Stimme und kam auf ihn zu. »Was für ein Zeichen haben Sie?«

»Zeichen?« Hasson starrte sie verwirrt an. In dem von unten strahlenden matten Licht war ihre knappe Partykleidung so gut wie unsichtbar, so daß sie Hasson wie ein heißer erotischer Traum vorkam.

»Ja. Ich habe Waage.« Sie hob eine Karte hoch. »Was haben Sie?«

Hasson spreizte die Finger seiner rechten Hand und blickte sie an. Er hielt eine Karte, auf der ebenfalls eine Waage abgebildet war.

»Dasselbe«, stellte May fest. »Das ist ein Glück für uns beide. Wir gehören zusammen.« Ohne das geringste Zögern legte sie ihm die Arme um den Hals und zog sein Gesicht zu ihrem herab. In der Sekunde vor dem Kuß sah Hasson ihren offenen Mund im Näherkommen größer werden, so groß wie der Mund einer Leinwandgöttin in Nahaufnahme, vereinfacht und verschönt wie der Mund eines Sex-Symbols auf einem Filmplakat, makellose mathematische Kurven, geschwungenes Rot, abgesetzte weiße Ebenen, sein Blickfeld füllend. Während des Kusses hatte er ein Gefühl der Unwirklichkeit, doch gleichzeitig empfingen seine Hände und sein Körper andere Botschaften und erinnerten ihn daran, daß es beim Leben um das Leben ging und er damit doch noch nicht gänzlich abgeschlossen hatte. Die Erkenntnis bestürzte ihn wegen ihrer Dringlichkeit und Schlichtheit und brachte ihn dazu, sich von May zu lösen, um sie noch einmal anzuschauen.

»Das ist gut«, sagte er und spielte verzweifelt auf Zeit, um seine Gedanken zu sammeln. »Aber ich bin sehr müde – ich muß ins Bett.«

»Vielleicht ist das nur gut so«, erwiderte May mit einer heiseren Offenheit, die Hasson ausgesprochen schmeichelhaft und aufregend fand.

»Bitte entschuldigen Sie mich.« Er machte kehrt, fand die Tür, die direkt auf den Flur führte, und schloß sie hinter sich. Der Flur war leer und dunkel, doch hatte jemand die überladene Garderobe als Stütze für einen Fluganzug benutzt, bei dem der Helm an Ort und Stelle geblieben war und die Schulter- und Fußlampen blitzten. Hasson drängte sich an der Golemgestalt vorbei, ging nach oben in sein Zimmer und verriegelte die Tür hinter sich. Er trat ans Fenster, öffnete die Gardine und blickte in das fremde Nachtland hinaus. Schnee wirbelte aus der Dunkelheit des Himmels. Dicht vor dem Fenster stand ein großer kahler Baum, durch dessen Äste eine Straßenlaterne ihr Licht in konzentrischen Frostringen malte. Myriaden von Glimmerflecken, Funken und Spiegelungen schienen wohlüberlegt auf Tangenten dieser Kreise plaziert worden zu sein und erzeugten die Illusion, durch einen erleuchteten, mit den Streifen des Altweibersommers gefüllten Tunnel zu blicken.

Hasson starrte etwa eine Minute lang hinaus und versuchte mit der Erkenntnis fertigzuwerden, daß er dieses Bild erst vor zwölf Stunden zum erstenmal gesehen hatte, daß von seiner Erholungszeit erst weniger als ein Tag verstrichen war. Sein Verstand war angefüllt mit frischen Erinnerungen an Gesichter, Stimmen, Namen und Ideen, während er zum Bett ging, sich auszog und den Schlafanzug überstreifte. Wie jeden Abend bewegte er sich frei und ungezwungen – die ausgedehnte aktive Periode hatte seine Gelenke und Muskeln gelockert – doch jetzt war der Zeitpunkt für seine abendliche Schmerzration gekommen.

Er legte sich auf das Bett. Der Krieg begann, sobald sein Rücken, des Schutzes der Straßenkleidung beraubt, mit der Matratze in Berührung kam. Die Auseinandersetzung entspann sich zwischen unterschiedlichen Muskelgruppen, die zu ermitteln versuchten, welche denn nun im neuen Zustand der Entspannung oder Anspannung die Oberhand behalten konnte, welche die größten Schmerzsalven verschießen würde – und der Verlierer hieß auf jeden Fall Hasson. Er ließ den Kampf stumm über sich ergehen, bis die Krämpfe nachließen, und kurze Zeit später war er eingeschlafen, ein verwundeter, erschöpfter Krieger, der kein einziges Scharmützel des vergangenen Tages hatte gewinnen können.

4. Kapitel

Der Traum war ein bekannter Traum – die Nachschöpfung eines Tages aus Hassons früherem Leben, das Wiedererleben eines Ereignisses. Eines ganz besonderen Ereignisses.

Die Vorbereitungen waren schon seit Tagen im Gange, ohne daß er auch nur sich selbst gegenüber eingestand, was er im Schilde führte. Zuerst hatte er einen Luftausflug über die Hebriden geplant, wobei es nicht sehr ungewöhnlich war, daß er allein fliegen wollte. Dann der Erwerb zusätzlicher Energiezellen und besonderer langreichender Sauerstoffflaschen – aber selbst das hätte sich noch als vernünftige Vorbereitung auf einen Flug über entlegenem und dünnbesiedeltem Terrain interpretieren lassen. Den großen Aufstieg hatte Hasson schließlich begonnen, ehe er sich selbst richtig darüber klar wurde, was er da eigentlich tat.

Es liegt in der Natur mancher Menschen: wenn ihnen eine Maschine anvertraut wird, geben sie keine Ruhe, bis sie die Grenze ihrer Leistungsfähigkeit ermittelt haben. Der AS-Harnisch verzerrte Linien des Schwerkraftfeldes und ließ damit den Träger aufwärts ›fallen‹ – der beste Vergleich war vielleicht das Bild eines Magnetfeldes, bei dem jeder Schnittpunkt sich dem Bereich der größten Strömungsintensität nähert. Weil er den größten Teil seiner Energie aus dem Schwerkraftfeld bezog, war der AS-Harnisch in geringen Höhen am wirksamsten. Dicht über dem Boden wurden die Energiezellen kaum beansprucht, doch sobald ein Flieger an Höhe gewann, verzehrten sich die Energievorräte in immer schnellerem Maße, um die eingebaute Systemschwäche auszugleichen.

Die offenkundigste Konsequenz lag in dem Umstand, daß es Grenzen gab für die Höhe, die ein Einzelflieger erreichen konnte, doch wie immer ließ sich diese Grenze durch verschiedene technische und menschliche Faktoren beeinflussen. Luftpolizist Robert Hasson, der sich frisch für die Behörde qualifiziert hatte, empfand allenfalls normales Interesse an den technischen Gegebenheiten des großen Aufstiegs. Dafür erfüllte ihn ein ruheloses Streben nach der Erkundung der eigenen psychologischen Parameter; er wollte herausfinden, bei wem die Obergrenze der Funktionsfähigkeit höher lag – beim Menschen oder bei der Maschine. Ihm war bewußt, daß so etwas an Besessenheit grenzte, daß es weder neu noch ungewöhnlich war – trotzdem mußte das Experiment stattfinden ...

Im Morgengrauen eines Sommertages startete er von der Eye-Halbinsel auf Lewis und stellte seine Anfangs-Steiggeschwindigkeit auf zweihundertundfünfzig Meter in der Minute ein. Dies war nach AS-Verhältnissen moderat, doch hatte sich Hassons Startgewicht durch drei zusätzliche Energiezellen sehr erhöht, und er wollte die Apparate, von denen sein Leben abhing, nicht überlasten. Die Maximalladung, die von einem AS-Harnisch getragen werden konnte, fand ihre Grenze darin, daß oberhalb eines gewissen Wertes die Ladung selbst ein spürbares Schwerkraftfeld auszustrahlen begann, welches das sorgsam arrangierte Muster der Kraftlinien der Anti-Schwerkraft-Einheit durcheinanderbrachte. Die Grund-Modulmasse, wie die Ladeziffer in den Lehrbüchern bezeichnet wurde, betrug 137,2 Kilogramm, deren Überschreiten einen als Feldkollaps bekannten Effekt auslöste und dem Flieger die aerodynamischen Eigenschaften eines Mühlsteins verlieh.

Hasson verschwendete keine Energie darauf, seinem Flug eine horizontale Komponente zu geben, vielmehr ließ er sich von einem leichten Westwind über die North Minch hinaustragen. Komplexe Panoramen von Land und Wasser eröffneten sich ihm auf allen Seiten, als sechzig Kilometer weiter östlich die schottische Küste in Sicht kam. Die Vegetation auf Inseln und Festland schimmerte pastellfarben im Licht der morgendlichen Sonne, und Streifen eines hellen, pulverigen Gelb wechselten mit limonengrünen Bereichen. Die Küstenlinien grenzten sich weiß gegen das nostalgische

Reisebüroblau des Ozeans ab, und die Luft, die Hasson einatmete, fühlte sich in ihrer Reinheit geradezu prähistorisch an.

Zwanzig Minuten nach dem Start hatte er eine Höhe von fünf Kilometern erreicht und befand sich damit weit oberhalb der Ebenen, die normalerweise für den Einzelflug verwendet wurden. Er versiegelte die Gesichtsplatte seines Helms und begann auf seinen Sauerstoffvorrat zurückzugreifen. Unter seinen Stiefelsohlen breitete sich die Erde zu ungeheurer Weite aus und entwickelte die Neigung, sich zu krümmen, und Hasson spürte den ersten Anflug von Einsamkeit. Er sah keine Vögel, keine Schiffe, kein Zeichen menschlicher Besiedlung auf der immensen Atlasseite, die sich unter ihm erstreckte – und zu hören war auch nichts. In der stummen blauen Endlosigkeit des Himmels war Hasson ganz allein.

Vierzig Minuten nach dem Start hatte er eine Höhe von zehn Kilometern erreicht und wußte, daß er den Bereich der polaren Tropopause durchquerte. Während des Aufstiegs war die Luft stetig kälter geworden; mit jedem Kilometer, den er an Höhe gewann, nahm die Temperatur um sechs Grad oder mehr ab – doch jetzt, beim Eintritt in die Stratosphäre, konnte er damit rechnen, daß der Wert konstant blieb oder sich sogar wieder etwas besserte. Leider brachte dieser Umstand Hasson kaum einen Vorteil. Seine schwere Anzugheizung war bemüht, mit einer Außentemperatur von beinahe fünfzig Grad unter Null fertigzuwerden, und würde auch weiterhin hohe Ansprüche an seinen Energievorrat stellen.

Zehn Minuten später entdeckte Hasson eine dünne Wolkenschicht, die sich unter ihm in östlicher Richtung bewegte und den Ausblick aufs Land versperrte, und er wußte, es war an der Zeit, jene ungesetzliche Tat zu vollbringen, die es erfordert hatte, in einer so menschenleeren Gegend zu starten. Er überprüfte die erste Energiezelle, sah, daß sie beinahe erschöpft war, und schaltete auf die zweite in der Reihe. Einen entsetzlichen Augenblick lang, während der elektrische Stromkreis unterbrochen und wieder geschlossen wurde, spürte er den Beginn des Stürzens, doch schon erneuerte der Harnisch seinen sicheren Griff, und er wußte, der Aufstieg ging weiter. Er schnallte die erschöpfte Energiezelle ab und ließ sie fallen, wobei ihn kurz das schlechte Gewissen plagte. Das schwere Gebilde wirbelte unter seinen Füßen aus dem Blickfeld und bombte einem unsichtbaren Aufprall mit dem bewegten Wasser des Minch entgegen.

Hasson hatte vorgehabt, auch die zweite Energiezelle abzuwerfen und vielleicht auch die dritte, vorausgesetzt, die Verhältnisse ließen es zu. Damit wollte er den verbleibenden Zellen die Arbeit erleichtern, die ihn in Bereiche schwächer werdender Schwerkraftströmungen hinauftrugen. Die wesentliche Grundvoraussetzung jedoch war ein klares Blickfeld gewesen. Von seiner derzeitigen geographischen Lage aus gesehen, bestand kaum Gefahr, daß ein abstürzender Energieträger Leben oder Besitz gefährdete, doch ein tiefsitzender Instinkt verhindert auch nur den Gedanken daran, ein schweres Objekt durch eine Wolkendecke fallen zu lassen. Er mußte eben einfach akzeptieren, daß seinem Flug Grenzen gesetzt waren.

Die Erkenntnis war keine so große Enttäuschung, wie Hasson noch vor einer Stunde erwartet hätte. Schon war er höher aufgestiegen, als es die meisten Flieger auch nur in Gedanken taten, und der namenlose Hunger, der in ihm tobte, ließ allmählich nach. Andererseits hatte er eine dimensionslose Zone erreicht, die früher einmal das Reich der großen Düsenflugzeuge gewesen war, und der weitere Aufstieg in die Regionen eines noch dunkleren Blau kam ihm ebenso logisch und natürlich vor wie die Rückkehr zu den alten Königreichen der Menschen. Den Kopf in den Nacken geneigt, Arme und Beine schlaff hängen lassend, setzte Hasson den Aufstieg fort, seine Haltung ein unbewußter Nachhall jener Stellung, in der die Künstler des Mittelalters menschliche Seelen zum Himmel auffahren ließen. In der geradezu schmerzhaften Reinheit über ihm erschien ein einzelner, lockender Lichtpunkt – vermutlich die Venus –, und Hasson schwebte darauf zu.

Seine Aufstiegsgeschwindigkeit nahm von Minute zu Minute ab, im umgekehrten Verhältnis zur Inanspruchnahme seiner Energiereserven, doch im Laufe einer weiteren Stunde erlangte er eine Höhe von zweindzwanzig Kilometern. Die Welt krümmte sich unter ihm in perlmuttartigem Glanz. Nirgendwo zeigte sich Bewegung – abgesehen von dem schneller werdenden Vorrücken der Nadeln der Instrumente auf seinen Brustkontrollen. Hasson flog weiter.

Bei dreißig Kilometern über dem Meeresspiegel schaute er auf seine Instrumente und erkannte, daß die Aufwärtsbewegung so gut wie zu Ende war. Der AS-Feldgenerator, der immer weniger unsichtbares Futter fand, verbrauchte in ungeheurem Maße Speicherenergie, nur um ein Abstürzen zu verhindern. Mehr Höhe war nur noch zu erlangen, indem er die aufgebrauchten Energiezellen abwarf, das hatte er aber bereits ausgeschlossen. Außerdem wäre das Mehr an Höhe von keiner entscheidenden Bedeutung mehr gewesen. Er hatte erreicht, was er sich vorgenommen hatte.

Reglos in der eisig-blauen Einsamkeit hängend, an der Schwelle des Weltalls verharrend, blickte Hasson in die Runde und fühlte – *nichts*. Er empfand keine Angst, keine Freude, kein Staunen, er hatte kein Gefühl, etwas erreicht zu haben, spürte keine Vereinigung mit dem Kosmos – losgelöst aus der Menschheit, hatte er seine Menschlichkeit verloren.

Mit den Augen suchte er den vollen Himmelskreis ab, erkannte, daß er hier ein Fremder war, verstellte einen Knopf an seinem Gürtel und begann den langen und einsamen Abstieg zur Erde.

5. Kapitel

Als Hasson erwachte, war das Zimmer von grellem Sonnenlicht erfüllt, und er wußte ohne Blick auf die Uhr, daß er verschlafen hatte. Ihm dröhnte dermaßen der Kopf, daß er sogar den Puls in den Schläfen hörte, die er in das Kissen drückte, und seine Zunge fühlte sich an wie rauhes Leder. Außerdem spürte er einen unerbittlichen Blasendruck als Folge der alkoholischen Anregung, die er seinem Körper letzte Nacht gegeben hatte.

Bitte keinen Kater! flehte er den Morgen an. *Das letzte, was ich brauche, ist ein Kater.*

Er blieb einige Zeit still liegen, erneuerte seine Bekanntschaft mit dem Zimmer und fragte sich, was gestern geschehen war, das ihn jetzt an der Grenze zur Bewußtheit mit einer vagen inneren Aufregung erfüllte. Es ging um etwas Erfreuliches, soviel war ihm noch bekannt, um die Freude ... Hasson schloß kurz die Lider, als vor seinem inneren Auge ein Bild May Carpenters Konturen gewann, dichtauf gefolgt von den Gegenbeschuldigungen und Einwänden, die für sein Alter, seine Herkunft und sein Temperament typisch waren. Sie war zu jung für ihn; sie gehörte seinem Gastgeber; er hing Hirngespinsten nach wie ein pubertierender Junge; sie war nicht sein Typ; es war doch denkbar unwahrscheinlich, daß sie auch nur das geringste Interesse an ihm hatte – aber – *aber!* – sie hatte ihn auf eine ganz bestimmte Weise angeschaut und gesagt: »Das ist ja ein Glück für uns beide. Wir gehören zusammen«, und sie hatte gesagt: »Vielleicht ist das ganz gut so«, und die Tatsache, daß er sich noch nie richtig mit ihr verständigt hatte und nichts über sie wußte als Person, war nicht besonders wichtig, denn er hatte noch mehr als genug Zeit, um ...

Eine plötzliche Verstärkung des Unterleibsdrucks brachte Hasson zur Besinnung und machte ihm die Aufgabe klar, sich in eine aufrechte Stellung zu bringen, nachdem er viele Stunden lang im Bett gelegen hatte. Die erste Etappe dieses Unternehmens bestand darin, sich horizontal im Bett so zu verlagern, bis er seine Beine auf den Fußboden setzen konnte, und er sah sich jedesmal einer logistischen Aufgabe erschreckenden Ausmaßes gegenüber, die zunächst eine feste, unbewegliche Grundlage erforderte. Er begann, indem er seine Beine mit der Hand seitlich zum Rand der Matratze schob, dann rollte er sich herum, packte das Bettgestell und zog sich in eine Art kontrollierten Sturz heraus. Die unvermeidliche Biegung seines Rückgrats und der abrupte Temperaturwechsel leiteten eine Periode der Folter ein, die er beinahe stumm ertrug, während er aus zusammengekniffenen Augen zur Decke emporstarrte. Als die Schmerzwogen nachzulassen begannen, ließ er sich weiterrollen, bis er flach auf dem Rücken lag und den langsamen Vorgang einleiten konnte, mit dem er seinen Oberkörper aufrichtete – wobei er sehr behutsam und Schritt für Schritt vorgehen mußte: wie ein Steinmetz, der immer wieder Keile anbringt, um eine ungefüge Steinmasse an Ort und Stelle zu halten, schaffte er mit der Zeit immer mehr Teile seines Skeletts unter sich, bis er schließlich die senkrechte Stellung erlangt hatte.

Zwei Minuten nach der Entscheidung, das Bett zu verlassen, stand Hasson auf den Füßen – schweratmend, mitgenommen von der Qual, die er durchlitten hatte, doch durchaus bewegungsfähig. Er schlurfte im Zimmer herum, zog seinen Morgenmantel an und sammelte seine Toilettenartikel ein. Dann lauschte er an der Tür, damit ein Hinaustreten ihm nicht die Qual bescherte, mit Fremden sprechen zu müssen. Der Flur lag leer vor ihm, der obere Teil des Hauses fühlte sich irgendwie verlassen an, während von unten gedämpfte Geräusche zu hören waren. Im Badezimmer putzte er sich die Zähne und machte die niederschmetternde Entdeckung, daß sich zwei Mundgeschwüre, die er auf dem Wege der Heilung gewähnt hatte, schmerzhaft aktiver zeigten als je zuvor. In sein Zimmer zurückkehrend, beschäftigte er sich mit dem Gedanken, wieder ins Bett zu kriechen und den Fernseher einzuschalten, doch die Entlastung seines Körpers machte ihn durstig auf Tee oder Kaffee, ein Drang, an dem er nicht vorbeikam. Er zog sich an und ging in die Küche hinunter, wobei er sich die Frage stellte, wie er reagieren würde, wenn er May dort alleine antraf. Vorsichtig klopfte er an die Tür, trat ein und sah Theo Werry allein am runden Tisch sitzen und Haferflocken essen. Der Junge trug Hosen und einen roten Pullover, und auf dem hübschen jungen Gesicht stand ein nachdenklicher Ausdruck.

»Morgen, Theo«, sagte Hasson. »Hast du heute keine Schule?«

Theo schüttelte den Kopf. »Wir haben Samstag frei.«

»Das hatte ich ganz vergessen. Die Wochentage bedeuten mir nicht mehr so viel, wo ich jetzt ...« Hasson faßte sich und blickte in der Küche umher. »Wo sind die anderen?«

»Paps ist draußen und räumt Schnee weg. Die beiden anderen sind in die Stadt gefahren.« Theos Ausdruckswiese und leicht trockene Betonung verrieten Hasson, daß er für May oder ihre Mutter nicht viel übrig hatte.

»Wenn das so ist, mache ich mir meinen Kaffee selbst«, sagte Hasson. »Vermutlich hat niemand etwas dagegen.«

»Wenn Sie wollen, mach ich's.« Theo erhob sich halb aus seinem Stuhl, doch Hasson brachte ihn dazu, sein Frühstück fortzusetzen. Während er der häuslichen Routine des Kaffeekochens nachging, unterhielt er sich mit dem Jungen über seine Ansichten und Absichten und stellte dabei fest, daß ihn das Gespräch mit Theo weniger strapazierte als der Versuch, mit Erwachsenen höfliche Floskeln auszutauschen. Das Gespräch streifte kurz die Musik, und Theos Gesicht belebte sich, als er erfuhr, daß Hasson seine Liebe zu Chopin und Liszt teilte wie auch zu einigen modernen Komponisten, die für das Klavier arbeiteten.

»Vermutlich hörst du viel Radio«, sagte Hasson und setzte sich. Sofort ging ihm auf, daß diese Bemerkung ein Fehler gewesen war.

»Das glauben alle.« Theos Stimme klang eisig. »Es ist ganz lustig, blind zu sein, solange man nur ein Radio hat.«

»Niemand denkt so.«

»Aber es soll doch ein großer Trost sein, oder? Wohin ich auch komme, schalten die Leute für mich Radios ein, dabei höre ich nie hin. Es macht mir keinen Spaß, blind zu sein – ohne Sehvermögen, wie es an der Schule heißt –, und niemand bringt mich dazu, so auszusehen, als hätte ich Spaß daran.«

»Das ist ja eine toll verdrehte Logik«, sagte Hasson sanft, der sich seiner eigenen Schwäche im Bann der Krankheit nur zu bewußt war.

»Da haben Sie wohl recht – aber ein Holzwurm ist schließlich keine besonders logische Kreatur.«

»Holzwurm? Jetzt kapier ich nichts mehr, Theo.«

Der Junge setzte ein freudloses Lächeln auf, das Hasson betrübte. »Es gibt da eine Geschichte von Kafka über einen Mann, der eines Morgens erwachte und feststellen mußte, daß er sich in eine riesige Küchenschabe verwandelt hatte. Jeder entsetzt sich bei dem Gedanken, in eine Küchenschabe verwandelt zu werden – aber wenn es Kafka darum gegangen wäre, die Leute wirklich abzustoßen, hätte er den Burschen als Holzwurm erwachen lassen sollen.«

»Warum?«

»Sie sind blind und geschäftig. Ich habe diese Wesen immer gehaßt, weil sie blind sind – und dabei so *geschäftig*! Und dann wachte ich eines Morgens auf und mußte feststellen, daß ich in einen riesigen Holzwurm verwandelt worden war.«

Hasson starrte auf die dampfende schwarze Flüssigkeit in seinem Becher. »Theo, laß dir einen guten Rat geben von einem führenden Experten in der sanften Kunst, sich mit einem Knüppel selbst auf den Kopf zu schlagen – hör damit auf!«

»Aber ich komme an keine anderen Köpfe heran außer meinem eigenen.«

»Weißt du, deinen Vater nimmt das Ganze auch sehr mit – er leidet ziemlich darunter.«

Theo neigte den Kopf und dachte einige Sekunden lang über Hassons Bemerkung nach. »Mr. Haldane«, sagte er nachdenklich, »Sie kennen meinen Vater überhaupt nicht. Ich glaube nicht, daß Sie wirklich sein Vetter sind, und ich glaube auch nicht, daß Sie in Wahrheit Versicherungen verkaufen.«

»Das ist komisch«, konterte Hasson, »das sagt mein Boß auch immer zu mir, wenn er sich meine Zahlen ansieht.«

»Ich mache keine Witze.«

»Das hat er auch immer angefügt, aber ich überraschte ihn damit, daß ich eine neue Police erfand, mit der sich die Leute gegen das Nichtversichertsein versichern konnten.«

Theos Lippen zuckten. »Ich hab' mal eine Geschichte gelesen über einen Typ, der Nemo der Namenlose hieß.«

Hasson lachte leise, beeindruckt von dem Tempo, mit dem der Junge die Absurdität beurteilt und richtig gekontert hatte. »Du redest wie ein Fan von Stephen Leacock.«

»Nein, ich glaub', ich hab' noch nie von ihm gehört.«

»Aber er war ein kanadischer Humorist! Der beste von allen!« Mit vagem Interesse registrierte Hasson, daß er sich für Dinge, die mit der Literatur zusammenhingen, begeistern konnte – seit Monaten hatte er es nicht über sich gebracht, ein Buch auch nur aufzuschlagen.

»Ich will versuchen, mir den Namen zu merken«, sagte Theo.

Hasson klopfte ihm leicht auf den Handrücken. »Hör mal, ich hab' sowieso Lust darauf, mal wieder ein bißchen Leacock zu lesen. Wenn ich Bücher von ihm finde, kann ich dir vielleicht daraus vorlesen. Was hältst du davon?«

»Klingt gut. Ich meine, wenn Sie die Zeit haben ...«

»Ich habe sehr viel Zeit, also betrachten wir das als abgemacht«, erwiderte Hasson und beschäftigte sich nachdenklich mit der Tatsache, daß sich seine eigene Stimmung besserte, sobald er darüber nachzudenken begann, für jemand anderes etwas zu tun. Hier schien eine nützliche Lehre verborgen zu sein. Er kostete von seinem Kaffee – wobei er zusammenzuckte, als die heiße Flüssigkeit mit einem Mundgeschwür in Berührung kam, und ermunterte Theo, sich über alles auszulassen, was ihm in den Sinn käme, solange es nichts mit Hassons Vergangenheit und seiner angeblichen Verwandtschaftsbeziehung zu Al Werry zu tun hatte. Sehr schnell kam die Sprache auf Theos Interesse am Fliegen und damit logischerweise auch auf Barry Lutze und eine Bande von Wolkenstürmern, die sich die ›Falken‹ nannte. Und wieder vernahm Hasson bestürzt den Ton unkritischer Bewunderung, der sich in Theos Stimme schlich.

Er beschloß, seinen eben erst gefundenen Kontakt zu dem Jungen wieder aufs Spiel zu setzen. »Ich möchte wetten«, sagte er, »der Anführer dieses Haufens nennt sich Schwarzer Falke.«

Theo zog überrascht die Augenbrauen hoch. »Woher wissen Sie das?«

»Entweder das oder Roter Falke. Diese Typen müssen sich doch immer hinter einem Etikett verbergen. Erstaunlich, wie beschränkt ihre Phantasie dabei ist. In praktisch jeder Stadt, in der ich je gewesen bin, gibt's einen Schwarzen Falken oder Roten Adler, der nachts herumfliegt und die kleineren Kinder terrorisiert, und das Komische daran ist, daß sich diese Burschen ausnahmslos für was Besonderes halten.«

Theo stand auf, trug die leere Haferflockenschale zum Rezykler und kehrte an den Tisch zurück. Erst dann brachte er eine Antwort heraus. »Wer wirklich fliegen will, muß seinen wahren Namen tarnen.«

»Das entspricht aber nicht dem, was auf den Sportseiten oder im Fernsehen verbreitet wird. Es gibt Leute, die durch wirkliches Fliegen reich und berühmt geworden sind.« Theos Gesicht verriet Hasson, daß seine Worte ohne Wirkung blieben. Der Ausdruck ›wirkliches Fliegen‹, wie er von den jungen Leuten verwendet wurde, betraf gefährliche und ungesetzliche Flugkünste, bei denen alle kleinkarierten Vorschriften außer acht gelassen wurden: der Flug allein nach Instinkt, nachts ohne Beleuchtung, ein hektisches Haschmich-Spiel in den tiefen städtischen Straßenschluchten – das wurde als Freiheit, als ›wirkliches‹ Fliegen empfunden. Die unausweichliche Folge dieser Art ›wirklicher Fliegerei‹

war ein stetiger Regen lebloser Körper, die mit versagenden Energiezellen zu Boden gingen, doch war es eine Besonderheit der Jugend, daß sie sich vor der Katastrophe sicher wähnte. Unfälle stießen immer nur den anderen zu.

Eine der Schwierigkeiten, mit denen Hasson bei seinen zahlreichen Polizeieinsätzen stets zu kämpfen hatte, war der Umstand, daß hier nicht intellektuelle, sondern ausnahmslos emotionale Argumente im Spiel waren. Nicht mehr zu zählen waren die Momente, da er Angehörige einer Gruppe verhören mußte, die soeben Zeuge geworden waren, wie einer der ihren an einer Gebäudeflanke entlangratschte oder von einem Masten in Stücke gerissen oder gepfählt wurde. Ausnahmslos hatte das unterschwellige Gefühl vorgeherrscht – gleichzusetzen mit urzeitlichem Aberglauben und primitiver Zaubergläubigkeit –, daß der Verstorbene das Unglück selbst heraufbeschworen hatte, indem er auf irgendeine Weise gegen den Verhaltenskodex der Gruppe verstieß. Er hatte der Autorität des Anführers gespottet oder einen Freund verraten oder einfach gezeigt, daß es mit seinen Nerven nicht mehr zum Besten stand.

Der Tod wurde niemals der Tatsache zugesprochen, daß der junge Flieger das Gesetz übertreten hatte – das hätte ja dem Argument Tür und Tor geöffnet, Kontrollen müßten eingeführt werden. Der verrückte nächtliche Flieger, der schwarze Ikarus, war der Volksheld dieser Zeit. Bei solchen Gelegenheiten hatte sich Hasson zu fragen begonnen, ob das ganze Konzept der Polizeiarbeit, der Verantwortung für andere, nicht überholt war. Der AS-Harnisch inspirierte den Träger nicht nur dazu, der Autorität zu spotten, sondern unterstützte ihn auch noch, indem er Anonymität und hervorragende Beweglichkeit verlieh. Ein Schwarzer Falke und seine Luft-Kohorten konnten im Lauf einer einzigen Nacht in einem Bereich von vielen tausend Quadratkilometern tätig werden und anschließend spurlos verschwinden, wie ein Regentropfen, der im Ozean der Gesellschaft unterging. Beinahe ohne Ausnahme gab es nur eine Möglichkeit, einen Wildflieger zu überführen: man mußte ihn verfolgen, ihn physisch durch den Himmel jagen, ein Vorgehen, das schwierig und gefährlich zugleich war, und ohnehin schien die Zahl der Jäger stets jämmerlich gering zu sein. Und wenn er einem himmelstollen Jüngling wie Theo gegenübersaß, der automatisch dazu neigte, sich die falsche Art von Helden zum Vorbild zu nehmen, hatte Hasson zuweilen das Gefühl, sein ganzes Leben verschwendet zu haben.

»... für ihn kein Problem, auf sechs- oder siebentausend Meter hochzuschießen und stundenlang dort zu bleiben«, sagte Theo gerade. »Stellen Sie sich das nur mal vor – sieben Kilometer senkrecht in den Himmel, ohne sich was dabei zu denken.«

Hasson hatte etwas den Faden des Gesprächs verloren, doch er vermutete, daß es um Barry Lutze ging. »Etwas muß er sich schon dabei denken«, sagte er, »sonst hätte er sich wohl kaum die Mühe gemacht, dir davon zu erzählen.«

»Warum sollte er das nicht? Es ist mehr als ...« – Theo hielt inne und änderte offensichtlich eine Formulierung, die ihm auf der Zunge gelegen hatte. »Das ist mehr, als hier sonst jemand geschafft hat.«

Hasson dachte an seinen kurzen Aufenthalt an der Schwelle des Weltraums, dreißig Kilometer über der Erde, spürte aber nicht den Wunsch, darüber zu sprechen. »Findet er das nicht ein bißchen kindisch, unter dem Namen Schwarzer Falke durch die Welt zu rennen?«

»Wer hat behauptet, daß Barry Lutze der Schwarze Falke ist?«

»Gibt's hier denn *zwei* Spitzenflieger? Barry Lutze *und* den geheimnisvollen Schwarzen Falken? Kommen die beiden sich auch mal in die Quere?«

»Woher soll ich das wissen?« fragte Theo und sah aus, als sei er bei einem Streich ertappt worden, während er nach der Kaffeekanne tastete.

Hasson unterdrückte den Impuls, ihm zu helfen, denn er wußte, daß er nach Ansicht des Jungen schuldig war, seine Nase in Dinge zu stecken, die ein Erwachsener ohnehin nie begreifen konnte. Zum erstenmal in der Geschichte konnten junge Leute der Überwachung ihrer Eltern entfliehen, und das war ein Vorteil, den sie niemals wieder aus der Hand geben wollten. Die totale persönliche Mobilität hatte die Welt einschrumpfen lassen und den Abgrund zwischen den Generationen enorm vertieft. Eine brillante Vorausschau lag in Barries Erkenntnis der Tatsache, daß es zwischen Peter Pan und einem Angehörigen der Welt der Erwachsenen niemals zur Verständigung kommen konnte.

Hasson wahrte ein zerknirschtes Schweigen, während Theo, gelenkt von der Erinnerung und einem Sensorenring an der rechten Hand, eine Tasse ausfindig machte und sich Kaffee nachschenkte. Hasson überlegte gerade, wie er die Friedensverhandlungen in Gang bringen sollte, als Al Werry inmitten eines kalten Lufthauchs durch die Hintertür in die Küche kam. Werry atmete schwer, offenbar eine Folge der Schneeräumerei. Hasson war etwas erstaunt zu sehen, daß er selbst während seiner häuslichen Tätigkeit die Uniform anbehalten hatte, doch er vergaß diesen unstimmigen Punkt, als er bemerkte, daß Werry seltsam aufgeregt wirkte.

»Geh nach oben, Theo!« sagte er ohne Einleitung. »Es kommen Leute, die wollen was Geschäftliches bereden.«

Theo neigte fragend den Kopf. »Kann ich nicht wenigstens erst meinen ...«

»Geh nach oben!« fauchte Werry.

»Ich gehe ja schon.« Theo griff eben nach seinem Sensorenstab, der am Tisch lehnte, als sich krachend die Vordertür öffnete; schwere Schritte waren im Flur zu hören. Gleich darauf sprang die Küchentür auf, und Buck Morlacher und Starr Pridgeon stapften herein. Beide trugen Fluganzüge und Harnische, die ihre Gestalten massig erscheinen ließen und ihrer Gegenwart in dieser häuslichen Umgebung etwas Fremdes, Feindseliges verliehen. Rote Flecken glühten wie Warnwimpel auf Morlachers rundlichen Wangen, als er nun auf Werry zumarschierte, während Pridgeon hinter ihm den Inhalt des Zimmers mit amüsiertem, besitzergreifendem Interesse betrachtete. Hasson empfand eine Mischung aus Entrüstung, Traurigkeit und Panik.

»Ich will mit Ihnen sprechen«, sagte Morlacher zu Werry und tippte ihm mit behandschuhtem Finger energisch gegen die Brust. »Da drinnen.« Mit einer Kopfbewegung deutete er auf das Vorderzimmer und marschierte hinein, ohne sich zu vergewissern, ob Werry ihm auch folge. Werry warf einen bestürzten Blick auf seinen Sohn und folgte ihm. Pridgeon blieb mit Hasson und Theo allein zurück.

»Sie wissen, warum ich hier bin.« Morlachers Stimme war schwer von Zorn und dröhnte durch beide Zimmer.

Werry dagegen äußerte sich beinahe unhörbar. »Wenn es um die gestrige LK geht, Buck, dürfen Sie nicht denken ...«

»Einer der Gründe, weshalb ich hier bin, ist, daß Sie nie in Ihrem verdammten Büro anzutreffen sind, wo Sie sich eigentlich aufhalten sollten, und der andere betrifft in der Tat den Mord auf der Ostzuführung gestern. Es war keine LK, wie Sie sagen – sondern ein gottverdammter Mord, und ich will wissen, was Sie deswegen unternommen haben!«

»Da kann man nicht mehr viel tun«, sagte Werry beruhigend.

»*Nicht mehr viel tun!*« äffte Morlacher ihn nach. »Eine VIP kommt aus geschäftlichen Gründen in diese Stadt und wird von irgendeinem verrückten Scheißkerl ermordet, und da gibt es nicht mehr viel zu tun.«

Von Theos Gesichtsausdruck getrieben, stand Hasson auf und wollte die Zwischentür schließen. Er drehte sich um, ohne sich auf die Bewegung genügend vorbereitet zu haben. Er erstarrte; sein Rücken verkrampfte sich abrupt, und es fühlte sich an, als würde ihm ein Glasdolch zwischen die Wirbel gestoßen. Eine Sekunde lang stützte er sich auf den Tisch und streckte dann vorsichtig die Hand zum Türknopf aus.

»Hören Sie, Buck, der Mann war im Grunde gar keine VIP«, sagte Werry im anderen Zimmer.

»Wenn ich sagte, der Schweinehund war eine VIP«, knirschte Morlacher, »dann war er das auch. Er kam in die Stadt, um ...«

Hasson knallte die Tür zu und reduzierte das Gespräch

damit auf ein Hintergrundmurmeln. Dann versuchte er sich aufzurichten. Pridgeon, der im Zimmer herumging und kleine Gegenstände zur Hand nahm und wieder hinstellte, beobachtete ihn mit einer Art mitfühlender Verachtung.

»Mann, Sie sind ja wirklich beschissen dran. Als Vetter aus England«, sagte er und lächelte durch seinen dünnen Schnurrbart. Seine Zähne wiesen jene beinahe grünliche Färbung auf, die von der permanenten Ablagerung von Essensresten herrührt, und zwischen den Schneidezähnen zeigten sich faulig-schwarze Stellen nahe dem Gaumen. »Ein Autounfall, das war's doch, oder?«

»Stimmt.« Hasson bekämpfte ein unterwürfiges Lächeln, das sich auf seine Lippen stehlen wollte.

Pridgeon schüttelte den Kopf und atmete fauchend ein. »Sie hätten nicht im Auto herummachen sollen, als Vetter aus England. Sie hätten wie jeder richtige Erwachsene am Himmel rumhampeln müssen. Schauen Sie sich den jungen Theo an! Der wird der ganzen Welt was Tüchtiges zeigen, sobald er dazu in der Lage ist. Hab' ich nicht recht, Theo?«

Theo Werry kniff die Lippen zusammen und verzichtete verächtlich auf eine Antwort.

»Theo wollte gerade in sein Zimmer gehen«, sagte Hasson. »Ich glaube, er ist mit dem Frühstück fertig.«

»Unsinn! Er hat ja seinen Kaffee noch nicht angerührt. Trink deinen Kaffee, Theo!« Pridgeon blinzelte Hasson zu, drückte in einer stilleheischenden Bewegung einen Finger an die Lippen, hob einen Zuckerspender aus rostfreiem Stahl und schüttete dem Jungen einen dicken Strahl Zucker in den Kaffee. Das sich ergebende Gebräu rührte er um und schob dann Theo die Tasse in die Hand. Theo, der ein wachsames, mißtrauisches Gesicht machte, nahm die Tasse, führte sie aber nicht an den Mund.

»Ich glaube, Sie haben zuviel Zucker hineingetan«, sagte Hasson leichthin, wütend über sein höfliches Gehabe, »wir wollen doch nicht, daß Theo zu dick wird.«

Sofort verlor Pridgeons Gesicht seinen verspielten Ausdruck. Er vollführte seinen einschüchternden Trick, Hasson mit stirnrunzelndem, abweisendem Voodoo-Blick anzustarren, und kam dann gesenkten Kopfes auf ihn zu, wobei er sich lautlos auf den Zehenspitzen bewegte. *Das kann doch nicht wahr sein!* sagte sich Hasson, während er lächelnd zu nicken begann und achselzuckend rückwärts aus der Küche schlurfte, erschrocken bei dem Gedanken, daß der Mann seine persönliche Sphäre betreten könnte. Unter Pridgeons drohendem Blick erreichte er die unterste Stufe und legte die Hand auf das Geländer.

»Entschuldigen Sie«, sagte er und wartete in faszinierter Bestürzung auf die nächsten Worte, die sein Mund äußern würde. »Die Natur fordert ihr Recht.«

Er erstieg die Treppe in der Absicht, sein Schlafzimmer aufzusuchen und sich einzuschließen, aber die Badezimmertür lag geradeaus, und so – getrieben von dem Bemühen, den Anschein aufrechtzuerhalten, daß er wirklich ein Geschäft zu erledigen hatte – trat er ein und drückte auf den Verschlußknopf. Sofort bedrängte ihn die Stille des Badezimmers.

»Die Natur fordert ihr Recht!« hauchte er. »O Gott! Die Natur fordert ihr Recht!« Einen Handrücken vor den Mund pressend, um das Zittern der Lippen zu verhindern, setzte er sich in den weißbemalten Rohrstuhl und dachte mit trister Sehnsucht an den Schatz aus grüngoldenen Ruhinal-Kapseln, den er leichtfertig fortgeworfen hatte. *Ich suche einen Arzt auf und verschaffe mir neue,* dachte er. *Ich besorge mir neue Sonntagmorgen-Tabletten und verschaffe mir Videokassetten, und dann bin ich gut versorgt.* Er senkte den Kopf in die Hände und fühlte sich ähnlich wie damals in der endlosen purpurnen Kuppel der Stratosphäre – unterkühlt, abgenabelt, verlassen – und versank in einer Periode der Zeitlosigkeit.

Sein mattes Dösen endete mit einem Türschlagen, das von unten heraufdrang, und der entsprechenden Zunahme des gnadenlosen, hämmernden Brandungsgeräuschs von Morlachers Zorn. Hasson wartete einige Sekunden lang und öffnete dann die Tür soweit, daß er einen vertikal begrenzten Ausblick auf den unteren Flur hatte. Morlacher und Pridgeon standen dort, den größten Teil der Grundfläche mit Beschlag belegend, während sie zur Flugvorbereitung ihre Anzüge versiegelten. Die Tür zum Vorderzimmer war geschlossen, und von Al Werry keine Spur zu sehen. Pridgeon öffnete die Haustür, ließ eine Flut schneegrellen Tageslichts hereindringen und verließ das Haus. Morlacher wollte ihm schon folgen, als das helle Trapez des Flurbodens von einer zusätzlichen Bewegung verdunkelt wurde. May Carpenter trat ein. Sie hielt ein Einkaufsnetz in der Hand und trug eine traditionell geschnittene Tweedjacke und einen mit Pelz abgesetzten Rock, der ihr ein seltsam konservatives Aussehen verlieh. Morlacher musterte sie sichtlich zufrieden.

»May Carpenter«, sagte er und setzte ein freches Grinsen auf, das so gar nicht zu dem Gesicht paßte, das Hasson von ihm kannte, »du wirst mit jedem Mal hübscher. Wie machst du das?«

»Vermutlich liegt's an meiner vernünftigen Lebensweise«, erwiderte May lächelnd und schien sich nichts daraus zu machen, daß er in der Enge des Flurs ganz dicht vor ihr stand.

»Na, das ist zumindest die Theorie«, sagte Morlacher lachend. »Blümchengirlanden flechten und Elternabende besuchen, wie?«

»Vergiß nicht den Backwettbewerb – du solltest dir anschauen, was ich mit einem Spritzbeutel zustandebringe.«

Morlacher lachte laut los, legte May die Hände um die Hüfte und senkte die Stimme. »Ernsthaft, May – warum hast du dich noch nicht bei mir blicken lassen, seit du wieder in der Stadt bist?«

Sie reckte die Schultern. »Ich hatte zu tun. Außerdem steht es einem Mädchen nicht an, einen Mann zu besuchen, oder? Was würden die Leute sagen?«

Morlacher blickte auf das Zimmer, in dem er sich mit Al Werry unterhalten hatte, dann zog er May dicht an sich heran und küßte sie. Sie gab sich einen Augenblick lang seiner Umarmung hin, und Hasson bemerkte das leichte Hin und Her ihrer Hüften, das am Abend zuvor jeden organischen Schalter seines Körpers aktiviert hatte. Starr verweilte er auf seinem Beobachtungsposten, besorgt, beim Spionieren erwischt zu werden, und doch unfähig, sich von der Stelle zu rühren.

»Ich muß jetzt gehen«, sagte Morlacher, als die beiden sich trennten. »Ich hab' in der Stadt was Dringendes zu erledigen.«

May blickte ihn unter zuckenden Lidern hervor an. »Vielleicht ist das nur gut so.«

»Ich rufe dich an«, flüsterte Morlacher. »Wir arrangieren was.« Er machte kehrt und verschwand in der weißen Strahlung der Außenwelt. May blickte ihm nach, schloß die Haustür und nahm sich nicht die Zeit, ihre Jacke auszuziehen – vielmehr kam sie geradewegs die Treppe herauf auf das Bad zu, zwei Stufen auf einmal nehmend. Hasson hätte beinahe die Tür zugeschlagen, erkannte aber gerade noch rechtzeitig, daß er damit auf jeden Fall auffallen mußte. Trockenen Mundes, krank vor Anspannung, drehte er sich von der Tür fort und stand gebückt vor dem Waschbecken, als sei er mit Händewaschen beschäftigt. May jedoch ging am Bad vorbei und betrat ein Schlafzimmer, das weiter unten am Flur lag.

Hasson bewegte sich mit der übertriebenen Heimlichkeit eines Bühneneinbrechers, als er das Bad schließlich verließ, seine Zufluchtsstätte erreichte und die Tür fest hinter sich verriegelte. Die Entdeckung, daß sein Herz wie eine uralte Dampfmaschine stampfte, stärkte seine Entschlossenheit, sich so lange wie möglich in diesem Zimmer aufzuhalten und den direkten Kontakt mit dem Rest der Menschheit zu meiden. Er setzte sich auf die Bettkante, schaltete den Fernseher ein und versuchte mit seiner miniaturisierten und manipulierbaren Welt zu verschmelzen.

Er war etwa eine halbe Stunde allein gewesen, als es an die Tür klopfte. Er öffnete und sah Al Werry vor sich stehen.

Werry hatte die Uniform gegen eine Duracord-Hose und einen schwarzen Pullover eingetauscht, ein Wechsel, der ihn jünger erscheinen ließ.

»Hast du eine Minute Zeit, Rob?« fragte er in verschwörerischem Ton. »Ich würde gern mal mit dir sprechen.«

Hasson öffnete die Tür ganz und bedeutete Werry einzutreten. »Worum geht es?«

»Ahnst du das nicht?«

Hasson mied den Blick des anderen. »Ich bin nur ein Durchreisender in dieser entlegenen Stadt, Al. Du brauchst wirklich nicht ...«

»Ich weiß, aber es würde mir ehrlich helfen, wenn ich mich mal mit jemandem aussprechen könnte. Wollen wir auf ein paar Bier losfahren?«

»Nach dem gestrigen Abend bin ich ziemlich ausgetrocknet«, räumte Hasson ein und griff nach seinem Mantel. Werry schlug ihm mit einem Abklatsch seiner gewohnten guten Laune auf die Schulter und ging als erster die Treppe hinab, wobei er klappernd mit den Hacken auftrat. Kurze Zeit später saßen sie im Streifenwagen und sausten eine Straße entlang, deren feuchtes schwarzes Pflaster an einen in ein Schneefeld gegrabenen Kanal erinnerte. Als der Wagen schneller wurde, löste der Fahrtwind dicke Schneebrokken, die die Motorhaube verkrustet hatten, und schleuderte sie lautlos gegen die Windschutzscheibe. Hasson schloß daraus, daß der Schnee pulvertrocken und leicht war, anders als der Schnee, den er aus England gewöhnt war. Der Wagen bog auf die Hauptstraße ein und kam über eine kleine Anhöhe, die den Ausblick auf die Stadt freigab – ein arktisch-sauberes und geradezu idyllisches Panorma im großzügigen Sonnenschein. Die Farben hatten sich im Kontrast zum allesdurchdringenden Weiß verstärkt, und die Fenster der Häuser wirkten wie pechschwarze Rechtecke. Im Süden schimmerte die phantastische Säule des Tschinuk-Hotels wie eine überdimensionale Stecknadel, die Himmel und Erde zusammenhielt.

Hasson, der sich in groben Zügen bereits auszukennen

begann, betrachtete die schwebenden Skulpturen des Verkehrskontrollsystems und ließ sich davon zu anderen Sehenswürdigkeiten Tripletrees führen. Zu diesen gehörte inmitten einer Ansammlung kleinerer Gebäude die glasigbraune Masse des Möbelgeschäfts, zu dem ihn Theo am vergangenen Nachmittag auf der Ringstraße geleitet hatte. Trotz der Konkurrenz der Sonne schimmerte auf dem Dach dieses Ladens machtvoll die Bilaser-Projektion eines Himmelbetts. Hasson runzelte die Stirn, als an den Computerkontrollen seiner Erinnerung ein Licht zu blinken begann.

»Ein eindrucksvolles Zeichen, das«, sagte er und deutete auf das Gebäude. »Gestern war es noch ein Sessel.«

Werry grinste. »Das ist das neueste Spielzeug des alten Manny Weisner. Er wechselt das Bild zwei- oder dreimal die Woche, nur so zum Spaß.«

»Dann hat er es noch nicht lange?«

»Etwa drei Monate.« Werry drehte den Kopf und bedachte Hasson mit einem neugierigen Blick. »Warum fragst du?«

»Ohne besonderen Grund«, antwortete Hasson und versuchte das Alarmsignal auszulöschen. Gestern hatte das Schild einen Sessel gezeigt, und Theo Werry – der blind war – hatte gesagt, auf dem Dach sei ein Sessel zu sehen. Als offensichtliche Erklärung bot sich an, daß jemand ihm das Schild beschrieben hatte, als es das letztemal einen Sessel zeigte, ohne ihm von der Gewohnheit des Ladenbesitzers zu erzählen, die Abbildung schnell zu wechseln. Und da in einem Möbelgeschäft Sessel ziemlich häufig verkauft wurden, war es kein sonderlich großer Zufall, daß Theo richtig getippt hatte. Hasson verdrängte die Angelegenheit, irritiert über seine nachklingende Angewohnheit, aus kleinen Informationsbrocken größere Mosaike zu erstellen. Die Frage, worüber Werry mit ihm sprechen wollte, war im Augenblick viel interessanter und wichtiger. Er hoffte nicht, daß es zu einem Eingeständnis der Korruption kam. In seiner Laufbahn hatte er schon so manchen Polizeibeamten erlebt, der sich zu weit mit Männern wie Buck Morlacher einließ, und keine dieser Geschichten hatte glücklich geendet. Der Gedanke an Morlacher frischte die Erinnerung an seine beschämende Begegnung mit Pridgeon wieder auf, und er sagte sich, daß Morlacher und Pridgeon wahrlich eine seltsame Paarung waren. Er machte darüber eine Bemerkung zu Werry.

»Hübsches Beispiel für einen Gewohnheitsverbrecher, der nie in den Bau gekommen ist«, antwortete Werry. »Starr hat schon so ziemlich alles auf dem Gewissen – von Vergewaltigung bis Raubüberfall, doch stets fand sich irgendein Formfehler in den Anklagen gegen ihn. Das oder eine seuchenartige Amnesie bei den Zeugen. Er hat drüben in Georgetown eine Reparaturwerkstatt – Waschmaschinen, Kühlschränke und so –, aber die meiste Zeit treibt er sich mit Buck herum.«

»Was hat Morlacher davon?«

»Ihm geht's wohl um die Gesellschaft. Buck hat ein wirklich explosives Temperament, besonders wenn er angetrunken ist, und entwickelt dann die vornehme Angewohnheit, sein Mißvergnügen zum Ausdruck zu bringen, indem er anderen Leuten zwischen die Beine tritt. Wenn du in Tripletree Leute mit O-Beinen herumlaufen siehst, heißt das nicht automatisch, daß sie Cowboys sind – sie haben nur früher für Buck gearbeitet. Die meisten Leute haben guten Grund, einen möglichst großen Bogen um ihn zu machen, aber Starr kommt ziemlich gut mit ihm aus.«

Hasson nickte und registrierte mit mildem Interesse, daß Werry alle Leute, auch Männer, die zu hassen oder verachten er guten Grund hatte, ständig beim Vornamen nannte. Er erzeugte damit den Eindruck, als reagiere er auf alle menschlichen Fehler – von trivialen Verfehlungen bis hin zu den schlimmsten Untaten – mit derselben achtlosen Toleranz – eine Charaktereigenschaft, die Hasson schwer mit dem Beruf des Gesetzeshüters in Einklang bringen konnte. Ruhig saß er in seinem Sitz und beschäftigte sich mit kleineren Schmerzzentren im Rücken und an der Hüfte, bis Werry den Wagen vor einer Bar in Tripletrees Geschäftszentrum parkte.

»Ben hat seinen Holotronikladen gleich um die Ecke«, sagte Werry. »Da kannst du dir die gewünschten Kassetten besorgen – inzwischen bestelle ich schon mal eine Runde.« Er verschwand im bräunlichen Zwielicht der Bar, wobei er sich mit der schwungvollen Gewandheit eines Boxers in Höchstform bewegte. Es war ihm nicht anzumerken, daß Sorgen ihn plagten. Hasson blickte ihm nach und schritt dann durch grelle Garben reflektierten Sonnenlichts den Häuserblock entlang. Unentwegt zuckten Schatten vor ihm über den Bürgersteig – Flieger, die vom Himmel herabschwebten und auf den flachen Dächern der umliegenden Gebäude landeten. So war es in den modernen Städten allgemein üblich, denn die AS-Felder brachen zusammen, wenn sich ein massiver Gegenstand, beispielsweise eine Mauer, zwischen ihre Energielinien schob. Aus diesem Grund gab es auch keine von Anti-Schwerkraft-Maschinen betriebenen Flugzeuge, und aus dem gleichen Grund hatten die meisten öffentlichen Gebäude flache Dächer oder waren von breiten Landeflächen umgeben. Ein Flieger, der einer Mauer zu nahe kam, war plötzlich kein Flieger mehr, sondern ein ganz gewöhnlicher verängstigter und verwundbarer Sterblicher, der mit einer Beschleunigung von beinahe tausend Zentimeter pro Sekundenquadrat dem Boden entgegenraste. Derselbe Effekt trat ein, wenn sich zwei AS-Felder gegenseitig in die Quere kamen, und hier lag der Grund, warum Luftpolizei-Sergeant Robert Hasson über der Kontroll-Zone Birmingham den großen Absturz erleben mußte, den endlosen pfeifenden Sturz, der beinahe ...

Seine Gedanken gewaltsam in die Gegenwart zurückholend, machte Werry den Laden aus, in dem er den Fernseher gekauft hatte, und trat ein. Ben, der Eigentümer, begrüßte ihn zurückhaltend, wurde aber sichtlich freundlicher, als er erfuhr, daß der Kunde sich nicht beschweren wollte. Es ergab sich, daß er eine gute Auswahl von sechsstündigen Programmkassetten hatte und Hasson mit kompletten Serien britischer Komödien und Musicals versorgen konnte, von denen einige erst letztes Jahr aufgenommen worden waren.

Wie ein Alkoholiker, der sinnend vor einem gut gefüllten Regal steht, war Hasson von einer angenehmen inneren Wärme erfüllt, als er gleich darauf den Laden verließ, eine pralle Plastiktüte in der Hand. Nun war er autonom und unabhängig, nun konnte er sich sein Leben allein einrichten. Der vielsagende Duft nach getrocknetem Hopfen und Malz drang ihm in die Nase und veranlaßte ihn, einen neugierigen Blick in das Schaufenster des benachbarten Ladens zu werfen. Der Besitzer, der den seltsamen Namen Oliver Fan trug, hatte sich als interessanter und mitfühlender Mensch erwiesen, der seine Waren anzupreisen verstand. *Sie sind mit sich selbst nicht im reinen.* Diese Aussage stimmte immerhin, sagte sich Hasson. Mit dieser Schnelldiagnose hatte der Mann hundertprozentig richtig gelegen, doch vielleicht gehörte seine Äußerung zu jenen Allzwecksprüchen, wie sie von falschen Weissagern mit Vorliebe gebraucht werden, darauf angelegt, das Allgemeine wie das Spezielle anklingen zu lassen. Vielleicht paßte der Spruch auch auf alle anderen, die jemals über Olivers Schwelle geschritten waren. *Glauben Sie mir, ich kann Ihnen helfen.* Würde ein Scharlatan so sprechen? Würde er sich nicht lieber eine vagere Formulierung wählen, die es ihm gestattete, sich bei juristischem Nachhaken aus der Schlinge zu drehen und zu winden? Hasson zögerte einige Sekunden lang und betrat dann, von einer seltsamen Schüchternheit erfüllt, das Reformhaus.

»Guten Morgen, Mr. Haldane«, sagte Oliver von seinem Platz hinter dem Glastresen. »Es ist schön, Sie mal wiederzusehen.«

»Vielen Dank.« Hasson sah sich unsicher zwischen den gefüllten Regalen um, atmete die Mixtur der schweren Aromen ein und wußte nicht, was er sagen sollte, als sei er hier, um ein liebesstärkendes Mittel zu erbitten. »Ich ... ich habe mich gefragt, ob ...«

»Ja, meine Worte waren ernst gemeint – ich kann Ihnen helfen.« Oliver schenkte Hasson ein wissendes, mitfühlendes Lächeln, ließ sich von seinem Hocker gleiten und ging am Tresen entlang. Er war klein und in mittlerem Alter – in Größe, Körperbau und Hautfarbe unterschied er sich nicht von Millionen anderer Asiaten –, und doch besaß er eine Individualität, die Hasson so dauerhaft erschien wie das Festland Chinas. Im Gegensatz dazu waren seine Augen so offen, zugänglich und humorvoll wie die von Laurel und Hardy oder Mark Twain.

»Das ist eine ziemlich umfassende Behauptung«, sagte Hasson in dem Bemühen, das Terrain zu sondieren.

»Ach? Dann wollen wir sie auf die Probe stellen.« Oliver zog eine jodfarbene Brille aus der Brusttasche und setzte sie auf. »Ich weiß bereits, daß Sie bei einem Autounfall schwer verletzt wurden, und vermutlich wissen Sie, daß ich das weiß, also können wir das alles als bekannt voraussetzen. Es kann nicht die Rede davon sein, daß ich irgendwelche besonderen Kräfte einsetze oder Ihre Aura zu sehen vermag, so wie es manche Verrückten in der alternativen Medizin von sich behaupten. Doch wenn ich mir anschaue, wie Sie gehen und stehen, weiß ich, daß Sie starke Rückenschmerzen haben müssen. Ich würde sagen, daß Sie sich bei dem Unfall außerdem ernsthaft am linken Knie verletzt haben, das aber bereits auf dem Wege der Besserung ist, so daß die Schwierigkeiten ausschließlich vom Rücken ausgehen. Habe ich recht?«

Hasson nickte, wollte sich aber auf keinen Fall beeindruckt zeigen.

»So weit, so gut – aber es steckt mehr dahinter, nicht wahr? Die äußeren Verletzungen waren schlimm, die Zeit im Krankenhaus war schlimm, die Genesungszeit ist lang und schmerzhaft und langweilig – doch es gab einmal eine Zeit, da hätten Sie das alles mit Leichtigkeit ertragen. Heute können Sie das nicht mehr. Sie spüren, Sie sind nicht mehr der Mann, der Sie einmal waren. Habe ich recht?«

»Sie können gar nicht unrecht haben«, konterte Hasson. »Gibt es überhaupt jemanden, der noch derselbe ist wie früher? Sind Sie's?«

»Zu allgemein, nicht wahr? Zu wenig greifbar? Na schön,

Sie kennen Ihre spezifischen Symptome besser als jeder andere, doch ich gehe sie gern für Sie durch. Da sind zum einen die Depressionen, die irrationalen Ängste, die Unfähigkeit, sich auf einfache Dinge wie das Lesen zu konzentrieren, das schlechte Gedächtnis, der Pessimismus gegenüber der Zukunft, das eidechsenhafte Herumdösen tagsüber, gefolgt von Schlaflosigkeit während der Nacht, außer Sie betäuben sich mit Tabletten oder Alkohol. Habe ich recht?«

»Also ...«

»Fällt es Ihnen schwer, Fremden gegenüberzutreten? Fällt es Ihnen schwer, jetzt hier mit mir zu sprechen?« Oliver nahm die Brille ab, wie um eine Barriere zu beseitigen und so das Geständnis leichter zu machen.

Hasson schwankte, hin und her gerissen zwischen vorsichtiger Zurückhaltung und dem Drang, seine Sorgen bei diesem Fremden abzuladen, der den Eindruck machte, als könnte er mehr sein Freund sein als jeder Freund. »Einmal angenommen, alle diese Dinge wären wahr, was könnten Sie dagegen tun?«

Oliver schien sich ein wenig zu entspannen. »Als erstes müssen Sie sich klarmachen, daß Sie und Ihr Körper eine Einheit sind. Sie sind eins. So etwas wie eine Körperwunde, die nicht den Geist beeinträchtigt, gibt es nicht, ebensowenig wie eine geistige Verletzung, die nicht auf den Körper einwirkt. Wenn es nicht bei beiden stimmt, sind beide betroffen.«

Hasson spürte so etwas wie Enttäuschung – ähnliche Worte hatte er von Dr. Colebrook und anderen Therapeuten gehört, von denen keiner zu erkennen schien, daß Hasson die Fähigkeit verloren hatte, sich mit abstrakten Dingen abzugeben, daß ihm alle Worte völlig bedeutungslos vorkamen, die keine klare, unmittelbare Entsprechung in greifbaren Realitäten hatten.

»Worauf läuft das alles hinaus?« fragte er. »Sie behaupten, Sie könnten mir helfen. Was können Sie tun, damit mein Geist keine Schmerzen mehr im Rücken spürt?«

Oliver seufzte und warf ihm einen reumütig-entschuldigenden Blick zu. »Es tut mir leid, Mr. Haldane – es sieht so aus, als hätte ich diesmal versagt. Ich glaube, ich habe Sie enttäuscht, indem ich die falschen Dinge sagte.«

»Sie können also doch nichts tun.«

»Ich kann Ihnen das hier geben.« Oliver wandte sich den Regalen hinter sich zu und nahm zwei Kartons heraus – einen kleinen roten, der goldene chinesische Schriftzeichen aufwies, und eine große, unbedruckte Packung. Beides stellte er vor sich auf den Glastresen.

Das mußte ja dabei herauskommen, dachte Hasson, dem die Illusion geraubt worden war. *Dr. Dobsons berühmte Kräuterkur! Beseitigt garantiert jeden Tick!* »Was ist das?«

»Ginsengwurzel und ganz normale Bierhefe in Pulverform.«

»Aha.« Hasson schwieg und fragte sich, ob er die Waren kaufen sollte, um Oliver für die aufgewandte Zeit zu entschädigen, dann aber schüttelte er den Kopf und ging zur Tür. »Hören Sie, vielleicht komme ich ein andermal wieder. Es wartet jemand auf mich.« Er öffnete die Tür und wollte den Laden verlassen.

»Mr. Haldane!« Olivers Stimme klang drängend, doch wieder fehlte jede Spur von Ärger über den möglichen Verlust eines Kunden.

Hasson blickte zurück. »Ja?«

»Wie geht es heute Ihren Mundgeschwüren?«

»Sie tun weh«, antwortete Hasson und erkannte verblüfft, daß Oliver absichtlich und ganz nüchtern etwas für ihn getan hatte, daß er an eine objektive Realität gebundene Worte gewählt hatte, allein weil er das Bedürfnis in sich hatte, sie zu hören. »Woher wußten Sie ...?«

»Vielleicht habe ich doch einen Sinn für Rätselhaftigkeit und undurchsichtiges Gehabe«, sagte Oliver und schenkte ihm ein schiefes Lächeln. »Jedenfalls scheint man damit die besten Erfolge zu erzielen.«

Hasson schloß die Ladentür und kehrte zum Tresen zurück. »Woher wußten Sie, daß ich Mundgeschwüre habe?«

»Das ist ein altes orientalisches Berufsgeheimnis,

Mr. Haldane. Wichtig ist allein – möchten Sie sie loswerden?«

»Was würde ich tun müssen?« fragte Haldane.

Oliver reichte ihm die beiden Schachteln, die er auf dem Tresen hatte stehenlassen. »Vergessen Sie alles, was ich über die Einheit von Geist und Körper gesagt habe. Dieses Zeug, besonders die Hefe, wird Ihre Mundgeschwüre in wenigen Tagen heilen, und wenn Sie es weisungsgemäß weiter nehmen, werden Sie damit nie wieder Schwierigkeiten haben. Das ist doch immerhin etwas, oder?«

»Das wäre es gewiß. Was bin ich Ihnen schuldig?«

»Versuchen Sie's erst mal! Sehen Sie, ob es funktioniert. Sie können dann jederzeit zu mir kommen und dafür zahlen.«

»Vielen Dank.« Nachdenklich musterte Hasson den Ladenbesitzer. »Ich würde wirklich zu gern wissen, wieso Sie von den Mundgeschwüren wußten.«

Oliver seufzte lächelnd-unduldsam. »Krankenhäuser lernen es doch nie – trotz unserer fortgeschrittenen Zeit. Sie überfluten den Körper eines Patienten mit Breitband-Antibiotika und vertilgen damit die Bakterien im Verdauungstrakt, die Vitamin B produzieren. Ein typisches Symptom für Vitamin-B-Mangel sind Mundinfektionen wie die schmerzhaften kleinen Geschwüre – und was machen die Krankenhäuser da? Können Sie sich vorstellen, daß einige die wunden Stellen noch immer mit Kalium-Permanganat auspinseln? Die Wirkung ist natürlich gleich Null. Man schickt Leute durch die Gegend, die aussehen, als hätten sie sonstwas getrunken – Sie wissen schon, mit purpurngeflecktem Mund –, kaum in der Lage zu essen, kaum in der Lage, das Gegessene zu verdauen. Ohne Energie. Deprimiert. Wissen Sie, das ist überhaupt ein weiteres Symptom für Vitamin-B-Mangel, und jetzt fange ich schon wieder so an zu reden wie vorhin, als ich Sie beinahe aus dem Laden getrieben hätte.«

»Nein, das interessiert mich.« Hasson sprach noch eine Weile mit Oliver über die Beziehung zwischen Nahrungsaufnahme und Gesundheit, wobei ihn die beinahe religiöse Inbrunst des anderen beeindruckte und seltsam tröstete. Dann fiel ihm Al Werry ein, der allein in der Bar auf ihn wartete. Er verstaute seine Neuerwerbungen auf den TV-Kassetten im Plastikbeutel und verließ den Laden, nachdem er Oliver versprochen hatte, Anfang der nächsten Woche wiederzukommen. In der Bar saß Werry in einer Ecknische, vor sich zwei volle Biergläser und mehrere leere.

»Mir gefällt das Saufen zur Mittagszeit«, sagte Werry. »Die Wirkung ist viermal so stark.« Seine Stimme klang leicht undeutlich, und Hasson wurde bewußt, daß es Werry gewesen war, der die Gläser in bemerkenswert kurzer Zeit geleert hatte.

»Auf die Weise spart man Geld.« Hasson trank aus dem Glas, das Werry ihm herüberschob. Das Gebräu beeindruckte ihn nicht gerade als gutes Bier, doch er war dankbar für die reinigende, kribbelnde Kühle des Getränks. Er betrachtete Werry über den Rand des Glases hinweg, fragte sich, worüber der andere sprechen wollte, und hoffte, daß keine klare Stellungnahme von ihm erwartet wurde. Es wollte ihm scheinen, als hätte jedes Gespräch, das er seit seiner Ankunft in Tripletree geführt hatte, den Druck, unter dem er stand, noch weiter erhöht, ein Vorgang, der nicht ewig, geschweige denn viel länger so weitergehen konnte.

Werry nahm einen großen Schluck zu sich und beugte sich mit feierlichem Gesicht vor. »Rob«, sagte er mit Nachdruck, »ich beneide dich ehrlich.«

»Wegen meines Geldes oder meines Aussehens?« fragte Hasson ehrlich überrascht.

»Ich mache keine Witze, Rob. Ich beneide dich, weil du ein Mensch bist.«

»Und du bist keiner?« fragte Hasson und brachte ein schiefes Lächeln zustande.

»Genau.« Werry sprach im Brustton der Überzeugung wie ein Geistlicher, der jemanden bekehren möchte. »Ich bin kein Mensch.«

Trotz seiner Verwirrung machte sich Hasson voller Unbehagen klar, daß sein Tète-à-Tète mit Werry keine Kleinigkeit sein würde. »Al, du würdest jederzeit als Mensch durchgehen.«

»Aber genau das ist es ja – ich *gehe* als Mensch durch, weiter nichts.«

»Rhetorisch gesprochen«, fügte Hasson hinzu und wünschte sich, daß Werry endlich klarer sagen würde, was ihm auf der Seele lag.

Werry schüttelte den Kopf. »Das mag wohl rhetorisch sein, oder auch nicht. Ist es aber recht, sich als Mensch anzusehen, wenn man gar keine menschlichen Gefühle hat. Ist das nicht, was das Wort Mensch bedeutet – Menschlichkeit zu kennen?«

»Tut mir leid, Al. Ich kann dir nicht folgen.« Hasson nahm sich vor, ein wenig Ungeduld an den Tag zu legen. »Ich habe nicht die geringste Vorstellung, wovon du eigentlich redest. Wo liegt das Problem?«

Wieder trank Werry einen Schluck Bier, wobei er Hassons Blick nicht losließ und auf diese Weise eine Art Verantwortung auf ihn übertrug. »Du hast selbst gesehen, was bei mir zu Hause heute früh los war. Buck kam rein, als gehörte ihm der Laden und setzte mich vor meinem Kind unter Druck – und ich blieb ruhig und ließ es mir gefallen. Was hättest du getan, Rob? Was hättest du an meiner Stelle getan?«

»Das ist schwer zu sagen«, erwiderte Hasson und drehte das Glas in den Händen.

»Na schön – wärst du auf ihn wütend geworden?«

»Ich glaube schon.«

»Und das ist es ja, siehst du? Ich bin nicht wütend geworden – weil mit mir etwas nicht stimmt. Ich *fühle nichts*. Manchmal hörte ich da eine leise Stimme in mir, die mir sagt, ich *müßte doch* in einer solchen Situation zornig werden, aber sie hat kein Durchsetzungsvermögen in mir. Ich habe keine Angst vor Buck, aber mir ist nichts wichtig genug, daß es sich für mich lohnt, ihm Widerstand entgegenzusetzen. Nicht einmal mein eigener Sohn.«

Hasson fühlte sich nicht geeignet, solche Vertraulichkeiten entgegenzunehmen. »Ich glaube nicht, daß wir in der Lage sind, uns selbst so zu analysieren, wie du das versuchst, Al.«

»Es ist keine Analyse – ich zähle lediglich gewisse Fakten auf«, antwortete Werry stur. »Irgend etwas stimmt nicht mit mir, mit meinem Strickmuster, und es wirkt auf alles ein, was ich tue, groß oder klein. Sag mir die Wahrheit, Rob – als wir uns gestern am Bahnhof trafen, da hast du mich doch nicht wiedererkannt, oder?«

»Ich habe kein besonders gutes Gedächtnis«, antwortete Hasson und hatte das Gefühl, den roten Faden des Gesprächs verloren zu haben.

»Egal, wie gut dein Gedächtnis ist – der entscheidende Punkt ist, du weißt, was man problemlos vergessen kann. Du weißt, was du getrost aufgeben kannst. Ich aber bin so sehr damit beschäftigt, die Leute davon zu überzeugen, daß ich dazugehöre, daß ich mich an alles erinnere, damit ich später begeistert davon erzählen und allen Leuten versichern kann, was für einen Spaß wir doch gehabt haben. Die Wahrheit ist aber, daß ich nie Spaß habe. Ich existiere eigentlich gar nicht, Rob.«

Hasson wurde verlegen. »Hör mal, Al, glaubst du, dies wäre ...?«

»Es stimmt«, unterbrach ihn Werry. »Ich existiere in Wahrheit gar nicht. Ich wandere die meiste Zeit in meiner Uniform herum, denn wenn ich die anhabe, kann ich mir wenigstens glaubhaft machen, daß ich Sheriff bin. Ich habe nicht mal Humor, Rob. Ich weiß nicht, was komisch ist und was nicht. Ich erinnere mich nur immer wieder an Dinge, über die andere Leute lachen, und wenn ich sie dann wiederhöre, lache ich auch, doch erzählt man mir einen Witz zum erstenmal, weiß ich nie genau, ob es wirklich ein Witz ist. Ich kann auch nicht mit Leuten streiten, denn sobald ich die Ansichten des anderen höre, wird seine Meinung auch zu meiner Meinung. Läuft mir dann jemand über den Weg, der mir das Gegenteil erzählt, schlage ich mich sofort auf seine Seite.

Ich hab' nicht einmal ...« Werry unterbrach sich, um wieder zum Glas zu greifen, wobei er seinen intensiv-düsteren Blick erneut auf Hasson richtete. »Ich hab' nicht mal viel Spaß am Sex. Natürlich habe ich von der Liebesekstase gelesen, sie aber nie erfahren. Wenn ich dabei bin und der große Moment kommt – weißt du, wenn die Leute das Gefühl haben sollen, daß sie an die Tür zum Paradies klopfen –, dann kann ich an nichts anderes denken als an mein Auto, dessen Scheinwerfer ich vielleicht nicht gelöscht habe oder an meinen kalten Rücken. Solche Sachen.«

Hasson verspürte den herzlosen Impuls zu lachen. Er griff umständlich nach seinem Glas und betrachtete das Wirbeln der Bläschen unter dem Schaum.

»Zum Teil liegt da der Grund, warum Sybil mich verlassen hat«, fuhr Werry fort. »Wir haben uns wegen der Behandlung von Theos Augen gestritten – sie wollte, daß das Krankenhaus die Linsen herausschnitte – und ich wollte das nicht zulassen –, aber ich glaube, letztlich lag es daran, daß sie es satt hatte, mit jemandem zusammenzuleben, der ein Niemand ist. Deshalb komme ich auch mit May zurecht. Sie ist auch so ein Niemand. Ihr Ehrgeiz beschränkt sich darauf, durchs Leben zu gehen und hübsch auszusehen, und etwas anderes tut sie auch nicht, bei ihr weiß ich also, wie ich dran bin.«

Es trat eine längere Pause ein, und Hasson wußte, daß Werry gesagt hatte, was er hatte loswerden wollen, und daß es jetzt an ihm lag, eine passende Antwort zu geben. Sein Blick fiel auf den Plastikbeutel mit seinen Traumkassetten, und er wünschte, er säße im pergamentfarbenen Widerschein der geschlossenen Jalousien in seinem Zimmer, die Tür verschlossen, den Fernseher eingeschaltet, der süße Absolution erteilte. Die Ungerechtigkeit der Situation – wieder ein Mensch, der unmögliche Anforderungen an ihn stellte –, begann ihn zu belasten.

»Al«, fragte er schließlich, »warum erzählst du mir das alles?«

Werry blickte ihn leicht bestürzt an. »Ich dachte, du wüßtest es gern – nach dem, was du da heute bei mir zu Hause gesehen hast. Aber vielleicht habe ich das auch mißverstanden.«

»Nein, natürlich machen mir die Probleme eines Freundes zu schaffen – nur will mir absolut nichts einfallen, das dir irgendwie helfen könnte.«

Werry setzte ein schwaches Lächeln auf. »Wer hat gesagt, daß ich Hilfe haben will, Rob? Bevor mir etwas daran liegt, Probleme aus der Welt zu schaffen, müßte mir zuerst einmal etwas an diesen Problemen selbst liegen.« Er leerte sein Glas und gab dem Kellner auf der anderen Seite des Lokals ein Zeichen, ein neues zu bringen.

Hasson musterte Werry einen Augenblick lang und rettete sich dann in einen klassischen Satz britischer Ablenkung: »Glaubst du, es gibt einen Wetterumschwung?«

Sobald sie wieder zu Hause waren, zog sich Hasson in sein Zimmer zurück und verschloß die Tür. Das Bett war säuberlich gemacht worden, und irgend jemand hatte die Gardinen geöffnet, um die schneegrelle Helligkeit des Tages hereinzulassen. Er setzte seine Einkäufe auf der Kommode ab, wählte eine Kassette aus und schob sie in einen Schlitz am Fernseher. Herrlich vertraute Musik stieg auf, und unter dem Proszenium des Geräts begannen Gestalten eine häusliche Komödie aufzuführen, Teil einer Serie, die er erst vor zwölf Monaten in England gesehen hatte. Hasson zog die Gardinen zu, legte die Oberkleidung ab und stieg ins Bett, gelassen abwartend, daß die Verkrampfungen seines Rükkens sich lösten. Die künstliche Welt der Fernsehbühne nahm sein gesamtes Blickfeld ein. Es war, als wäre er durch Zeit und Raum in sein altes Leben zurückgekehrt, und er fühlte sich sicher.

Er hatte anderthalb Tage Ruhe und Erholung hinter sich, und der Gedanke an drei weitere Monate im gleichen Trott war unerträglich. Da war es viel besser, in einer gebärmutterartigen Höhlung aus Bettfedern zu liegen und seinen Geist in den Träumen anderer Menschen versinken zu lassen.

6. Kapitel

Hassons Ängste und Befürchtungen bewahrheiteten sich nicht: sein neues Leben in Tripletree ließ sich überraschend ganz erträglich an.

Einer der Umstände, die ihm zu Hilfe kamen, war eine Art variabler Zeiteffekt, den er schon bei früheren Urlaubsreisen ins Ausland festgestellt hatte. Ohnehin vertrat er die Theorie, daß die persönliche Zeit nicht mehr mit der Uhr gemessen wurde, sondern nach der Zahl frischer Sinneseindrücke, die vom Geist verzeichnet wurden. An den beiden ersten Tagen eines Urlaubs, insbesondere wenn die Umwelt sich sehr von der täglichen Norm unterschied, bestürmten ihn unentwegt neue Empfindungen – und jene Tage kamen ihm beinahe endlos vor. Es wollte ihm scheinen, als würde der Urlaub ewig dauern. Plötzlich jedoch wurde ihm die neue Umwelt vertraut, Zahl und Häufigkeit der Überraschungsbegegnungen mit der unverwässerten Realität nahmen ab, der Verstand kehrte zur gewohnten Selbstgefälligkeit zurück – und kaum war dieser Bewußtseinsstand erreicht, zuckten die restlichen Tage des Urlaubs vorbei wie Diapositive in einem beschleunigten Projektor.

Diese Theorie hatte Hasson stets ein wenig bedrückt, denn sie erklärte und bestätigte die Existenz eines Phänomens, das ihm von seinem Vater beschrieben worden war – die Beschleunigung der subjektiven Zeit im zweiten Teil des Lebens. Er hatte sich immer geschworen, nie in sinnesbetäubender, abstumpfender Routine zu erstarren, sich nie die Monate und Jahreszeiten und Jahre durch die Finger gleiten zu lassen, doch urplötzlich fand er, daß dieser Vorgang sich zu seinem Vorteil auswirkte. Die Zeit begann schneller dahinzuströmen, und die Anforderungen jedes Tages an ihn verringerten sich.

Er hielt sein Versprechen gegenüber Oliver Fan und

nahm große Portionen der pulverisierten Bierhefe zu sich. Zuerst brachte er die bittere, den Mund füllende Substanz kaum hinunter und mußte mit mehreren Gläsern Fruchtsaft nachspülen. Die unmittelbare Auswirkung bestand darin, daß er von inneren Gasen anschwoll und sich kaum noch bücken konnte, doch Oliver hatte ihm gleich gesagt, daß dieses Symptom anzeigte, wie dringend er die Vitamin-B-reiche Hefe brauchte. Sich auf Olivers Rat verlassend, nahm er die Hefe regelmäßig ein und betete sich immer wieder vor, was er noch wußte von der improvisierten Lektion Oliver Fans über ihren Wert als Lieferant von Anti-Streß-Vitaminen, Vitamin H, Cholin, Folsäure, Inositol, Nukleinsäure, Pantothensäure, Eisen, schwefelhaltigen und reinen Proteinen wie auch dem gesamten Vitamin-B-Komplex. Die biochemischen Begriffe sagten Hasson wenig, doch zwei Tage nach Beginn der Behandlung stellte er beim Erwachen fest, daß die Mundgeschwüre – die ihn seit Monaten plagten – spurlos verschwunden waren. Diese Wohltat allein, so überlegte er, rechtfertigte jeden Preis, den Oliver verlangen mochte.

Er begann auch damit, zweimal am Tag auf winzigen Stücken der Ginsengwurzel herumzukauen. Es handelte sich um eine dunkle, rotbraune Masse, die beinahe so hart war wie gepreßtes Plastik und vage nach Gras schmeckte. Hasson konnte sich nicht vorstellen, was ihm das Zeug nutzen könnte, doch nach dem Erfolg mit den Mundgeschwüren war er mehr als bereit, Olivers Empfehlungen eine faire Chance einzuräumen. Seine Verdauung verbesserte sich, der Druck in seinem Unterleib ließ nach, sein Appetit kehrte zurück, und innerhalb kurzer Zeit hatte er ein einfaches Vergnügen wiederentdeckt: die Vorfreude auf die nächste Mahlzeit.

Was im Haushalt der Werrys auf den Tisch kam, entsprach nicht immer Hassons Geschmack, doch im Verlauf seiner zweiten Woche verschwand Ginny Carpenter – die ihre beiläufige Feindseligkeit niemals aufgegeben hatte – auf einem Familienbesuch nach Vancouver. Von nun an kochte vorwiegend May Carpenter, und obwohl sie eigene kulinarische Mängel erkennen ließ, wurden diese für Hasson durch die Abwesenheit ihrer Mutter mehr als ausgeglichen. Es erwies sich, daß May halbtags im Büro einer Leasingfirma in Tripletree arbeitete. Viermal die Woche mußte sie weg, was zur Folge hatte, daß Hasson das Haus für sich allein hatte, wenn Theo in der Schule war, ein Arrangement, das ihm bestens paßte.

Nach wie vor verbrachte er möglichst viel Zeit mit Fernsehen in seinem Zimmer, doch trotz seines Vorsatzes, die Welt draußen vor der Tür zu lassen, dachte er immer öfter über die realen Probleme seiner Gastgeber nach. Al Werry war nach der seltsamen Beichte in der Bar zu seinem normalen Ich zurückgekehrt und ging mit dem üblichen Schwung seinen Geschäften nach: er wirkte gesund und fröhlich und kompetent und war das Idealbild des ausgeglichenen Karriere-Polizisten. Er steuerte die Arbeit seiner winzigen Polizeistreitmacht mit einer flotten Beiläufigkeit, die durch Buck Morlachers Worte in keiner Weise beeinträchtigt zu sein schien.

Überrascht stellte Hasson fest, daß Morlacher – nachdem er sich dreimal kurz hintereinander in sein Leben gedrängt hatte und dabei jedesmal mehr wie ein unmittelbar vor dem Ausbruch stehender Vulkan gewirkt hatte – zur Ruhe gekommen und praktisch von der Szene verschwunden war. Er fragte sich, ob Morlachers Wandlung lediglich auf die Tatsache zurückging, daß der großgewachsene Mann andere Geschäftsinteressen hatte und nur gelegentlich die Zeit fand, Werry heimzusuchen, oder ob die Entwicklung irgendwie mit May Carpenter zusammenhing. Hasson konnte es nicht mit Gewißheit sagen, doch er hatte das Gefühl, daß sich die Beziehung zwischen den beiden seit der Begegnung, die er aus dem Bad beobachten konnte, weiterentwickelt hatte, und ihn faszinierte das Problem herauszufinden, was für eine Art Mensch hinter Mays Fassade offener und unkomplizierter Sexualität anzutreffen sein mochte.

Nach Werrys Auffassung gab es außer der Fassade nichts. Dieses Urteil hatte Hasson für unfair und gefühllos gehalten, doch als die Tage ins Land gingen, mußte er die Tatsache akzeptieren, daß es unmöglich war, mit May ein Gespräch zu führen. In ihm festigte sich der Eindruck, sie könnte ein prächtiger weiblicher Android sein, der nur zwei Funktionen kannte – allen Männern, denen er begegnete, ein romatisches Interesse zu signalisieren, und diesem Interesse dann stattzugeben. Hasson hatte vielleicht nicht die richtige Reaktion gezeigt und damit die Identifikationsvorgänge durcheinandergebracht, so daß er in eine Kategorie gesteckt worden war, mit der umzugehen der Mechanismus nicht programmiert war. Zuweilen erfüllte es ihn mit Schuldbewußtsein, über einen anderen Menschen so zu denken, und er kam zu dem Schluß, daß der Mangel an Kommunikation eher auf seine sehr realen Unzulänglichkeiten zurückging als auf die, die er in May vermutete, diese Einsicht aber – wenn es eine Einsicht war – hatte keinen spürbaren Effekt auf ihre Beziehung oder das Fehlen einer solchen. Es sah so aus, als wolle sie sich ausschließlich nach ihren eigenen Vorstellungen und Möglichkeiten mit ihm abgeben, und diese Vorstellungen waren für Hasson nicht akzeptabel, teils aus Rücksicht auf Al Werry, teils weil ein Rest von Stolz es nicht zuließ, daß er sich in dieselbe Warteschlange einreihte wie Buck Morlacher.

Seine Beziehung zu Theo Werry stagnierte auf gleiche Weise, obwohl Hasson in diesem Falle genau wußte, was nicht stimmte. Der Junge durchlebte den für jeden Jüngling natürlichen Respekt vor Kraft und Mut, ein Respekt, der durch seine Behinderung vielleicht noch verstärkt wurde, und so konnte man sich leicht vorstellen, welche Meinung er sich von Hasson gebildet hatte. Außerdem hatte die Generationslücke zwischen ihnen geklafft von dem Moment an, da Hasson seine Ansichten über Angels im allgemeinen geäußert hatte, und auch das gemeinsame Interesse an Musik und Literatur konnte da keine Brücke sein.

Hasson wollte sich bei Theo Zeit lassen. Er wollte auf das

erste Zeichen der Annäherung warten, aber der Junge blieb ihm fern und verbrachte einen Großteil seiner Freizeit im eigenen Zimmer. Einige Male sah Hasson beim Passieren des Flurs Theos Tür von aufzuckendem Licht gerahmt, doch jedesmal ging er weiter und zwang sich, das Notsignal zu ignorieren, denn er wußte, daß jeder Versuch, darauf einzugehen, als aufdringlich empfunden worden wäre. Einmal, kurz nach Mitternacht, glaubte er, aus dem Zimmer eine Stimme rufen zu hören, und zögerte an der Tür, wobei er sich fragte, ob Theo wohl einen Alptraum hätte. Die Laute erstarben beinahe sofort, und Hasson kehrte zu seinem Fernseher zurück, betrübt von der Vorstellung, daß selbst die vage Vision schlechter Träume für einen Blinden etwas Besonderes sein konnte.

In dem Maße, wie sein neues Leben zur Routine wurde, hieß Hasson das Nachlassen seiner Wahrnehmungen willkommen. Die Monotonie war eine den Verstand anzapfende Droge, der er schnell verfiel. Er tröstete sich mit einer sich schnell festigenden Überzeugung, daß ihm nie wieder etwas wirklich Bedeutsames zustoßen würde, daß Nacht und Tag auch weiterhin mit dem anspruchslosen und formlosen Grau der Ewigkeit verschmelzen würden.

Um so mehr überraschten ihn daher zwei Wunder, die innerhalb weniger Tage eintraten.

Das erste Wunder war äußerlich und betraf das Wetter. Seit etwa einer Woche war ihm vage bewußt geworden, daß im Freien große Veränderungen abliefen: das Licht wurde weicher, die Luft erwärmte sich, das Tröpfeln von Wasser ersetzte die nächtliche Stille. Im Fernsehen gab es Hochwasserberichte aus anderen Landesteilen, und einmal beobachtete Hasson aus seinem Fenster eine Gruppe Erwachsener und Kinder, die in einem nahegelegenen Garten eine beinahe britisch aussehende Schneeballschlacht austrugen – ein Hinweis darauf, daß die Beschaffenheit des Schnees sich verändert hatte. Er war kein leichtes, trockenes Pulver mehr, sondern konnte kompakt zusammengedrückt werden, eine Quasi-Festigkeit, die die bevorstehende Auflösung ankündigte.

Und dann stand Hasson eines Morgens auf und stellte fest, daß der lange Alberta-Sommer begonnen hatte.

Er war natürlich die langen und veränderlichen Jahreszeiten der westeuropäischen Küste gewöhnt, den zögernden, unsicheren Rückzug des Winters und das ebenso vorsichtige Einsetzen wärmeren Wetters – und so vermochte Hasson kaum zu begreifen, was da geschehen war. Er stand am Fenster und schaute in eine verwandelte Welt hinaus, deren Hauptfarben Grün und Gelb waren – und gleichzeitig wurde er sich eines zweiten Wunders bewußt.

Er empfand keine Schmerzen.

Er war schmerzlos erwacht und hatte sich mühelos aus dem Bett erhoben – und diesen Zustand so gedankenlos-instinktiv hingenommen wie ein Lebewesen, das in freier Wildbahn auf das Licht des Morgens reagiert. Hasson wandte sich vom Fenster ab, blickte an sich herab, das morgendliche Sonnenlicht warm auf dem Rücken, und machte einige vorsichtige Bewegungen, wie ein Turner, der sich für eine Schau-Übung warm macht. Er berührte seine Zehen und drehte dann den Oberkörper, um mit den Händen jeweils an die Ferse des anderen Fußes zu fassen. Er spürte keinen Schmerz.

Hasson sah sich in seinem Zimmer um, tief durchatmend, urplötzlich im Besitz ungeahnter Reichtümer, und machte weitere Entdeckungen. Das Zimmer kam ihm plötzlich viel gemütlicher vor denn je – die gerahmten Aufnahmen waren nichts anderes mehr als die Spuren eines erfüllten Familienlebens –, doch gleichzeitig war es zu klein für ihn geworden. Es war ein geeigneter Ort, sich zur Nacht zurückzuziehen, draußen aber lag ein weites Land, unerforscht und reizvoll, voller Orte, die er erkunden konnte, neuen Panoramen, die auf seinen Blick warteten, Menschen, die er kennenlernen konnte, Speisen und Getränke, die er genießen, frische Luft, die er tief einatmen konnte ...

Mit einem Aufwallen der Freude und Dankbarkeit stellte

Hasson fest, daß er sogar an die Zukunft denken konnte, ohne zusammenzuzucken, ohne das Seelenwallen der Düsternis, das ihm in letzter Zeit vertraut geworden war. Er fand es plötzlich wieder vorstellbar zu lesen, Musik zu hören, zu schwimmen, an Parties teilzunehmen, sich mit Mädchen zu verabreden, ins Theater zu gehen und vielleicht sogar einen AS-Harnisch anzulegen und ...

Nein!

Das eiskalte Prickeln auf der Stirn verriet Hasson, daß er sich zu weit vorgewagt hatte. Einen Augenblick lang hatte er sich ungehindert daran erinnert, wie es war, auf einem unsichtbaren Gipfel des Nichts zu stehen, auf die eigenen Stiefelspitzen hinabzublicken und sie klar und deutlich vor einem Hintergrund verschwommener geometrischer Formen in Pastellfarben auszumachen, um dann den Wahrnehmungssinn der Augen zu ändern und diesen Hintergrund in ein schwindelerregendes, detailliertes Feld von Häuserblöcken und Plätzen zu verwandeln, das viele Kilometer unter ihm lag, die Flüsse wie Bleidraht, der von Brükken festgeklammert wurde, mit Bodenfahrzeugen, die zu kleinen Punkten geschrumpft waren und in der Entfernung auf den weißen Fäden der Fahrbahnen stillzustehen schienen. Kopfschüttelnd löste er sich von dieser Vision und begann Pläne zu schmieden, die über seine derzeitigen physischen und moralischen Möglichkeiten nicht hinausgingen.

Mehrere Tage gingen ins Land, und er gab sich damit zufrieden, seine neue Lage zu festigen, sich bereitzuhalten für einen möglichen geistigen und körperlichen Rückfall. Das Zimmer, das ihm zuerst wie eine sichere Zuflucht erschienen war, kam ihm inzwischen ein wenig eng vor. Er reduzierte seine Zeit vor dem Fernseher auf ein oder zwei Stunden vor dem Zubettgehen und begann statt dessen Spaziergänge zu machen, die zuerst noch kurz waren, bald aber drei Stunden oder länger dauerten.

Eine seiner ersten Expeditionen hatte das Reformhaus zum Ziel. Oliver Fan warf Hasson einen einzigen abschätzenden Blick zu und sagte, ohne seinen Kunden zu Wort kommen zu lassen: »Gut! Nachdem Sie jetzt die Vorteile einer richtigen Ernährung erkannt haben, kann ich endlich Geld an Ihnen verdienen.«

»Moment mal!« sagte Hasson, der sich aufrichtig darüber freute, daß sein Wohlbehagen so offenkundig war. »Ich gebe zu, ich fühle mich besser, aber weshalb sind Sie so sicher, daß Ihre Mittel damit zu tun hatten? Woher wollen Sie wissen, daß ich nicht ohnehin an der Schwelle zur Besserung stand?«

»Glauben Sie das?«

»Ich meine doch, daß es auch ein natürliches Heilbestreben geben muß, das ...«

»Krankheit und Verletzungen überwindet? Das gibt es auch. Es wird Homöostase genannt, Mr. Haldane. Eine starke Kraft, die wir aber unterstützen oder abwürgen können – wie bei den schmerzhaften kleinen Kratern in Ihrer Mundhöhle, an denen Sie monatelang gelitten haben und die jetzt verschwunden sind.« Oliver zuckte vielsagend die Achseln: »Wenn Sie allerdings meinen, Sie hätten für Ihr Geld nichts bekommen ...«

»Das meinte ich eben nicht«, sagte Hasson und griff in die Tasche.

Oliver grinste. »Das wußte ich gleich – Sie wollten mir nur zeigen, daß Sie keine Angst mehr vor mir haben.«

»Angst?«

»Ja. An dem Tag, an dem Sie zum erstenmal in diesen Laden kamen, hatten Sie Angst vor jedem Menschen in dieser Welt, mich eingeschlossen. Bitte versuchen Sie sich daran zu erinnern, Mr. Haldane, denn auf Reisen ist es sehr wichtig, im Auge zu behalten, woher man kommt.«

»Ich werde dran denken.« Hasson blickte den kleinen Asiaten einen Augenblick lang an, dann streckte er ihm impulsiv die Hand hin. Oliver schüttelte sie schweigend.

Hasson hielt sich länger als eine Stunde im Laden auf und wartete, während andere Kunden bedient wurden, im Hintergrund fasziniert von Olivers Ausführungen über die alternative Medizin. Am Ende dieser Zeit war er zwar immer noch nicht recht von Olivers Können und seinen anekdotisch dargebrachten Krankheitsbildern überzeugt, doch er schleppte schließlich einen Beutel voller neuer Elemente für seinen Speisezettel aus dem Laden, hauptsächlich Joghurt, den er mit Weizenkeimlingen ansetzte. Außerdem nahm er die Überzeugung mit, einen echten Freund gewonnen zu haben, und sprach in den nächsten Tagen regelmäßig im Laden vor, oft, nur um ein Gespräch zu führen. Trotz des vorgeblichen kommerziellen Interesses schien Oliver mit diesem Arrangement zufrieden zu sein, und Hasson begann zu vermuten, daß er dem anderen das Material für ein ganz neues Ernährungsdossier lieferte. Dagegen hatte er nichts, und mußte sich schließlich sogar gegen eine Art Syndrom wehren, das ihn dazu drängte, Oliver übertriebene Berichte über seine Fortschritte zu geben, um nur ja zu dokumentieren, daß die Prophezeiungen auch wirklich eintrafen.

Aber auch so waren diese Fortschritte echt und erfreulich. Natürlich gab es gelegentlich psychologische Durchhänger zur Erinnerung daran, daß Hochstimmung kein alltäglicher Seelenzustand war, doch gemäß Dr. Colebrooks Vorhersage stellte Hasson fest, daß er mit zunehmendem Selbstvertrauen und Geschicklichkeit dagegen angehen konnte. Er erweiterte sein Übungsprogramm auf Spaziergänge, die zwischen sechs bis acht Stunden dauerten und ihn viele Kilometer weit in das hügelige Terrain führten, das sich im Norden und Westen der Stadt erstreckte. An diesen Tagen führte er Nahrung mit, die er selbst vorbereitet hatte, und las während der Mittagspause ein altes Exemplar von Leacocks *Literary Lapses,* das er in einem Laden in Tripletree gefunden hatte.

Das Buch hatte er erstanden, um auf die Versöhnung mit Theo vorbereitet zu sein, doch der Junge hatte seine Zurückhaltung gegenüber Hasson beibehalten, und Hasson war zu sehr auf seine eigenen Angelegenheiten konzentriert gewesen, um etwas in dieser Richtung zu forcieren. Im Verlauf seiner Genesung zeigte er sich nun beinahe ebenso verschlossen und egoistisch wie während der Krankheit, gierig auf Fitneß besessen, und in diesem Zustand waren die Probleme der anderen für ihn zur Unwichtigkeit geschrumpft. So wußte er zum Beispiel, daß die Rückkehr des warmen Wetters den phantastischen Horst des Tschinuk-Hotels nachts viel bewohnbarer machte und daß dementsprechend die Aktivität der jungen Flieger zugenommen hatte, die den Bau als Hauptquartier benutzten. Er wußte, daß Al Werry sich über Empathin-Parties im Turm Sorgen machte und über die wachsende Häufigkeit von Verstößen, die im Polizeijargon auf bequeme Kürzel zusammengezogen wurden (LK für Luftkollision, TSO für den verbotenen Transport schwerer Objekte, DL für vorsätzliche Darmentleerung in der Luft), aber echte, mehr oder weniger schwerwiegende Probleme darstellten – aber das alles bedeutete Hasson nichts. Er war vom Rest der Menschheit isoliert – ebenso sehr wie an der hohen Schwelle zum Weltall –, einen privaten Krieg führend, ohne Reserven für andere außer sich.

Einer Verwicklung in andere Dinge am nächsten kam er eines Morgens, als er westlich der Stadt einen hohen Hang erstieg, um einen Blick auf den kleinen Sklavensee und den Utikuma-See zu werfen. Eine tiefe Stille lag über dem Land, die so früh im Sommer auch noch nicht durch Insekten gestört wurde. Von der Existenz des Menschen zeigte sich keine Spur, und man konnte sich ausmalen, die Zeit liefe hier langsamer, die letzten Gletscher des Pleistozäns hätten sich eben zurückgezogen und die ersten mongoliformen Stämme müßten sich erst noch aus dem Westen über die Beringstraße hinweg vorarbeiten.

Hasson hatte beim Aufstieg innegehalten und versuchte seine Augen auf die weiten, geneigten Perspektiven einzustellen, als am nördlichen Himmel ohne Vorwarnung ein grelles Licht aufblitzte. Das Gras ringsum funkelte wie winzige Krummsäbel, als sei er gefangen im Kegel eines starken Hubschrauberscheinwerfers. Die Stille aber wurde nicht unterbrochen. Hasson hielt die Hand über die Augen und versuchte das Objekt auszumachen. Es offenbarte sich aber nur als ein formloses Zentrum von Helligkeit und war umgeben von einer Rosette öliger Lichtnadeln. Der Himmel pulsierte in blauen Kreisen.

Während er noch hinschaute, erschien dicht neben dem ersten ein zweiter schmerzhaft-greller Lichtpunkt, dem weitere folgten, bis sich ein Ring von sechs Miniatursonnen gebildet hatte, der auf Hasson herabstrahlte und ihn in die Spitze eines strahlenden Lichtkegels bannte. Das Gras zu seinen Füßen funkelte, als wollte es im nächsten Augenblick zu brennen beginnen.

Hasson durchlebte einen Augenblick beinahe abergläubischer Angst, ehe eingefahrene Gedankenübungen zu seiner Rettung beitrugen. *Eine Gruppe von sechs Fliegern. Höhe fünfhundert bis tausend Meter – jedenfalls hoch genug, daß sie vor einem hellen Himmel unsichtbar sind. Verstoß: Zunächst TSO. Mögliche beabsichtigte Straftaten: Was ihnen in den Sinn kommt – niemand kann sie aufhalten.*

Er senkte den Blick und setzte seinen Aufstieg fort, wobei er intensiv lauschte – auf ein Luftsausen oder Stimmenklang, einen möglichen Hinweis darauf, daß er in mehr geraten war als einen jugendlichen Unfug. Das Licht flackerte eine Zeitlang um seinen Weg und verschwand plötzlich wieder. Hasson kletterte noch eine Minute lang weiter, ehe er innehielt und die Hemisphäre des Himmels absuchte. Es gab nichts Ungewöhnliches zu sehen. Trotzdem fühlte er sich nicht mehr allein, nicht mehr fern des einundzwanzigsten Jahrhunderts. Der Himmel war eine bewußte, atmende blaue Linse.

Kurze Zeit später saß er auf einem Felsen und aß, während ihm ein tröstender Gedanke durch den Kopf ging, der ihm gegenüber der unsichtbaren Fliegergruppe beinahe so etwas wie Dankbarkeit empfinden ließ. Während des Vorfalls war er angespannt, nervös und besorgt gewesen – nicht aber ängstlich. Jedenfalls nicht besonders. Er hatte eine gewisse Kühle an der Stirn empfunden und eine Leere im Magen, doch nichts von der Vielzahl niederschmetternder Symptome, die ihm in den letzten Monaten so vertraut geworden waren. Es bestand die Möglichkeit, daß er den Weg der Genesung schon weiter beschritten hatte, als ihm bisher klar geworden war.

Er dachte eine Weile darüber nach und führte den Gedanken bis zum logischen Ende. Dann erhob er sich und marschierte in Richtung Tripletree los.

»Aber klar doch! Leih dir einen Harnisch, egal welchen – hier im Haus hängen genug herum.« Werry lächelte Hasson aufmunternd zu. »Möchtest du meinen Ersatzanzug nehmen?«

»Unnötig – ich steige bestimmt nicht hoch.« Hasson erwiderte das Lächeln und versuchte, nicht zu verzagt zu erscheinen. »Ich will nur ein wenig herumprobieren. Mich wieder dran gewöhnen. Du weißt ja, wie das ist ...«

»Kann ich eigentlich nicht behaupten. Ich dachte, du wärst akrophobisch.«

»Wie kommst du darauf?«

Werry zuckte die Achseln. »War nur so ein Eindruck. Dessen muß man sich doch nicht schämen, oder? Viele Leute getrauen sich nach einem Absturz überhaupt nicht mehr zu fliegen.«

»Das stimmt – trifft aber in meinem Fall nicht zu«, sagte Hasson leichthin und fragte sich, warum er in dieser Situation noch lügen mußte.

»Na, soll ich dann mit aufsteigen, nur um sicherzugehen?« Werry legte das Tuch aus der Hand, mit dem er seine Stiefel poliert hatte, und stand auf. Seine Uniform ließ ihn in der häuslichen Umgebung seiner Küche wie ein Eindringling erscheinen. Bei der Rückkehr von seinem Marsch hatte Hasson ihn allein im Haus angetroffen und keine Zeit vergeudet und sofort mit der Vorbereitung seines privaten Experiments begonnen.

»Ich schaffe das schon allein«, sagte Hasson und konnte nicht verhindern, daß seine Stimme abwehrend klang.

»Schon gut, Rob.« Werry blickte entschuldigend zu ihm auf. »Ich weiß nie, wann die Hilfsbereitschaft endet und die Aufdringlichkeit beginnt. Tut mir leid.«

»Nein, *ich* muß mich entschuldigen. Es liegt einfach daran, daß es mich nervlich sehr belasten würde, wenn ...«

»Darüber haben wir doch neulich gesprochen, Rob. Heute früh jammerte Henry Corzyn – das ist einer meiner Beamten, der dicke –, daß er diesen Monat mit dem Geld knapp dran wäre. Daraufhin erbot sich Victor – das ist unser Jüngster –, ihm was zu borgen. Henry antwortete, *so* arg wär er nun doch noch nicht dran, und er brauchte von niemandem zu borgen. Und weißt du, das der Junge daraufhin machte?«

Hasson blinzelte. »Hat er erleichtert geseufzt?«

»Nein. Der Junge nahm ein paar Scheine aus der Brieftasche und stopfte sie Henry in die Hemdtasche – und Henry ließ sie stecken! Nachdem er gesagt hat, er würde sich von niemandem was leihen, ließ er das Geld stecken!«

»Dann wollte er den kleinen Kredit also doch haben.«

»Das meine ich ja«, sagte Werry, und in seinen Augen stand ein gequälter Ausdruck. »Er muß gewollt haben, daß ihm jemand was leiht, aber er sagte das Gegenteil – woher wußte aber der Junge Bescheid? Ich an seiner Stelle hätte Henry geglaubt und wäre abgezogen, und vermutlich hätte er mich fortan als Schweinehund angesehen. Oder ich hätte das Ganze andersrum in den falschen Hals gekriegt und ihm das Geld aufgezwungen und ihn damit gekränkt – und er wäre dann auch sauer auf mich gewesen. Was ich wissen will: woher wußte der junge Victor, was von ihm erwartet wurde?«

»Er ist auf einem Empathin-Trip«, schlug Hasson vor.

»Gibt's gar nicht! Keiner meiner ...« Werry hielt inne und blickte Hasson feierlich an. »Das war doch wohl ein Witz.«

»Kein besonders guter«, entschuldigte sich Hasson. »Hör mal, Al, du bist mit deinem Problem nicht allein. Manche Menschen sind eben von Natur aus mitfühlend, und wir übrigen können sie nur beneiden. Ich wäre gern selber so.«

»Ich bin nicht neidisch – nur ratlos.« Werry setzte sich wieder und begann die bereits schimmernde Spitze eines Stiefels zu polieren. »Möchtest du heute abend mit zu einem Barbecue?«

Hasson überdachte die Idee und fand sie attraktiv. »Hört sich gut an. Ich glaube, ich habe noch nie an einem echten Barbecue teilgenommen.«

»Dann hast du an der heutigen Veranstaltung bestimmt deinen Spaß. Buck bewirtet einige Besucher von außerhalb, da gibt's also bestimmt gut zu essen und zu trinken. Er läßt immer tüchtig auffahren.«

Hasson zuckte innerlich zusammen. »Sprechen wir von Buck Morlacher?«

»Ja.« Werry blickte mit der gelassenen Unschuld eines Kindes zu ihm auf. »Bucks Parties sind immer große Klasse, und das geht schon in Ordnung – ich kann Gäste mitbringen, soviel ich will.«

Mit einem von uns stimmt etwas nicht, überlegte Hasson ungläubig. *Al, du bist hier der Vertreter des Gesetzes!*

»May kommt auch mit«, fuhr Werry fort. »Wir drei brausen gegen acht Uhr zu Buck hinüber und saufen ihm die Regale leer. Okay?«

»Ich freu mich schon drauf.« Hasson ging in den Flur, suchte sich unter den dort hängenden AS-Harnischen einen aus und überprüfte die Energiezelle. Dieses vertraute Vorgehen weckte ein seltsames Unbehagen in ihm, und die Zuversicht, die er verspürt hatte, begann sich zu verflüchtigen. Schließlich war durchaus denkbar, daß er hier zu eilig vorging, daß er zu hohe Forderungen an sich selbst stellte. Er zögerte einen Augenblick lang, warf sich dann den Harnisch entschlossen über die Schulter und verließ das Haus. Die Sonne neigte sich dem Westen entgegen, und Schatten füllten die Räume zwischen den Häusern, und ein kalter Hauch lag in der Luft. Hasson schätzte, daß er weniger als zwei Stunden Tageslicht hatte, was für seine Zwecke ausreichte.

Er brauchte etwa vierzig Minuten, um einen verlassenen Steinbruch zu erreichen, in dem Landwirtschaft nicht möglich war. Am Himmel zeigte sich ab und zu ein Flieger, der in Richtung Tripletree raste oder von dort kam, doch er wußte aus Erfahrung, daß er in einem solchen Gelände für Flugreisende praktisch unsichtbar war. Er suchte die unmittelbare Umgebung ab, die sich im kupferroten Licht deutlich abzeichnete, und begann den AS-Harnisch anzulegen.

Es war ein Standard-Modell, mit Gurten, die sich unter Hassons Fingern zu dünn anfühlten. Für den normalen Flug war ein dichtes Traggewebe nicht erforderlich, denn das Anti-Schwerkraft-Feld umgab Generator wie Träger und wirkte gleichermaßen auf sie ein, ohne Unterschiede zu erzeugen, wie sie bei Fallschirmen oder den früheren militärischen Ein-Mann-Aggregaten vorkamen. Polizeiharnische waren weitaus schwerer gearbeitet und mit noch sichereren Verbindungen versehen, doch aus Gründen, die nichts mit der Physik zu tun hatten. Damit sollte gewährleistet werden, daß kein Beamter während der Luftkämpfe, die sich zuweilen aus einer Verhaftung ergaben, von seinem AS-Harnisch getrennt werden konnte. Hasson war die dicken Gurte und Schnallen gewöhnt, und hätte – wenn auch aus rein psychologischen Erwägungen – für seinen entscheidenden Vorstoß in die Luft lieber einen Polizeiharnisch getragen.

Er beendete die Flugvorbereitungen. Aus dem Gefühl heraus, daß weitere Verzögerungen nicht angebracht waren, drehte er sofort den Hauptschalter in die Vorstartposition.

Es war nichts zu spüren. Hasson kannte den Grund: der Boden behinderte das Feld, von dem er umgeben war, und zerstörte das ihn wie Zwiebelschalen einhüllende Muster der Kraftlinien. Er wußte auch, daß er lediglich in die Höhe springen mußte, um das Schweben zu beginnen, um dicht über dem vergilbten, staubigen Gras im Gleichgewicht zu verharren.

Er beugte die Knie und hob ein wenig die Hacken, sich auf die plötzliche Freigabe der Muskelenergie vorbereitend, die als einziges noch benötigt wurde, um ihn aus dem Zustand des Menschen in den eines kleinen Gottes zu versetzen. Sekunden vergingen. Boshafte, herzklopfende, blutbrausende Sekunden vergingen – und Hasson blieb so sehr ein Teil der Erde wie all die Felsbrocken, die ringsum zu sehen waren. Am Gürtel machte ein leise zirpender akustischer Alarm ihn darauf aufmerksam, daß sinnlos Energie verschwendet wurde. Seine Oberschenkel bebten von der Anstrengung, ihn in einer Stellung zu halten, die eigentlich nur vorübergehend sein sollte. Und noch immer konnte er nicht springen. Der Schweiß prickelte ihm auf Stirn und Wangen, seine Magenmuskeln zogen sich zusammen und verbreiteten ein Gefühl der Übelkeit. Und noch immer konnte er nicht springen ...

»Zum Teufel damit!« sagte er und wandte sich in die Richtung, aus der er gekommen war. Doch im gleichen Augenblick übernahm ein Teil seines Verstandes einseitig die Kontrolle – der Teil, der die intolerante, unbeugsame Facette von Hassons Charakter vertrat, jene Seite seines Wesens, die Feigheit als absolute Schande ansah. Was ein ganz normaler Schritt hatte werden sollen, wurde ein ungeschickter Luftsprung auf einem Bein – und abrupt trieb er dahin und hatte nichts mehr unter den Füßen.

Betrogen, erfüllt von Übelkeit und Angst, griff er nach der Hauptkontrolle, entschlossen, das AS-Feld abzuschalten. *Halt!* ertönte da ein lautloser Schrei. *Verpaß die Chance nicht! Du bist in der Luft, dir geht es gut, du wirst nicht dran sterben. Mach das Beste daraus! Flieg, Mann, FLIEG!*

Hasson konnte kaum glauben, was mit ihm geschah, als er jetzt den Klinoselektor berührte und einen winzigen Bruchteil des Auftriebs in eine horizontale Bewegung umsetzte, woraufhin der Boden unter ihm dahinzuströmen begann. Dies war der entscheidende Augenblick. Er brauchte nur noch die Hauptkontrolle zu verstellen, dann würde er ins metallische Sonnenlicht hinaufrasen, der Erde und ihrer kleinkarierten Beschränkungen ledig, umgeben von sich erweiternden Horizonten auf allen Seiten, und über, unter oder neben ihm nur die Reinheit der Windströme ...

NEIN! NEIN! NIEMALS!

Er nahm das AS-Feld weg und raste steil dem harten Gras entgegen, steif wie eine Holzpuppe. Grüne Äste schnappten nach seinen Füßen. Er stürzte nach vorn und machte eine Rolle, laut aufschreiend von den Schmerzen, die ihm durch Hüfte und Rücken zuckten. Die Erde ergriff ihn, und er klammerte sich daran fest, darauf wartend, daß die Empfindungen, die vom Fliegen ausgelöst worden waren, verebbten.

Als er sich einige Minuten später wieder erhob, konnte er sich problemlos bewegen, und dafür war er dankbar. Es hatte ihn eine kurze Zeit seelischen Aufruhrs und körperlicher Qual gekostet, eine wertvolle Lektion zu begreifen: er wußte ganz genau, daß die Tage der Fliegerei für ihn vorbei waren und daß er nun vernünftige und realistische Pläne für die fernere Zukunft schmieden konnte.

Wie Hasson gleich hätte vermuten können, kam Al Werry in voller Stadtsheriff-Uniform die Treppe herab, um zur Party zu gehen. Auch die Handwaffe war nicht vergessen. Hasson allein im Wohnzimmer antreffend, grinste er munter und rückte geduckt gegen ihn vor, wobei er keine komplizierte Schattenboxerei absolvierte, die mit einigen leichten Berührungen von Hassons Wangen endete.

»Wo ist May?« flüsterte er. »Haben wir noch Zeit, uns einen zum Aufwärmen zu genehmigen?«

Hasson deutete mit einer Kopfbewegung in Richtung Küche. »Sie ist dort mit zwei Jungen, die bei Theo bleiben wollen.«

»Dann haben wir ja noch Zeit für einen schnellen Schluck.« Werry ging zur Kommode und nahm eine Flasche zur Hand. »Ist Rye-Whiskey okay? Haben wir deinen Geschmacksnerven schon etwas beigebracht.«

»Keine Bedenken. Aber mit viel Wasser.«

»So ist's recht.« Werry bereitete zwei große Drinks vor und reichte Hasson einen. »Wie ist's heute nachmittag gelaufen? Hast du ein bißchen die Wolken gestürmt?«

Hasson trank einen Schluck vor dem Antworten, denn er wußte genau, daß dies der entscheidende erste Moment seines neuen Lebens war. »Ist verdammt schlecht ausgegangen. Ich hab' einen kurzen Sprung gemacht, der mir ganz und gar nicht gefiel.«

»Das ist nur natürlich. Wird 'ne Weile dauern, bis du dich wieder dran gewöhnst.«

»Nein, es ist ernster«, erwiderte Hasson und ließ seine Stimme ganz ruhig klingen. »Ich bin mit dem Fliegen durch. Ich gehe nicht wieder nach oben.«

»Ist sowieso eine überschätzte Freizeitbeschäftigung«, sagte Werry bedrückt und starrte in sein Glas. »Jetzt wird man dir'n Schreibtischposten geben, was?«

»Vermutlich – schließlich ist die Akrophobie eine anerkannte Berufskrankheit.«

Der fröhliche Ausdruck kehrte in Werrys Gesicht zurück. »Dann ist es ja nicht so schlimm. Trink aus und vergiß es!« Er folgte eben seinem eigenen Rat, als May Carpenter aus der Küche kam. Sie trug goldene Stiefel, eine hautenge weiße Hose und einen goldenen Stepp-Anorak. Sie warf einen Blick auf Werry und ließ das Kinn herabsinken.

»Mein Gott«, sagte sie, »du willst doch nicht etwa *so* gehen?«

Werry blickte an sich herab. »Was stimmt damit nicht?«

»Was damit nicht stimmt?« Sie warf einen Blick auf Hasson und wandte sich dann wieder ihrem Mann zu. »Al, ist das heute abend ein Kostümfest, oder willst du dort eine Razzia durchführen?«

Werry machte beruhigende Bewegungen mit der freien Hand. »Schätzchen, das heute abend ist nicht nur gesellschaftlich. Buck hat wichtige Besucher – wenigstens hält er sie für wichtig –, und denen will er bestimmt vorführen, daß er mit dem Stadtsheriff gut steht.«

May seufzte und sah dabei auf hübsche Weise betrübt aus. »Geh in die Küche und sag Theo gute Nacht!«

»Nicht nötig«, sagte Werry. »Der weiß sowieso nie, ob ich im Hause bin oder nicht. Ziehen wir los, Leute – ist doch verrückt, hier den eigenen Alkohol zu trinken, wenn man anderswo dazu eingeladen ist. Hab' ich nicht recht, Rob?«

Hasson stellte sein Glas ab. »Deine Worte sind wirtschaftlich fundiert.«

»Ich bin fertig«, sagte May. »Fahren oder fliegen wir?«

»Wir fahren.« Werry öffnete die Tür zum Flur und überließ May mit übertriebener Höflichkeit den Vortritt. »Hat Rob dir nicht verraten, daß er eine Bodenpflanze geworden ist?«

»Nein«, sagte May desinteressiert und ging zur Haustür.

»Es stimmt – ich kann nicht mehr fliegen«, sagte Hasson zu ihrem sich entfernenden Rücken und verschaftte sich damit etwas Übung, das Geständnis zu machen. Sie schien es nicht zu beachten. Als sie in den wartenden Streifenwagen stiegen, saß Hasson allein hinten. Er fühlte sich einsam in der weitläufigen Dunkelheit und wünschte, er hätte eine Frau bei sich. Dazu hätte ihm beinahe jede Frau auf der Welt gepaßt, solange sie ihm Gesellschaft verschaffte. Während der Wagen lautlos durch dunkle Straßen glitt, starrte er nostalgisch auf die Fenster der Häuser, an denen sie vorbeikamen – sanftschimmernde Rechtecke, einige wie Rahmen für ein intaktes Familienleben, die Gestalten durch die Kürze der gewonnenen Einblicke mitten in der Bewegung erstarrt. Hasson versuchte sich abzulenken, indem er zu den wie Wachsfiguren wirkenden Menschen Charaktere und Geschichten erfand, doch gleichzeitig roch er Mays blumenhaftes Parfum, so daß seine Gedanken immer wieder zu ihr zurückkehrten.

Eine wochenlange unauffällige Beobachtung hatte ihm keine tieferen Einblicke in ihre Persönlichkeit verschafft, und er wußte noch immer nicht recht, was Werry und sie überhaupt zusammengebracht hatte. Soweit er feststellen konnte, bot Werry der Frau Unterkunft und Nahrung, und manchmal auch ihrer Mutter, und als Gegenleistung half sie ihm im Haushalt. Man mußte wohl vermuten, daß es auch eine sexuelle Beziehung gab, doch auf beiden Seiten herrschte ein so auffälliger Mangel des Eingehens auf den anderen, daß Hasson verwirrt und beunruhigt war.

Sieht das Leben auf dem Boden so aus? fragte er sich. Seine Instinkte widersprachen Werrys Behauptung, er und May seien keine echten Menschen, sondern lediglich Marionetten, die das Leben nur spielten – doch einmal angenommen, die phantastische Hypothese stimmte wirklich? Aufdringliche, schändliche Gedanken erblühten in Hassons Schädel. Warum nicht alle hinderlichen Barrieren der Ehre und der Wahrheit über Bord werfen? Warum die Situation nicht als glattes logisches oder mathematisches Problem sehen? X ist ein Mann mit wiederhergestellter Gesundheit und mit zunehmendem Bedürfnis nach Ablassen biologischen Drucks. Y ist ein Mann, der unfähig ist, Liebe, Haß oder Eifersucht zu empfinden. Z ist eine Frau, für die der Begriff eheliche Treue wenig Bedeutung hat. Die derzeitige Beziehung ließe sich als X+(YZ) beschreiben, aber warum nicht ein wenig mathematisch daran herummanipulieren, wie es doch überall passiert und ein Y+(XZ) daraus machen?

Hasson betrachtete Mays Silhouette und ließ seinen Gedanken einen Augenblick lang freien Lauf: er sah May als Liebesmaschine, als menschlichen Apparat, der auf eine bestimmte vorgegebene Weise reagieren würde, wenn er die richtigen Knöpfe drückte. Aber dann löschte eine Woge des Selbstekels diese Bilder aus seinem Geist. Al Werry war ein Mensch, keine mathematische Abstraktion, und wenn die Dinge, die er von sich behauptete, zutrafen, so hieß das, daß er vom Leben bisher sehr wenig gehabt hatte und aus diesem Grunde eher beschützt als beraubt werden sollte. Ebenso war auch May ein Mensch, und wenn sie ihm zweidimensional vorkam, mußte der Fehler in seiner Unfähigkeit liegen, Tiefen wahrzunehmen.

Der Wagen hatte in den westlichen Ausläufern Tripletrees einen sanften Hügel erklommen und bog jetzt auf eine Privatstraße ein, hoch gesäumt von Rhododendren und anderen Büschen, deren Namen Hasson nicht kannte. Nachdem sie einige Sekunden lang durch absolute Dunkelheit gefahren waren, kamen sie auf einem flachen Gipfel heraus, wo ein flutlichterleuchtetes, weitläufiges Haus über einen prächtigen Ausblick auf die funkelnde Stadt gebot. Tripletree wirkte wie ein verschütteter Juwelenschatz, ein zentraler Haufen aus Edelsteinen jeder Art und Farbe, umgeben von hingeworfenen Halsbändern aus Diamanten und Topasen. Die Luftstraßen schwebten darüber in pastellfarbenem

Glanz, großzügig durchsetzt mit den Lichtern nächtlicher Flieger, und über allem durchstießen einige Sterne erster Ordnung die strahlende Kuppel mit ihrer besonderen Pracht. Märchenhafte Lampen waren auf einer Terrasse seitlich des Hauses entzündet worden, Musik ertönte, und zahlreiche Gestalten umwogten eine Rauchsäule, die von einem riesigen Kohlenfeuer unter einem Grill auszugehen schien.

»Wir müssen hier am falschen Haus sein«, sagte Hasson ironisch.

»Nein, dies ist Bucks Haus«, erwiderte Werry und parkte den Wagen. »Ich müßte mich doch wohl in Tripletree inzwischen auskennen.«

Sie stiegen aus und gingen auf die belebte Szene zu, wobei sich May über das Haar strich und Werry da und dort an seiner Uniform zupfte, um ihr die vorgeschriebene Glätte zu verleihen. Hasson blieb ein wenig hinter den beiden zurück, im Bann jener seltsamen Mischung aus Zögern und Vorfreude, die er stets erlebte, wenn er zu einer bereits in Gang gekommenen Party stieß. Er rechnete damit, daß niemand auf ihr Erscheinen achten würde, doch schon kam die große, breitschultrige Gestalt Buck Morlachers auf sie zu. Er trug eine altmodische gestreifte Schürze und eine lange Gabel, und die Hitze des Feuers ließ die dreieckigen Male auf seinen Wangen hervortreten. Er übersah Werry und Hasson, marschierte geradewegs auf May zu, legte ihr einen Arm um die Schulter und flüsterte etwas in ihr blondes Haar. May hörte einen Moment lang zu und begann dann zu lachen.

»Guten Abend, Buck«, sagte Werry freundlich. »Scheint 'ne gute Party zu sein. Ich habe Rob mitgebracht, damit er mal sieht, wie wir in Alberta so etwas machen.«

Morlacher musterte ihn mit kaltem Blick und nahm noch immer nicht von Hassons Gegenwart Notiz. »Der Alkohol steht drüben am Brunnen«, sagte er.

Werry lachte. »Mehr brauchen wir gar nicht zu wissen. Komm, Rob!« Er nahm Hasson am Arm und wollte ihn über die Terrasse führen.

Hasson rührte sich nicht von der Stelle. »Vielleicht möchte May einen Drink haben.«

»Ich kann mich um May kümmern«, sagte Morlacher, neigte den Kopf und warf Hasson einen abschätzenden Blick zu.

»Sie haben doch am Feuer zu tun.« Hasson wandte sich direkt an May. »Das übliche, ja? Rye und Ginger?«

»Ich ...« Mit weit geöffneten Augen drehte sie sich aufgeschreckt zu ihm um. »Ich habe noch keinen Durst.«

Morlacher drückte sie besitzergreifend an sich. »Ich besorge der Dame einen Drink, wenn es soweit ist. Wozu die Eile?«

Werry verstärkte seinen Zug an Hassons Arm. »Ganz recht, Rob. Hier versorgt sich jeder selbst.«

Morlacher nickte langsam und zog plötzlich ein zufriedenes Gesicht. »Da wir schon von Selbstversorgung sprechen, Sheriff Werry – ich habe heute etwas getan, an das Sie schon vor langer Zeit hätten denken müssen.«

»Ja?« Werry ließ Hassons Arm los. »Und das wäre?«

»Sie kennen meinen schwarzen Hund? Den ich letztes Jahr erschießen wollte, weil er ein Stück Bein von Eddie Bennett vertilgt hatte?«

»Sie haben ihn getötet, oder?«

»Nein – ich hab' ihn arbeiten lassen. Starr und ich sind heute zur Farm raus, haben uns den Mastiff ins Netz genommen und zum Hotel hochgetragen, wo er jetzt frei herumläuft. Die Schmarotzer, die sich heute nacht da oben einnisten wollen, werden schneller wieder abzischen, als sie gekommen sind.« Morlacher grinste und entblößte seine unmenschlich großen Zähne.

Werry zeigte sich beeindruckt. »Das würde sicher einen Unterschied machen. »Ich veranlasse, daß meine Leute ihm täglich was zu Fressen raufbringen.«

»Nein, das lassen Sie hübsch bleiben. Der Kerl soll böse und hungrig sein. Ab heute besteht sein Speisezettel ausschließlich aus Angelfleisch. Begriffen?«

»He, das ist wirklich komisch«, sagte Werry und lachte

leise. Er machte kehrt und schlenderte über die Terrasse, grüßte huldvoll winkend Leute, die er erkannte, und erzeugte dabei den Eindruck, als hätte er Hasson und May völlig vergessen. Hasson kam sich ein wenig im Stich gelassen vor und folgte ihm; dabei bemerkte er aus den Augenwinkeln, daß Morlacher und May sich eng umschlungen in Richtung Haus entfernten. Er holte Werry an einer fahrbaren Bar ein, wo zwei weißgekleidete Männer Getränke in schwere Kelche füllten, die mit falschen Rubinen verziert waren.

»Tu mir einen Gefallen«, sagte Werry zu Hasson, sobald sie die Getränke in den Händen hielten. »Versuch Buck nicht zu reizen – das macht mir nur das Leben schwer. Warum mußtest du ihm unbedingt widersprechen?«

»Das ist eine gute Frage«, antwortete Hasson tonlos, »aber ich glaube, ich habe die Antwort vergessen.«

Werry musterte ihn verwirrt. »Ich hoffe, du willst mir nicht komisch kommen, Rob. Jetzt misch ich mich ein bißchen unter die Leute. Bis später.« Er wandte sich einer Gruppe von Männern und Frauen zu, die in einer Ecke der Terrasse tanzten.

Aufgebracht blickte Hasson ihm nach und wandte sich dann der Frage zu, was er in den nächsten vier oder fünf Stunden anfangen sollte. Der Kern der Party schien aus etwa dreißig Leuten zu bestehen. Viele trugen Baumwollkleidung gegen die Kühle des jungen Frühlings, was zur Folge hatte, daß das Ganze eine unschöne Mischung aus Party und mutigem Picknick zu werden drohte. Etliche Gäste trugen identische Goldabzeichen. Hasson unterhielt sich mit einem hageren, zitternden Mann mittleren Alters, der entschlossen einen Drink nach dem anderen in sich hineinkippte, als wollte er jede Erinnerung an dieses Ereignis tilgen, und erfuhr, daß die Besucher einer Abgesandtengruppe verschiedener Handelskammern der westlichen Staaten angehörten. Sie befanden sich auf einer Goodwillreise durch die kanadische Föderation, und zumindest der hagere Mann schien es zutiefst zu bedauern, seine Heimatstadt Pasadena verlassen und sich so weit in den Norden gewagt zu haben.

Hasson verweilte eine Zeitlang bei ihm und unterhielt sich über die Auswirkungen des Längengrads auf das Klima. Andere Touristen mischten sich in das Gespräch, und als man Hassons britischen Akzent registriert hatte, entwickelte sich eine lebhafte Debatte über die Auswirkungen der Breitengrade auf das Klima. Hasson, der sich ganz und gar nicht langweilte, freute sich über seine frisch zurückgewonnenen Fähigkeiten, mit Fremden eine Unterhaltung einzugehen. Er trank, verschaffte sich von den freiwilligen Köchen am Feuer etwas zu essen, trank noch mehr, tanzte mit etlichen Frauen, die Goldabzeichen trugen und rauchte seit vielen Monaten seine erste Zigarre.

Zwischendurch bemerkte er, daß Morlacher und May fast eine Stunde lange nicht bei den anderen waren, doch rutschte er mit der Zeit in eine Stimmung großzügigen Wohlwollens, in der er ohne weiteres hätte gelten lassen, daß May sich vielleicht die Briefmarkensammlung ihres Gastgebers anschaute, und in der er klar erkannte, daß die Probleme anderer Leute ihn nichts angingen. Das Leben auf dem Boden, so wollte ihm scheinen, konnte ganz annehmbar sein, solange man bereit war zu leben und leben zu lassen. Dieser Gedanke überkam Hasson, den pensionierten Luftpolizisten und reformierten Naseweis, mit der Wucht einer nagelneuen philosophischen Idee, und er erkundete noch die Auswirkungen, die eine solche Einstellung haben mochte, als die Tanzmusik plötzlich abgeschaltet wurde und alle in der Nähe Stehenden kehrt machten und auf etwas schauten, das sich in der Mitte der Terrasse tat. Er trat in eine Lücke, um sich einen Eindruck zu verschaffen.

Buck Morlacher und zwei andere Männer schoben einen flachen Bilaser-Projektor herbei. Sie arretierten die Räder und verstellten etwas an den Kontrollen – sofort erschien ein schimmerndes Bild des Tschinuk-Hotels über der Maschine. Die kompakt wirkende Nachbildung war etwa drei Meter groß und zeigte das Gebäude, wie es dem Architekten vorgeschwebt haben mochte, komplett mit Rundsicht-Fahrstühlen und Dachgärten. Ein anerkennendes Murmeln wurde laut.

»Tut mir leid, Ihr Vergnügen unterbrechen zu müssen, meine Damen und Herren – aber Sie wußten vermutlich gleich, daß da irgendwo ein Haken sein mußte«, verkündete Morlacher mit einem Grinsen, das eine Gratwanderung zwischen Offenheit und Verschmitztheit wagte.

»Aber seien Sie unbesorgt – es dauert bestimmt nur eine Minute. Sie werden mir sicherlich zustimmen, daß sich die Zeit lohnt, eine der wahrhaft großartigen Einrichtungen kennenzulernen, die Zentral-Alberta Geschäftsleuten zu bieten hat, die Interesse daran haben, neue Lieferanten und neue Märkte zu erschließen. Mir ist durchaus bekannt, daß der West-Prärie-Luftkorridor einige Kilometer südlich von hier zu Ende ist, aber das ist nur eine unbedeutende Kleinigkeit, wenn man das potentielle Neugeschäft bedenkt, das dieser Bereich zu bieten hat.«

Morlacher zog ein Blatt Papier hervor und begann Statistiken vorzulesen, die seine Argumente stützten. Der größte Teil des Publikums schien einigermaßen interessiert zu sein, wenn es auch eine verstohlene Strömung gab, die von den Außenbereichen der Gruppe zur Bar führte. Hasson entdeckte, daß auch sein Kelch leer geworden war. Er wandte sich ab, um Nachschub zu holen, erstarrte aber mitten im Schritt, als er ein neues Geräusch vernahm.

Es war ein überraschender, fremdartiger, unidentifizierbarer Laut – eine gespenstische Mischung aus Stöhnen und Schrei, der sofort Gedanken an Dämonen und Todesfeen hervorrief und eine seltsame Kälte in sein Herz einziehen ließ. Morlacher hörte auf zu sprechen, als das schluchzende Heulen ein schnelles Crescendo erreichte, das die Versammelten wie eine Sirene nervte.

Kommt von oben, sagte sich Hasson, doch ehe er in den nächtlichen Himmel blicken konnte, gab es nahe der Mitte der Veranda eine matschige Explosion, und einige Frauen schrien entsetzt auf. Hasson drängte sich vor und sah etwas

Schwarzes und unglaublich Blutiges auf den Fliesen liegen.

Einen Augenblick lang vermochte er das widerliche Objekt nicht zu identifizieren – es wirkte wie das verrückte, bedeutungslose Produkt eines höllischen Alptraums –, aber dann erkannte er, daß er den zerschmetterten, flachgedrückten Körper eines schwarzen Mastiff vor sich hatte. In alle Richtungen erstreckten sich Bahnen roter Spritzer. So wie der tote Körper aussah, war er aus mehreren hundert Metern Höhe abgeworfen worden.

Beinahe wäre mir dasselbe auch mal passiert, dachte er verwirrt. *Aber jetzt bin ich in Sicherheit. Der Hund ist mir egal, denn mir kann nichts passieren.*

»*Ihr verdammten Schweinehunde!*« brüllte Morlacher los und sprang auf die flache Plattform des Bilaser-Projektors. Seine Kleidung war durch eine schräge rote Blutbahn besudelt. Er schüttelte die Faust zum Himmel und seinen unsichtbaren Bewohnern empor, und sein Eindringen in den Kegel der Laserstrahlen ließ das scheinbar feste Bild des Tschinuk-Hotels flackern und zerbrechen wie eine Vision, die auf einen Wolkenhintergrund projiziert worden ist.

»Ihr elenden Scheißkerle!« tobte Morlacher, und in seiner unbeherrschten Wut schien er förmlich anzuschwellen. »Euch kriege ich noch!«

Er senkte den Blick. Dann schien ihm aufzugehen, daß er Gäste von außerhalb hatte, und machte eine spürbare Anstrengung, seine Wut zu bezähmen. Ein entsetztes Schweigen breitete sich über die Terrasse, eine Stille, die durch das leise Weinen einer Frau unterbrochen wurde. Morlacher zog ein Taschentuch und tupfte sich damit ab, während er den Leuten, die ihm am nächsten standen, Entschuldigungen zumurmelte. Er trat von der Plattform und wanderte durch die verstört schweigende Gruppe, wobei sein Blick hin und her wanderte. Hasson vermutete, daß er Al Werry suchte.

»Pech gehabt, Al«, murmelte Hasson vor sich hin und wandte sich mit seinem leeren Kelch der Bar zu. »Ein Polizist hat wirklich kein leichtes Leben.«

7. Kapitel

Fest in einen Kokon des Eigeninteresses gehüllt, lebte Hasson so ruhig wie möglich und richtete seine ganze Aufmerksamkeit auf das persönliche Wohlergehen.

In dieser isolationistischen und kurzsichtigen Geistesverfassung reduzierte sich sein Interesse an äußeren Ereignissen im logarithmischen Verhältnis zu ihrer Entfernung vom Kern seines Wesens. Nachrichten über Weltwirtschaft und Verschiebungen in der globalen Strategie waren beispielsweise von so geringer Bedeutung, daß sie ihm kaum bewußt wurden. Er merkte, daß Al in den Tagen nach dem Barbecue ungewöhnlich viel zu tun hatte und Stunden damit zubrachte, Luftvagabunden zur Strecke zu bringen, aber auch das war der Nabe der Realität entrückt und seiner Sorge ebensowenig wert wie das Treiben der Schattenmenschen in einem schlechten Holospiel.

Die wahrhaft bedeutsamen Ereignisse in Hassons Leben, die Vorgänge, die seine Phantasie anzuregen und seine Gedanken zu beherrschen vermochten, gehörten in eine gänzlich andere Klasse: die Entdeckung, daß seine Haut sich bräunte als Folge der ausgedehnten Aufenthalte in frischer Luft; die wachsende Fähigkeit, kilometerweit durch Terrain zu traben, das ihn vorher im Schritt erschöpft hätte; die wonnigen Freuden, die ihm im Zusammenhang mit solch edlen Künsten wie dem richtigen Atmen und guten Schlafen bewußt wurden. Er erhob das Leben zu einem Zweck an sich, ein Ziel, das er beständig erreichte, und im Verlaufe der Tage fühlte er sich immer sicherer, immer unangreifbarer …

Ein fünfstündiger Marsch durch hügelige Prärie hatte Hasson erhitzt und erschöpft. Er duschte den Staub mit kaltem Wasser herunter und zog frische Kleidung an, als ihm aufging, daß er an diesem Tag noch nicht seine volle Hefeportion eingenommen hatte. Oliver Fan hatte ihm versprochen, daß ihm der Geschmack des aromatischen braunen Pulvers mit der Zeit behagen würde, und obwohl er in dieser Beziehung noch kaum Fortschritte gemacht hatte, schluckte er gewissenhaft seine fünfzig Gramm am Tag. Er nahm den Hefekarton und ging nach unten, wobei er im engen Flur kurz innehielt, als er eine vertraute näselnde Stimme aus der Küche vernahm. Anscheinend war Ginny Carpenter von ihrer Reise nach British Columbia zurück.

Er betrat die Küche und sah Werry und May Carpenter hinter Biergläsern am runden Tisch sitzen, während Ginny, dürr und lebhaft wie immer, mit dem Rücken an einem Tresen lehnte und Einzelheiten von ihrer Reise berichtete.

»Na, schaut mal, wer da kommt«, sagte sie. »Der stille Engländer.«

»Es geht mir sehr gut, vielen Dank«, erwiderte Hasson höflich. »Und wie geht es Ihnen?« Er drehte sich um und nickte Werry und May grüßend zu, dann holte er sich ein Glas aus dem Schrank.

Ginny musterte ihn kritisch, wobei sie ein wenig blinzelte, und sprach weiter, als wäre er nicht länger im Zimmer. »Sieht ein bißchen menschlicher aus als vorher – ich hab' euch ja gleich gesagt, der braucht nichts anderes als ein bißchen gute Hausmannskost.«

Hasson lächelte sie an. »Waren Sie deswegen fort?«

Ginnys Gesicht erstarrte, und sie wandte sich hilfesuchend an Werry.

»Heute kriegst du Rob nicht mehr unter«, bemerkte Werry und verzog entzückt das Gesicht. »Letzthin ist seine Zunge rasiermesserscharf geworden – muß mit dem Schießpulver zusammenhängen, das er ständig schluckt.«

»Was ist das für ein Zeug?« Ginny schaute mißtrauisch zu, wie Hasson einen Löffel Hefe einnahm und mit einem Glas Leitungswasser nachspülte.

»Hefe. Er holt sie sich aus dem Reformhaus in der Second Street.«

»Von Olly Fan?« Ginny keckerte verächtlich. »Wer sich da reintraut, sollte sich mal untersuchen lassen.«

»Mama!« flüsterte May Carpenter. »Das war aber nicht sehr nett ...«

Ginny gebot ihr mit einer Handbewegung Schweigen. »Du kannst mir nichts vormachen wegen dieser Schlitzaugen. Ich hab' sie viele hundertmal gesehen in ihren Eckläden. Weißt du, was sie tun, um sich die Zeit zu vertreiben?«

»Du hast es uns schön öfter erzählt«, sagte May und blickte apathisch zur Decke auf.

»Sie öffnen Streichholzschachteln und nehmen aus jeder ein Hölzchen raus. Wißt ihr, niemand vermißt so ein Holz, So stehen sie die ganze Zeit da – öffnen Streichholzschachteln und nehmen aus jeder ein Holz heraus. *Wir* würden so etwas nie tun, aber wenn sie das fünzigmal gemacht haben, haben sie den Preis für eine Extraschachtel raus.« Ginny hatte ihren Fall vorgetragen und hielt inne, dabei schaute sie die anderen mit einer Mischung aus Entrüstung und Triumph an. »Was sagt ihr dazu?«

»Worin verkaufen sie sie?« fragte Hasson und dachte an Oliver und seine klare Auffassungsgabe und sein Verständnis.

Ginny runzelte die Stirn. »Was meinen Sie damit?«

»Ich will sagen, worin verkaufen sie die zusätzlichen Streichhölzer? So wie Sie das erzählen, haben sie ja fünfzig Extrahölzer rausgeholt – aber keine Schachtel, um sie darin zu verkaufen.« Hasson nickte Werry zu. »Oder hat dir schon mal jemand eine *Tüte* Streichhölzer verkauft?«

»Da hat er dich aber am Wickel!« rief Werry aufgekratzt und faßte Ginny am Oberschenkel. »Das ist dir noch nie aufgefallen, wie?«

»Jetzt hör mir mal zu, Al Werry! Ich will dir sagen, was sie machen!« knurrte sie und schlug seine Hand fort. Sie öffnete mehrmals den Mund, als gebe sie ihm Befehl zu sprechen und aus eigenem Antrieb eine Erklärung zu liefern. Als ihr dann doch bewußt wurde, daß keine passenden

Worte kommen würden, wandte sie sich an Hasson mit Augen, die dunkel waren vor Haß.

»Ich hab' nicht die Zeit, hier den ganzen Abend herumzuquatschen«, sagte sie. »Ich mache jetzt das Abendessen.«

Die entscheidende Waffe, dachte Hasson, war jedoch gleichzeitig ein wenig enttäuscht über sich selbst, weil er einer kleinen, dürren Frau die Stirn geboten hatte, deren Aggression vermutlich auf ein kummervolles Dasein hinwies.

»Ich hätte mich nicht so unhöflich über Ihre Kochkünste äußern dürfen«, sagte er lächelnd. »Was immer Sie uns heute hinzaubern wollen – ich freue mich drauf.«

»Trink ein Bier, Rob!« warf Werry ein. »Ich hab' heute abend Dienst und kann später nicht mehr mit dir trinken.« Er stand auf, holte eine Dose Bier aus dem Kühlschrank und ging ins vordere Zimmer. Hasson blinzelte Ginny zu, auf deren Gesicht sich Verwirrung spiegelte, und folgte Werry. Die beiden Männer saßen eine Stunde lang zusammen, und Werry erging sich die meiste Zeit darüber, wie schwierig die Polizeiarbeit doch sei, und daß er in einem anderen Beruf sicher viel besser aufgehoben wäre. Er wirkte beherrscht und eindrucksvoll sauber und frisch, doch spiegelte sich in seinen Augen eine neue Nüchternheit, die vermuten ließ, daß Buck Morlacher seinen seelischen Panzer schließlich doch gesprengt hatte, und er äußerte sich ausgiebig über seine neuerlichen Anstrengungen, das Tschinuk-Hotel gegen Eindringlinge zu versiegeln. Seine beiden Luftpolizisten, Henry Corzyn und Victor Quigg, waren dazu abgestellt, den oberen Bereich des Hotels vom Einbruch der Dämmerung an zu bewachen, um ein unerlaubtes Eindringen zu verhindern. Werry selbst hatte sich in die Ablösungsliste der nächtlichen Vierstunden-Schicht mit aufgenommen, und das war der Grund, weshalb er nach dem Essen gleich zum Dienst mußte.

»Das Problem ist, daß ich schon während des Tages zuviel zu tun hatte«, murrte er und klopfte gegen die Seite des Bierglases, um ein wenig Schaum zu erzeugen. »Wo wir jetzt wieder gutes Flugwetter haben, kommen die jungen Leute von überallher. Das Tschinuk lockt sie an wie ein Magnet, mußt du wissen. Wir verjagen sie immer wieder oder nehmen sie wegen Flugverstößen fest, aber andauernd kommen neue, und wir erreichen nichts. Und schon gar nicht bei Dunkelheit.

Manchmal möchte ich mir am liebsten eine Tonne Hidyn besorgen und dem großen Lutscher seinen Stengel wegsprengen. Es ist einfach nicht recht, daß der größte Teil der Polizei der Stadt damit beschäftigt ist, sich um den Besitz eines einzelnen Mannes zu kümmern.«

»Über kurz oder lang müssen sich Schäden wegen mangelnder Instandhaltung einstellen«, sagte Hasson. »Vielleicht kannst du ein Gerichtsurteil erwirken, das Ding abzureißen.«

»Vielleicht – aber das würde Jahre dauern.« Werry seufzte einsichtig. »Man kann sich doch vorstellen, wie verlockend das Hotel auf manche junge Leute wirkt. Sie können sich da oben ihre eigene Welt schaffen – eine Welt, in der Erwachsene keinen Zutritt haben. Sie können da oben ihre eigene Gesellschaft formen, mit anderen Regeln, ohne Eltern, die sich einmischen und alles verderben. Die Eltern können zwei- oder dreihundert Kilometer weit entfernt sein, oder weiter, ohne überhaupt zu wissen, wo ihre Kinder sind – und das ist schlecht, Rob.«

»Ich weiß, aber die einzige Möglichkeit, soziale Gruppen miteinander zu verbinden, so wie's in der Vorflugzeit war, bestünde darin, jedem einen Funkaufspürer einzupflanzen – und so etwas sehe ich einfach nicht.«

»Ich weiß nicht«, sagte Werry bedrückt. »Ich meine, eines Tages wird es dazu kommen. Bestimmt.« Er sprang auf und vollführte seine gewohnte Parodie eines militärischen Saluts, als May in der Tür erschien und verkündete, daß das Essen fertig sei.

Hasson folgte Werry in die Küche und bemerkte, daß für vier gedeckt war. »Wo ist Theo heute abend?« fragte er und mußte gleichzeitig daran denken, daß er in den letzten Tagen nur wenig unternommen hatte, um seine Beziehung zu dem Jungen wieder in Gang zu bringen.

»Er hat sich mit Milch und Aufschnitt auf sein Zimmer zurückgezogen«, sagte May. »Er möchte ungestört Radio hören.«

»Ach?« Hasson erinnerte sich an ein altes Gespräch mit Theo. »Ich wußte gar nicht, daß er auf Radio scharf ist.«

»Nachts hört er oft die Programme«, sagte Werry. »Das Radio hilft ihm wirklich sehr.«

May nickte. »Stimmt – bedeutet ihm viel.«

Hasson fuhr sich nachdenklich über das Kinn, nahm Platz und wandte seine Aufmerksamkeit dem Essen zu, nach dem sein Magen dringend verlangte. Das Hauptgericht war um einen würzigen Hackbraten aufgebaut, der ihm vorzüglich schmeckte, und Hasson verwirrte Ginny Carpenter noch mehr, indem er sich mit seinem Lob keine Zurückhaltung auferlegte. Die Nachspeise bestand aus Gin-Eiskrem mit Lychee-Früchten, eine Mischung, die ihm leichtes Unwohlsein verursachte; trotzdem bat er um einen Nachschlag und spürte in der Taille einen angenehmen Druck der Fülle, als schließlich der Kaffee aufgetragen wurde.

»Wenn man dir sagt, du sollst dich erholen, machst du keine halben Sachen«, bemerkte Werry begeistert. »Es will mir scheinen ...« Das Funkgerät an seinem Handgelenk gab einen schrillen Ton von sich, und er unterbrach sich und knurrte gereizt. Es trat ein kurzes Schweigen ein, während er stumm den Kopf schüttelte, dann meldete sich das Radio erneut.

»Tut mir leid, Leute.« Werry berührte einen Knopf am Kommunikator und sprach hinein: »Hier Sheriff Werry. Was ist los?«

»Al, hier Henry Corzyn«, meldete sich das Funkgerät mit dünner, schriller Stimme. »Ich bin am Tschinuk. Sie sollten schleunigst rüberkommen.«

»Henry, ich hab' gesagt, ich wär' um neun Uhr drüben. Hat das nicht Zeit, bis ich ...«

»Leider nicht, Al. Im untersten Stockwerk des Hotelbereichs hat es eine Explosion gegeben – und ich glaube, es greift ein Brand um sich.«

»Ein Brand?« Werry sah sich mit erhobenen Brauen am Tisch um. »Da oben gibt es doch nichts Brennbares, oder?«

»Das ganze Hotel ist voll mit Bauholz und Gerüsten und Trennwänden, Al. Die Handwerker sind abgehaut und haben gerade das ganze Zeug dagelassen.«

»Na, haben Sie die Feuerwehr angerufen?«

»Victor hat das getan, aber das hilft uns nicht weiter. Das Hotel liegt über vierhundert Meter hoch, und unsere Schläuche und sonstigen Geräte reichen bei weitem nicht bis dort hinauf.«

»Stimmt ja! Wissen Sie was, Henry? Sie haben völlig recht!« Überraschenderweise breitete sich ein strahlendes, wonnevolles Lächeln auf Werrys Gesicht aus. »Was meinen Sie, haben wir eine Chance, unserer größten Sehenswürdigkeit ade zu sagen?«

Es gab eine Pause, ehe Corzyn sich wieder meldete, und seine Stimme klang seltsam stockend. »Das weiß ich nicht recht, Al – ich habe nur ein Aufflackern gesehen, das genausogut wieder ausgehen kann.«

»Dann können wir nur das Beste hoffen«, sagte Werry.

»Die Sache ist ernst, Al!« konterte das Funkgerät. »Sieht so aus, als hätte es dabei einige Leute böse erwischt.«

»Leute?« Werry richtete sich auf. »Zum Teufel, wovon reden Sie? Was für Leute?«

»Ich hab' Ihnen doch gesagt, es hat 'ne Explosion gegeben, Al. Wenigstens kam mir das so vor. Ein junger Kerl wurde geradewegs aus einem Fahrstuhlschacht geblasen und ist ziemlich schwer verletzt.«

»Himmel Herrgott!« Werry sprang auf, wobei er den Stuhl hinter sich umkippen ließ, schnappte sich seinen Uniformrock von einem anderen Stuhl und rannte zur Tür. Hasson sah May hinter ihm herstarren, beide Hände vor den Mund gepreßt, doch schon war auch er in den Flur gestürzt und lief hinter Werry her. Beide Männer hasteten in die windige, sternendurchsetzte Dunkelheit hinaus, die das Haus um-

gab, und eilten auf Werrys Streifenwagen zu, der am Straßenrand parkte.

Hasson kam plötzlich ein unangenehmer Gedanke, und er blieb am Wagen stehen. »Al, fliegst du oder fährst du?«

»Ich wollte eigentlich fliegen.« Werry blickte in den Wagen, auf dessen Rücksitz sein Flugharnisch lag. »Himmel, ehe ich startbereit bin, können wir schon fast am Tschinuk sein. Spring rein!«

Hasson ließ sich auf den Beifahrersitz gleiten, und Sekunden später jagte der Wagen seitlich auf die Hauptstraße, die zum Zentrum Tripletrees führte und in die südlichen Stadtteile. Während sie auf das Lichtermeer und die Wirbel aus funkelnden Luftstraßen zurasten, setzte sich Werry über den Wagenfunk mit Corzyn in Verbindung.

»Ich bin unterwegs, Henry«, sagte er energisch. »Wiederholen Sie das noch mal wegen des Mannes, der aus dem Fahrstuhlschacht gefallen ist. Ist er tot?«

»Das nicht, Al – ein paar Prellungen und Brüche. Ich habe einen Krankenwagen für ihn bestellt.«

»Aber wenn er vierhundert Meter tief abgestürzt ist ...«

»Nein, er war da oben, als die Explosion passierte – hörte sich wie eine Bombe an, Al –, und soweit ich mitbekommen habe, wurde er in den Fahrstuhlschacht geblasen und prallte gegen die Wand. Zum Glück für ihn war sein AS-Gerät intakt, und er war noch so clever, es einzuschalten. Er schwebte wie eine Seifenblase im Wind herab, bis Victor und ich endlich eine Leine anbringen und ihn runterholen konnten.«

»Verschafft mir baldmöglichst seine Personalien.« Werry trommelte mit den Fingern am Steuer herum. »Wie ist er überhaupt reingekommen?«

Es trat ein nervöses Schweigen ein. »Na ... Victor und mir wurde kalt da oben, und wir sahen kein Problem, mal auf eine Tasse Warmes bei Ronni reinzuschauen. Da mag er sich durchgeschlichen haben.«

»Das ist großartig«, sagte Werry. »Das ist echt großartig, Henry.«

»Al, das Tschinuk hat gottverdammte vierzehn Etagen und einen Umfang von vier- oder fünfhundert Metern. Wenn wir da oben zu zweit herumflitzen, können wir einen solchen Laden unmöglich dichtmachen. Könnte 'ne ganze gottverdammte Prozession rein- oder rausfliegen, und wir würden es nicht mal merken.« Corzyns Stimme klang gekränkt und abwehrend.

»Schon gut, schon gut.« Werry warf Hasson einen Blick zu und verzog das Gesicht zu einer Grimasse. »Was ist das für ein Gerede über eine Bombe?«

»So kam's mir wenigstens vor, Al. Was könnte sonst eine Explosion hervorrufen? Ich hab' rausgefunden, daß auf einigen Etagen da oben viel Farbe lagert, die würde aber nur brennen, nicht wahr? Und nicht hochgehen.«

»Schon möglich. Was meinen Sie, hat der Bursche, der da zu Schaden kam, mit Sprengstoff herumgemacht und sich versehentlich selbst hochgejagt?«

»Der sagt im Augenblick gar nichts, Al, aber es sieht mir nicht danach aus.«

»Was meinen Sie also?«

Es entstand ein noch längeres knisterndes Schweigen. »Victor hat heute früh Buck Morlacher am Hotel gesehen.«

»O *nein*!« ächzte Werry und schüttelte den Kopf. »Henry, bitte sagen Sie solche Sachen nicht über Funk! Sagen Sie am besten gar nichts mehr! Moment noch – ich bin gleich zur Stelle.«

Werry beschleunigte an einer Gruppe langsam fahrender Wagen vorbei, und weiter vorn kam die dunkle Masse von Weisners Möbelladen in Sicht. Der Bilaser-Projektor auf dem Dach hatte einen riesigen Eßtisch entstehen lassen, der vor dem nächtlichen Himmel schimmerte. Der Anblick weckte in Hasson eine unbehagliche Erinnerung, doch seine Gedanken waren noch völlig von dem eben mitgehörten Gespräch beansprucht. Am Abend der Barbecue-Party hatte es so ausgesehen, als wäre Morlacher dem Ende seiner Beherrschung gefährlich nahe gekommen, und soweit Hasson den großen Mann kannte, erschien es ihm denkbar, daß er auch nicht davor haltmachen würde, Fallstricke zu legen, um seinen Besitz vor Eindringlingen zu schützen, die er für Ungeziefer hielt.

»Das gefällt mir nicht, Rob«, sagte Werry nachdenklich. »Ganz und gar nicht.«

Hasson warf ihm einen mitfühlenden Blick zu. »Du meinst, Morlacher wäre so weit gegangen?«

»Buck glaubt, er kommt mit allem durch.«

»Was willst du also tun?«

»Wer sagt, daß ich überhaupt etwas tun muß?« wollte Werry wissen und hob die Schultern wie ein Mann, der eine Serie von Schlägen abwehren muß. »Wir wissen ja nicht mal sicher, daß Buck mit der Sache zu tun hatte. Ich meine doch, daß ich erst mal einen Beweis in der Hand halten muß, ehe ich mit dem Gedanken spielen kann, einen Mann wie Buck zu verhaften.«

»Das wird dir niemand abstreiten«, gab Hasson zurück und nahm sich vor, das Thema ruhen zu lassen. Die blitzenden Blinkleuchten eines Krankenwagens nahten und überschwemmten vorübergehend das Innere des Polizeiwagens mit ihrem rötlichen Schein, als die beiden Fahrzeuge aneinander vorbeifuhren. Das wimmernde Jaulen der Krankenwagensirene wurde zu einem leisen Knurren. Werry steuerte den Wagen in die Querstraße, aus der der Krankenwagen gekommen war, und schon kam das Tschinuk-Hotel in Sicht, ein senkrechter grauer Lichtstreifen, der von einem vagen schwachen Schein umgeben war.

Hasson, der auf etwas Spektakuläres gefaßt gewesen war, mußte sich in Erinnerung rufen, daß das eigentliche Hotelgebäude vierhundert Meter über dem Boden lag, und daß ein Mensch, der in der untersten Hoteletage stand, auf das alte Empire State Building hätte hinabschauen können. Das phantastische Bauwerk, das allein durch die technischen Möglichkeiten und Baumaterialien des einundzwanzigsten Jahrhunderts ermöglicht worden war, stellte sich dar als Denkmal für den Größenwahn und die Arroganz einer einzigen Familie. Hasson konnte sich den überwältigenden

Zorn vorstellen und beinahe auch verstehen, der in Morlacher auflodern mußte, wenn er an dem Bauwerk emporblickte, der das väterliche Vermögen aufgezehrt hatte und der die Investition nicht mit Profiten und Prestige zurückzahlte, sondern ihn zum Gespött der Anwohner gemacht hatte und nun als Refugium für Banden jugendlicher Übeltäter diente, die er aus ganzem Herzen haßte. Man konnte sich leicht vorstellen, daß er sich in eine Stimmung treiben ließ, in der er bereit war, das ganze Bauwerk zu vernichten ...

Werry fuhr plötzlich langsamer, denn weiter vorn auf der Straße tauchten weitere Fahrzeuge und Gruppen von Fußgängern auf, die wie die Teilnehmer an einer Völkerwanderung auf das Hotelgrundstück zuströmten. Werry fluchte und kurbelte das Seitenfenster herab, als er sich einer Kreuzung näherte, auf der ein uniformierter Polizist geistesabwesend den Verkehr lenkte, während er mit zwei Mädchen flirtete.

»Arnold!« brüllte er. »Hören Sie auf, sich für heute abend was aufzureißen – machen Sie sofort die Straße frei bis zum Hoteleingang! Haben Sie verstanden?«

Arnold winkte seinem Chef freundlich zu. »Ich hab's gehört, Al. Toller Spaß, was?«

»Mit solchen Leuten muß ich arbeiten«, brummte Werry, schaltete die Blinkleuchten des Wagens ein und raste mit bedrohlicher Geschwindigkeit über die Außengrenze des Geländes. Etliche andere Wagen und zwei Feuerwehrfahrzeuge parkten wild durcheinander, und ihre Scheinwerfer warfen lange Schatten ins Gras. Werry ließ den Streifenwagen daneben ausrollen und stieg aus. Während er den Kopf in den Nacken legte, um zum Hotel hinaufzublicken, strichen seine Hände die Uniform glatt. Hasson holte ihn in dem Augenblick ein, als ihm die bärenartige, dickbäuchige Gestalt des Luftpolizisten Henry Corzyn entgegentrat.

»Sieht nicht so aus, als wär' da oben viel los«, stellte Werry fest.

»Sehen kann man nur was, wenn man ganz oben ist.«

Corzyn senkte die Stimme und trat dicht vor Werry hin. »Ich habe den Fernsehleuten noch nichts gesagt, aber ich glaube, eine Gruppe Angel ist noch im Gebäude, Al. Ich bin so dicht wie möglich ran und hab' mit der Lampe reingeleuchtet, und ich glaube, ich habe da jemanden rumschleichen sehen. Ganz sicher bin ich mir aber nicht.«

»Warum verschwinden die Kerle nicht? Haben sie keine Angst, geröstet zu werden?«

»Wer kann sich schon vorstellen, was in den angespitzten kleinen Köpfen vor sich geht?« Corzyn trat von einem Fuß auf den anderen, bis er mit dem Rücken zu einem Mann stand, der eine Fernsehkamera in den Himmel richtete. »Und außerdem – sollte da oben jemand tot sein ...«

Werry musterte ihn aus zusammengekniffenen Augen. »Sie wollen wohl, daß ich mich richtig behaglich fühle, was?«

»Es war eine schwere Explosion, Al. Auf dieser Seite ist aus den meisten Fenstern der untersten Etage das Glas raus – und die Angels treten selten einzeln auf, das wissen Sie. Vielleicht hat es eine ganze Horde auf einmal erwischt.«

Werry entfernte sich drei Schritte von Corzyn, legte die Hand an die Stirn, verweilte einen Augenblick lang und kehrte dann um. »Das ist nicht gerade anzunehmen, oder? Ich meine, einige der anderen hätten doch bestimmt Hilfe geholt.«

Corzyn zuckte die Achseln. »Der junge Terry Franz vom Fernsehsender ist gerade mit einem großen Scheinwerfer oben. Vielleicht kann der mehr ausmachen als ich.«

»Sie sollten zu ihm hoch, Henry. Versuchen Sie sich eine Übersicht zu verschaffen! Nehmen Sie ein Megaphon mit!«

»Hab' ich hier.« Corzyn faßte sich an die Brust und klopfte auf den quadratischen Umriß eines elektronischen Stimmenverstärkers. Dann legte er die Hand an die Kontrollen seines AS-Harnischs. Fröstelnd wandte Hasson sich ab, unfähig, den Start zu beobachten. Er wartete einen Augenblick lang, und als er dann den Blick himmelwärts richtete, waren Corzyns Schulter- und Fersenlichter wie eine kleine Garbe Leuchtspurmunition, die dem vage schimmernden Ziel des Hotels entgegenraste. Das Abendessen, das Hasson zu sich genommen hatte, verwandelte sich in seinem Magen zu einer bleischweren Masse.

»Wo ist Quigg?« schrie Werry und marschierte auf die nächste Gruppe Zuschauer zu. »Hat jemand Victor Quigg gesehen?«

»Hier bin ich, Al.« Quigg, der trotz seines Fluganzugs dünn und jugendlich zu wirken verstand, löste sich aus einer Gruppe, die rings um einen tragbaren Fernsehempfänger stand. Werry faßte ihn am Arm und zerrte ihn zu einem Dreiergespräch mit Hasson auf die Seite.

»Victor«, sagte er ruhig, »geben Sie den Herren von der Presse gegenüber etwa unerlaubte Erklärungen ab?«

Quigg warf Hasson einen Blick zu und fragte sich offenbar, wie der Fremde ins Bild paßte. »Sie müßten mich besser kennen, Al.«

»Okay. Haben Sie irgend jemandem gesagt, daß Sie heute oben am Hotel Buck gesehen haben?«

»Niemandem außer Henry. Ihm hab' ich das als einzigem gesagt.«

»Sind Sie *sicher*, daß es Buck war?«

Quigg nickte lebhaft, und das Vergrößerungs-Schutzglas seines Helms klapperte. »Kein Zweifel, es war Buck. Ich hab' wirklich genau hingeschaut, denn er hatte sich schwer behängt mit Transportbeuteln, obwohl er sich sonst ungern so belastet. Er hat etwas ins Hotel gebracht.«

Werry schnalzte mit der Zunge. »Aber Sie haben nicht versucht rauszufinden, was das war?«

»Es ist sein Laden, Al«, wandte Quigg ein. »Ich dachte mir, daß er wohl das Recht dazu hätte.«

»Das war genau richtig.« Werry warf dem jungen Polizisten einen finsteren Blick zu. »Sie halten darüber den Mund, bis ich Ihnen sage, daß Sie die Katze aus dem Sack lassen dürfen. Okay?«

»Aber ja doch, Al. Übrigens hat noch niemand mit Lutzes Familie gesprochen – soll ich das übernehmen?«

Werry runzelte die Stirn. »Lutze? Lutze?«

»Ja – der Bursche, der von der Explosion erwischt wurde. Hat Ihnen Henry nichts gesagt?«

»Etwa Barry Lutze?«

»Das Glück wünsche ich mir«, antwortete Quigg. »Nein, es geht um seinen Vetter Sammy. Die Familie wohnt irgendwo in Richtung Bettsville. Hatte vermutlich keine Ahnung, daß er überhaupt aus dem Haus war.«

»Wahrscheinlich nicht«, sagte Werry. »Rufen Sie im Revier an – jemand dort soll die Familie verständigen. Sie bleiben hier und ...«

»He! *Al!*« Einer der Männer an der Fernsehübertragungseinheit winkte Werry zu. »Um Himmels willen, kommen Sie mal her und schauen sich das an – der alte Henry versucht ins Hotel zu gelangen.«

Werry fluchte und eilte auf die Gruppe zu, die sich um einen Monitor scharte. Hasson, der sich seine eigenen Gedanken über die Situation machte, eilte ihm nach. Die Konsole des Fernsehers war grünlich erleuchtet, doch wies er drei dunkle Löcher auf, in denen sich die Festbildmonitore befanden. Im mittleren Loch zeigte sich eine kleine, belebte Projektion, die Henry vor der ungleichmäßig erleuchteten Hotelfassade darstellte. Das Bild zuckte leicht, was auf die Tatsache zurückzuführen war, daß es von einer Kamera in der Hand eines Fliegers aufgenommen wurde, doch zeigte es deutlich ein Fenster, dessen Verstrebungen entfernt worden waren, so daß sich eine für einen Menschen ausreichende Öffnung ergab.

Hasson schaute fasziniert zu und versuchte das Unbehagen zu ignorieren, das von seinem Magen ausging. Corzyn schwebte auf das Fenster zu. Der Polizist näherte sich der Fassade im schnellen Fluge, kam auf Feldstörnähe zur Wand und begann sofort abzustürzen. Hasson drückte die Fingerknöchel an die Lippen. Corzyn griff nach dem Fensterrahmen, vermochte sich festzuhalten und bremste seinen Fall.

»Das ist sein zweiter Versuch«, bemerkte jemand in bewunderndem Tonfall. »Wer hätte das vom alten Henry erwartet?«

Der miniaturisierte Corzyn klammerte sich einen Augenblick lang schweratmend am Fensterrahmen fest und zog sich dann durch die Öffnung ins Innere des Gebäudes. Eine Sekunde später steckte er noch einmal Kopf und Schultern durch die Öffnung und winkte der Kamera zu, wobei er wie ein Sportidol grinste. Hasson neigte den Kopf in den Nakken und versuchte die Realität auszumachen, doch vermochte er in der Dunkelheit nur ein vages sternenähnliches Schimmern auszumachen.

Werry hob den Armkommunikator an die Lippen. »Henry, was soll das? Ich hab' Sie raufgeschickt, damit Sie sich den Laden ansehen, nicht sich in die Tiefe stürzen!«

»Schon gut, Al – mir geht es gut.« Corzyns Stimme klang atemlos, doch triumphierend. »Das Fenster, an dem ich jetzt stehe, befindet sich im zweiten Stockwerk, ich bin also oberhalb des Feuers. Scheint mir ohnehin keine große Sache zu sein – vielleicht kann ich den Brand löschen.«

»Das ist nicht Ihre Aufgabe.«

»Entspannen Sie sich, Al! Ich schaue mich mal kurz um und vergewissere mich, daß der Laden leer ist. Ich hab' genug Zeit zu verschwinden, wenn das Feuer sich ausbreitet. Bis dann!«

Werry senkte den Arm und starrte anklagend auf den Mann, der ihn zum Fernseher gerufen hatte. »Das ist Ihre Schuld, Cec. Henry ist viel zu alt und beleibt für solche Mätzchen. Wenn Sie nicht hier gewesen wären, hätte er das nie gewagt.«

»Er schafft es«, erwiderte Cec gelassen. »Er wird live interviewt, sobald er wieder unten ist. Das entschädigt ihn für alles.«

»Welch eine Großzügigkeit!« Werry löste sich aus der Gruppe, wobei er Hasson mitnahm, und blickte in den nächtlichen Himmel empor, an dem sich Zuschauer zu sammeln begannen, die wie Glühwürmchen um das Hotel schwärmten.

»Da kommen sie«, sagte er. »Die langnasigen Hyänen der Luft – bekannt dafür, daß sie sich in großer Zahl an Unfallstellen versammeln, laute Töne durch die Nase ausstoßen und einem den Weg versperren. Sieht so aus, als hätten wir in wenigen Minuten die ganze Stadt hier.«

Hasson antwortete mit leiser Stimme und wählte seine Worte mit Bedacht. »Ein Mitbürger aber glänzt durch Abwesenheit.«

»Genau das habe ich mir auch eben gesagt.« Werry kratzte sich im Nacken, eine Geste, die ihn im schwachen Licht jungenhaft attraktiv erscheinen ließ. »Rob, man kommt nicht drumherum, wie?«

Hasson schüttelte den Kopf und spürte das Gewicht einer schrecklichen Verantwortung. »Nach der klaren Aussage, die du vorhin gehört hast, mußt du mindestens mit Morlacher sprechen.«

»Eines Tages mußte es wohl dazu kommen.« Werry blickte zum Hotel empor. »Da oben scheint es ziemlich ruhig zu sein. Ich sause mal los und rede mit Buck.« Er machte kehrt und marschierte zwischen die Batterie goldener Scheinwerfer, die zahlreiche verfranste Schatten auf dem Boden ausbreiteten.

Hasson blickte ihm nach und zählte sich zum wiederholten Male die zahlreichen Gründe auf, die dafür sprachen, nicht in diese Angelegenheit verwickelt zu werden, dann ging auch er auf den wartenden Polizeiwagen zu.

8. Kapitel

Während der Fahrt zu Morlachers Haus brachte Al Werry das mit einer Kordel verzierte Käppi seines Amtes zum Vorschein – offenbar ein Reservestück, das er für den Notfall im Wagen aufbewahrte – und setzte es sorgfältig auf, wobei er sich zur Seite lehnte, um sich im Rückspiegel sehen zu können. Hasson, der ihn vom Beifahrersitz aus beobachtete, gewann den Eindruck, ihn beruhige der prächtige Kopfschmuck mehr als die Pistole, die er an der Hüfte trug.

Als sie den Tunnel zwischen den Hecken verließen und knirschend vor der verzierten Haustür hielten, war kein anderer Wagen in Sicht, doch aus den hohen Fenstern schien Licht und zeigte, daß das Gebäude bewohnt war. Hasson verließ gleichzeitig mit Werry den Streifenwagen und sah sich einen Augenblick lang um. Der Ausblick unterschied sich nicht von dem, was er in Erinnerung hatte – das Tschinuk-Hotel war hinter der aufgehäuften Glut der Stadt nicht einmal zu sehen –, doch kam es ihm vor, als herrschte an diesem Abend eine gänzlich andere Atmosphäre. Er hatte das beunruhigende Gefühl, beobachtet zu werden.

»Glaubst du, sie wissen, daß wir hier sind?« fragte er.

»Kein Zweifel – Buck schwärmt für Überwachungssysteme.« Werry erstieg die Steinstufen, die zum Haus hinaufführten, während er auf eine Weise an seiner Uniform herumzupfte, sie glättete und zurechtrückte, die Hasson an einen Pfau erinnerte, der sein Gefieder aufstellte. Hasson begleitete ihn, hielt sich jedoch ein wenig im Hintergrund in der plötzlichen Erkenntnis, daß seine schlichte Aufmachung in Hose und Pullover von Werrys ritueller Demonstration von Amt und Macht ablenken mochte. Werry drückte auf einen Klingelknopf und wartete darauf, daß die Tür sich öffnete. Hasson lächelte ermutigend, doch Werry bedachte ihn mit dem ausdruckslos-kühlen Blick eines Fremden und blieb dabei, bis sie das Geräusch eines sich öffnenden Schlosses hörten. Die Tür bewegte sich ein kleines Stück und offenbarte das dünnbärtige Gesicht Starr Pridgeons. Er blickte Werry und Hasson einen Augenblick lang wortlos an und schien dabei ein boshaftes Vergnügen zu empfinden.

»Ich möchte mit Buck sprechen«, sagte Werry.

»Buck will aber nicht mit Ihnen sprechen. Tschüs, Al!« Pridgeon schloß die Tür, doch Werry ließ einen schimmernden Stiefel vorgleiten und verhinderte, daß sie sich völlig wieder schloß. Die Tür öffnete sich wieder, und jetzt ließ Pridgeon abweisend die Kinnlade herabhängen.

»Al, warum tun Sie uns alle keinen großen Gefallen und hören auf, sich wie ein richtiger Bulle zu benehmen?« fragte er mit gespieltem Appell an die Vernunft des Sheriffs. »Sie täuschen damit niemanden – warum springen Sie also nicht in Ihren Spielzeugwagen und verschwinden dorthin, woher Sie gekommen sind?«

Werry bewegte sich ein Stück vorwärts. »Ich hab' Ihnen gesagt, ich will mit Buck sprechen.«

In Pridgeons Augen erschien ein Flackern. »Ich kann sicher nicht verhindern, daß Sie ins Haus kommen – aber vergessen Sie nicht, daß Sie nicht dazu aufgefordert wurden.« Er trat einen Schritt zurück, und die Tür schwang ganz auf.

Hassons Instinkte meldeten sich. Er hatte den Eindruck, daß Pridgeon etwas Einstudiertes von sich gegeben hatte – wie ein junger Anwalt, der einen Aspekt des Gesetzes besonders herausarbeitet –, gleichzeitig bemerkte die seltsam tänzerische Bewegung, mit der Pridgeon sich zurückzog, ein rechtwinkliger Schritt zur Seite, der verhinderte, daß er die Zone dicht hinter der Schwelle betrat. Er beugte sich vor und griff nach Werrys Arm, kam aber eine Sekunde zu spät.

Als Werry über die Schwelle trat, gab es ein scharfes Zischen von Energie, und Werry brach in die Knie. Etwa eine Sekunde lang kniete er dort und schüttelte den Kopf, dann brach er auf dem Parkett zusammen. Sein Käppi schlitterte ein Stück über die gebohnerten Holzvierecke.

»Du meine Güte!« sagte Pridgeon grinsend. »Du meine

Güte! Wie bedauerlich! Jemand muß vergessen haben den Störschirm auszuschalten.« Er wich weiter zurück und machte keine Anstalten, dem Gestürzten zu helfen. Weiter unten am Flur öffnete sich eine Tür, und drei Männer kamen heraus. Einer hielt ein Bierglas in der Hand. Die drei stießen sich gegenseitig mit den Ellbogen an und blieben erwartungsvoll und auch leicht nervös hinter Pridgeon stehen.

»Was ist denn mit dem alten Al los?« fragte einer aus der Gruppe. »Hat er mal wieder einen Anfall bekommen?«

»Muß seine Periode sein«, erwiderte Pridgeon und löste damit schrilles Gelächter aus. Dann richtete er seinen finsteren Blick auf Hasson. »Sie, Als Vetter aus England! Schaffen Sie ihn hier raus – er verunziert uns das Haus!«

Hasson trat vor und blieb auf der Schwelle stehen. »Bitten Sie mich ins Haus – und ist der Störschirm abgeschaltet?«

»Der Kerl geht kein Risiko ein«, sagte Pridgeon über die Schulter und wandte sich wieder in Hassons Richtung. »Der Schirm ist abgestellt. Es war ein Unfall, wie Al da eben so reinstürmte. Sagen Sie ihm das, wenn er aufwacht!«

Hasson kniete neben Werry nieder und blickte ihm ins Gesicht. Der Polizeibeamte war bei Bewußtsein, doch seine Augen wirkten matt, und Speichelblasen hatten sich an den Mundwinkeln gebildet. Hasson wußte, daß er unter einem lähmenden Neuroschock litt, der vorübergehend die meisten synaptischen Verbindungen seines Körpers geweitet und ihn auf diese Weise hilflos gemacht hatte. Es würde ein paar Minuten dauern, bis er ohne Hilfe gehen konnte. Er schob Werry die Hände unter die Arme, zerrte ihn zu einem Sessel mit hoher Lehne, der an der Seite des Flurs stand, und hievte ihn hinein.

»Nach draußen!« befahl Pridgeon. »Ich hab' gesagt, schaffen Sie ihn raus!«

»Er kann im Augenblick nirgendwohin.« Hasson kniete sich neben den Stuhl und tätschelte Werry mit der Linken die Wangen, während er mit der Rechten unauffällig den Gurt öffnete, der Werrys Waffe im Halfter festhielt. »Zumindest sollten Sie ihm ein Glas Wasser anbieten.«

Pridgeon kniff die Lippen zusammen. »Ich gebe euch beiden zehn Sekunden Zeit, von hier zu verschwinden!«

»Was wollen Sie dann tun – die Polizei rufen?« Hasson verstärkte seine Anstrengungen, Werry wieder zur Kontrolle über seinen Körper zu verhelfen, und wurde mit einem ersten Zucken der Gliedmaßen belohnt. Werry ließ den Kopf von einer Seite auf die andere rollen und richtete den Blick schließlich auf Hassons Gesicht.

»Tut mir leid, Rob«, sagte er mit schwerer Stimme. »Du schaffst mich lieber ... zum Wagen raus.«

Hasson beugte sich vor und brachte die Lippen dicht vor Werrys Ohr. »Al«, flüsterte er nachdrücklich. »Ich weiß, wie übel dir zumute sein muß. Ich weiß auch, daß du das jetzt sicher nicht gern hörst, aber wenn du dieses Haus verläßt, ohne mit Morlacher zu sprechen, ist es mit dir als Polizeibeamter aus. Zu viele Leute haben gesehen, was passiert ist. Sie werden es überall in der Stadt verbreiten – *und dann bist du unten durch!*«

Werry lächelte beinahe. »Und wenn mir das nichts ausmacht?«

»Es *macht* dir etwas aus! Hör zu, Al! Du brauchst ja nicht mal was zu tun. Du brauchst nicht mal aufzustehen. Nur mit Morlacher zu reden, wie du es vorhattest. Dann können wir abfahren. Okay?«

»Okay, aber wer soll ...?«

»Jetzt reicht's mir! Ich hab' euch beiden Blödiane bis hier!« Hinter Hasson erklangen Pridgeons Schritte. »Niemand kann behaupten, daß ich euch nicht gewarnt habe.«

Hasson stand auf und drehte sich zu ihm um. »Sheriff Werry hat mich beauftragt, für ihn zu handeln – und wir wollen mit Mr. Morlacher sprechen.«

»Er hat *Sie* beauftragt!« Pridgeon starrte Hasson erstaunt an, dann lächelte er und schloß einen Augenblick lang die Augen wie ein Mann, der eine lang ersehnte Ekstase erleben darf. »Jetzt will ich dir mal zeigen, was ich von dir halte, du Krüppel!«

Langsam und vorsichtig, wie um eine kostbare Vase anzuheben, bewegte er die Hände auf Hassons Ohren zu. Hasson legte Pridgeon eine Hand gegen die Brust und versetzte ihm mit steifem Arm einen Schubs, der ihn total überraschte und viel zu schnell nach hinten katapultierte, als daß seine Füße damit Schritt hätten halten können. Er stürzte und schlitterte, die Beine in die Luft gereckt, auf dem Rükken über den glatten Boden. Einer der zuschauenden Männer lachte spöttisch auf.

Pridgeon rappelte sich auf, wüste Beschimpfungen ausstoßend, und stürzte sich auf Hasson, die Augen zusammengekniffen, geduckt, so schnell er konnte, entschlossen, sich für die eben erlittene Schmach schnell und blutig zu rächen. Er fintete links und rechts und setzte zu einem weiten rechten Hieb an, der Hassons Kehle zum Ziel hatte.

Hasson gab seinem Adrenalin die Bahn frei. Er hatte noch Zeit, die drei Bewegungen zu analysieren und zu erkennen, daß er es hier mit einem instinktiv handelnden und seiner selbst zu sicheren Gegner zu tun hatte, die Sorte Mann, die sich etwa einmal im Jahr selbstbewußt auf einen Faustkampf einließ und mit Kraft und Wildheit siegte – und der sich auf dieser Grundlage für einen überlegenen Kämpfer hielt. Hasson hob den Schlag mit dem linken Unterarm schadlos über seine Schulter und hatte Pridgeons gesamten Körper vor sich aufgehängt wie eine anatomische Landkarte, in der die Nervenzentren rot eingezeichnet waren, und stellte fest, daß er kein Interesse daran hatte, die Auseinandersetzung sauber und wissenschaftlich zu beenden. Pridgeon hatte ihn beleidigt und erniedrigt und ihm Schamgefühle bereitet. Pridgeon hatte Spaß daran, blinde Jungen zu quälen, die nicht in der Lage waren, sich zu wehren. Pridgeon setzte gern Körperkräfte ein gegen Männer, die er für Krüppel hielt. Wegen all dieser Dinge, und tausend anderen, von denen Pridgeon nichts ahnte, würde Pridgeon einen hohen Preis bezahlen müssen, und der Augenblick dafür war gekommen …

Hasson änderte sein Ziel, ließ die rechte Faust gegen Pridgeons Mund schnellen und freute sich am dumpfen

Knacken von Zähnen. Er zerrte Pridgeon gegen die getäfelte Wand, um ihm nicht die Erholung zu gönnen, die das Zubodengehen bringen mochte, und schlug noch dreimal mit voller Kraft zu, wobei er jedesmal auf das Gesicht zielte und auch jedesmal eine blutige Wunde schlug. Das Aufbrodeln des Zorns ließ so schnell nach, wie es gekommen war, als er aus dem Augenwinkel zwischen den Männern links eine Bewegung wahrnahm. Er ließ den bewußtlosen Pridgeon zu Boden gleiten und wandte sich den Männern zu. Sie rückten vor und strebten dabei auseinander, um ihn einzukreisen, und ihre Gesichter zeigten einen Ausdruck, den Hasson schon oft erlebt hatte – den rechthaberischen Zorn von Kraftprotzen ob der Kühnheit eines Opfers, sich zu wehren. Der Mann mit dem Bierglas – ein stämmiger Bursche in kariertem Hemd – hatte das Glas geleert und hielt es an der Standfläche.

Hasson trat dicht neben Werry hin und hob die Hände wie ein Verkehrspolizist, zum Zeichen, daß die anderen stehenbleiben sollten. »Ehe Sie in die Sache verwickelt werden«, sagte er und zwang sich dazu, gelassen und sorglos zu sprechen, »sollten Sie wissen, daß Sheriff Werry gekommen ist, um Nachforschungen wegen eines Mordes anzustellen. Jemand hat im Tschinuk-Hotel eine Bombe gelegt, die vor kurzem mitten in einer Gruppe junger Leute hochgegangen ist. Vielleicht gibt es mehr als einen Toten – wir wissen es noch nicht genau, aber ich kann Ihnen verraten, daß in dieser Stadt einige Leute für lange Zeit ins Gefängnis wandern werden. Jetzt liegt es an Ihnen, ob Sie sich mit solchen Sachen die Finger schmutzig machen wollen oder nicht.«

Hasson schwieg. Er atmete ruhig und regelmäßig, um das Hämmern in seiner Brust zu bändigen. Die drei Männer blickten sich in offensichtlichem Mißtrauen auf Hasson an, unentschlossen, was sie tun sollten. Seine Warnung war weniger wirksam, als er gehofft hatte, und er hatte das unbehagliche Gefühl, einer Gruppe von Individuen gegenüberzustehen, die wie die meisten Verbrecher nicht abzuwägen vermochten, welche Konsequenzen eine Handlungsweise haben konnte.

»Höchste Zeit, daß mal jemand was gegen die Scheißer im Hotel unternimmt«, sagte der Mann mit dem Glas. »Die machen doch nur Ärger.«

»Ja, aber ist das ein Grund für Sie, sich in einen Mordfall verwickeln zu lassen?«

Der Mann zeigte sich unbeeindruckt. »Das ist Quatsch. Ich weiß nichts von einem Mord, aber ich weiß, daß ich was dagegen habe, wenn Bullen auf meine Freunde einschlagen.«

»Richtig«, sagte ein anderer Mann und rückte ein wenig vor.

»Sehen Sie das mal so«, erwiderte Hasson. »Sie sind heute abend hier, um sich ungestört einen hinter die Binde zu gießen und ein bißchen Karten zu spielen, habe ich recht? Sie sind nicht hier, um sich in einen Mordfall verwickeln zu lassen. So etwas ist eine böse Sache, die ohne weiteres noch unangenehmer werden könnte, wenn solche Sachen hineingetragen werden.«

Hasson beugte sich ein wenig zur Seite, zog Werrys Pistole aus dem Halfter und hielt die Waffe zwischen Daumen und Zeigefinger wie einen Gegenstand, vor dem er Abscheu empfand. Er ließ die drei mehrere Sekunden lang darauf starren, dann schob er die Waffe wieder in das Futteral.

»Ich möchte nicht mit einer Kanone herumfuchteln müssen, die womöglich versehentlich losgeht«, fuhr er fort. »Das würde mir nicht gefallen und Ihnen wahrscheinlich noch weniger – warum gehen Sie also nicht einfach nach Hause und lassen Sheriff Werry tun, weswegen er gekommen ist?«

»Und damit ist gemeint – verschwinden Sie, solange Sie noch können«, schaltete sich Werry ein und stand auf. »Ein guter Rat.«

»Wir gehen, wenn Sie es sagen, Al«, brummte einer der Männer. Die drei ergriffen AS-Harnische und Fluganzüge, die in einem unordentlichen Haufen auf einer mit Schnitzereien verzierten Eichentruhe gelegen hatten, und verschwanden in die Nacht hinaus. Der letzte knallte die schwere Tür hinter sich zu.

Hasson nickte Werry zu, der vorsichtig die Schultern bewegte. »Vielen Dank, Al, ich weiß nicht, ob ich damit durchgekommen wäre.«

»Daß du mir ja nicht dankst, Rob – ich bin nicht dumm.« Werry bürstete seine Uniform mit den Händen ab, hob sein Käppi vom Boden auf und setzte es auf. »Ich mag ja keinen Mumm haben, aber ich bin nicht dumm. Okay?«

»Ich weiß nicht, was du damit meinst – ›keinen Mumm‹. Davon könnte *ich* dir bei passender Gelegenheit ein Lied singen.«

»Lassen wir das Thema«, sagte Werry kurzangebunden und warf einen Blick auf seinen Kommunikator. »Ich wünschte, ich hätte Henry angewiesen, Kontakt zu halten. Ich wüßte zu gern, ob du recht hast mit deiner Behauptung, wir ermitteln hier in einem Mordfall.«

»Das war eine fiese Lüge«, sagte Pridgeon überraschend und stemmte sich auf einen Ellbogen hoch. Seine Stimme klang undeutlich hinter geschwollenen Lippen hervor, und sein Gesicht hatte jenes geschwärzte, entmenschlichte Aussehen, das Hasson oft bei Unfallopfern wahrgenommen hatte. Er musterte Hasson durch angeschwollene Augen, in denen eine Mischung aus Haß, Verwirrung und Anklage erkennbar wurde. Hasson stierte so lange zurück, bis er den Kopf senkte, und verbarg dabei ein wachsendes Schuldgefühl, daß er seinen düsteren, urzeitlichen Instinkten nachgegeben hatte. Werry schnappte sich Pridgeon an den Jakkenaufschlägen und schwang ihn zu dem Stuhl herum, den er soeben verlassen hatte.

»Das Ganze war eine elende Lüge«, murmelte Pridgeon. »Ihr beiden habt Nerven, hierherzukommen und herumzutönen, daß ...«

»Er hat die Wahrheit gesagt«, unterbrach ihn Werry. »Jemand hat im Tschinuk eine Sprengladung installiert, und ein Junge ist schlimm verletzt und vielleicht sind andere tot, und es gibt nur einen Mann, der Grund gehabt hätte, so etwas zu tun. Wo ist Buck? Ist er im Haus?«

»Buck ist oben.« Pridgeon packte Werrys Handgelenke und sagte mit weinerlicher Stimme: »Sie würden mich doch nicht auf den Arm nehmen, Al, oder?«

»Ich nehme Sie nicht auf den Arm«, sagte Werry gelassen. »Die Sache ist ernst.«

»Sind Sie sicher, daß es nicht nur eine Platzpatrone oder eine Ladung Vogelschrot war oder so?«

»Es war Sprengstoff. Wissen Sie etwas darüber, Starr? Denn sollte das der Fall sein ...«

»Ich habe die Zündkapseln fertiggemacht«, sagte Pridgeon und wischte sich Blut vom Kinn. »Buck hat aber gesagt, es wäre nur ...«

»Buck hat dir gesagt, du sollst das Maul halten!« Morlacher, der in seinem seidenen Morgenmantel recht unpassend wirkte, verließ am Ende des Flurs soeben eine Treppe und kam auf die Gruppe zu. »Hast du nicht Verstand genug zu begreifen, daß du reingelegt wirst?«

Werry wandte sich zu ihm um. »Niemand wird hier reingelegt, Buck. Haben Sie die Bombe ins Hotel geschafft?«

»Natürlich nicht.« Morlacher beugte sich vor und starrte Pridgeon ins Gesicht, dann schenkte er Werry ein ungläubiges Lächeln. »Haben Sie das getan? Dann können Sie Ihrem Job ade sagen.«

»Al war das nicht.« Pridgeon deutete auf Hasson. »*Er* hat nach mir gehauen, als ich nicht drauf gefaßt war.«

Hasson nickte. »Viermal war er nicht drauf gefaßt.«

»Was geht hier eigentlich vor?« fragte Morlacher stirnrunzelnd und ließ den Blick zwischen Werry und Hasson hin und her wandern. »Was habt ihr beiden Typen eigentlich im Sinn?«

»Ich habe Ihnen eine Frage gestellt, Buck«, sagte Werry mit fester Stimme. »Haben Sie die Bombe ins Hotel hochgeschafft?«

»Und ich habe geantwortet – ich weiß nichts von einer Bombe.«

»Ach nein?« Ein Funkeln erschien in Werrys Augen. »Na, dann will ich Ihnen mal was Genaueres darüber erzählen. Das Ding hat gerade Ihr verdammtes Hotel in Brand gesteckt.«

Morlachers Mund verzog sich zu einer Grimasse. »Sie lügen!«

»Wenn Sie ein Fernglas haben«, erwiderte Werry gelassen, »können Sie ja mal aus dem Fenster schauen und sich ansehen, wie das Hotel auf der Spitze sich zu einem Spitzenfeuer ausweitet.«

»Ich muß hin«, sagte Morlacher, und auf jeder seiner Wangen zeichnete sich ein rotes Dreieck gegen die plötzliche Blässe seines Gesichts ab. Er machte kehrt, marschierte zu der Holztruhe, die als Flurtisch diente, und griff nach einem AS-Harnisch.

Werry begab sich zur Haustür, stellte sich mit dem Rükken davor und wirkte ausgesprochen selbstbewußt und rücksichtslos in seiner makellosen Uniform, mit seinen Dienstabzeichen. Plötzlich war er der Mann, als den Hasson ihn einmal gesehen hatte.

»Ich entscheide, wohin Sie fahren«, sagte er. »Nachdem Sie meine Fragen beantwortet haben.«

»Sie, Al?« Morlacher mühte sich weiter mit dem Harnisch ab. »Sie sind doch nichts anderes als ein Witz, und ich bin im Augenblick nicht in der Stimmung zum Lachen.« Er zog die Gurte des Harnischs fest, machte einen Schritt auf die Tür zu und blieb stehen, als er sah, daß Werry die Pistole gezogen hatte.

»Was ist mit der Bombe?« fragte Werry.

»Jetzt machen Sie noch einen *schlechten* Witz daraus. Mit dem Ding legen Sie doch niemanden herein.« Morlacher setzte sich wieder in Bewegung.

Werry zog durch. Es gab kein Geräusch – die Pistole schickte ihre Geschosse mit elektromagnetischer Energie auf den Weg –, aber dicht neben Morlachers Fuß wurde ein Holzblock aus dem Parkettboden gefetzt und wirbelte polternd zur gegenüberliegenden Wand.

»Der nächste Schuß landet direkt auf Ihrer Nase«, drohte Werry. »Also – zurück zur Bombe ...«

Morlacher atmete tief ein, wobei er anschwoll, als sauge er Elementarkräfte in sich ein, um eine Herkulestat zu vollbringen, dann schien etwas in ihm zu zerbrechen. Tief in ihm wurde eine treibende Kraft neutralisiert, ein Druck wurde aufgegeben. Er sank zusammen, schrumpfte förmlich ein.

»Um Gottes willen, Al«, flehte er. »Was wollen Sie mir antun? Lassen Sie mich hier raus! Ich muß zum Hotel.«

»Die Bombe ...«

»Es sollte keine Bombe sein.« Morlacher sprach hastig und machte dabei nervöse Bewegungen mit den Händen. »Sie glauben doch nicht etwa, daß ich das Hotel beschädigen wollte, oder?«

»Was sollte es dann sein?«

»Ich wollte die Mistkerle nur ein bißchen aufrütteln. Sie verscheuchen. Lassen Sie mich gehen, Al!«

Werry meldete mit einer Bewegung der Waffe seinen Widerspruch an. »Was haben Sie als Sprengstoff genommen?«

»Ein altes Stück Hidyn, das ich von George York aus den Steinbrüchen von Bettsville bekommen habe.«

»Hidyn! Sie haben Hidyn eingesetzt, um junge Leute zu erschrecken?«

»Ja, aber ich hab's in kleine Brocken zerteilt.«

»Wie klein?«

»Na, klein. *Klein!* Was wollen Sie noch hören?«

»Welches Gewicht hatten sie?« brüllte Pridgeon und erhob sich unsicher. »Von Hidyn hast du nichts gesagt. Wie schwer waren die Brocken?«

»Woher soll ich das wissen?« fragte Morlacher ungeduldig. »Fünfzehn Gramm. Zwanzig Gramm. In der Größenordnung.«

»Himmel!« rief Pridgeon mit zitternder Stimme und wandte sich an Werry. »Al, ich schwör' Ihnen, ich hatte keine Ahnung davon! Wenn noch jemand im Tschinuk ist, sollten Sie ihn schleunigst rausholen. Er hat mich etwa zwanzig Zündkapseln machen lassen.«

»Was für Zündkapseln sind das?« fragte Werry. »Zeitzünder?«

»Annäherungszünder, Al. Sie gehen hoch, sobald jemand in die Nähe kommt.«

Zu Hassons Überraschung zeigte sich Werry verwirrt von dieser technischen Auskunft. »Aber wie kann man mit einem solchen Ding umgehen? Warum geht das nicht schon in Ihrer Hand hoch?«

»Ich arbeite natürlich auch mit Zeiteinteilungen. Die Dinger sind nur nachts scharf.« Pridgeon kam auf Werry zu und hielt sich dabei beide Hände vor das zerschlagene Gesicht, wie um es zusammenzuhalten. »Al, ich hatte keine *Ahnung* davon!«

»Bleiben Sie auf Distanz!« sagte Werry, ohne den Blick von Morlacher zu nehmen. »Buck, wie viele von den Dingern haben Sie im Hotel plaziert?«

»Alle«, antwortete Morlacher mit matter Stimme.

»Und wo?«

»Überall. Eins in jeder Etage und ein paar zusätzlich an Stellen, wo ich Nahrungsmittel gefunden habe. Sie wissen schon, Stellen, wo die Kerle kampiert haben.«

»Erinnern Sie sich klar an die Stellen?«

Morlacher schüttelte den Kopf. »Die meisten Etagen sind leer und endlos. Ich müßte mich bei Tage dort umsehen.«

»Da haben Sie ja wirklich ganze Arbeit geleistet, wie?« Werry tastete an den Kontrollen seines Kommunikators herum und hob ihn an die Lippen. »Victor? Ich wollte eigentlich Henry sprechen.«

»Ich hab' auch versucht, Verbindung zu kriegen.« Victor Quiggs Stimme klang blechern und besorgt. »Das erste Stockwerk des Hotels brennt inzwischen lichterloh, Al. Man sieht den Schein von hier unten – und wenn Henry nicht bald zum Fenster in der zweiten Etage zurückkehrt, kommt er echt in Schwierigkeiten. Sieht so aus, als würde der Brand ihm den Weg abschneiden.«

»Haben Sie weitere Explosionen gehört?«

»Explosionen? Nein, Al. Was sollte ...?«

»Victor, Sie müssen Henry erreichen!« sagte Werry hastig. »Fliegen Sie mit einem Stimmenverstärker rauf, aber gehen Sie auf keinen Fall rein – der Laden ist ein einziges Minenfeld.« Er erklärte Quigg die Situation und schloß mit Anweisungen an Henry Corzyn, auf genau dem Weg, den er genommen hatte, ans Einstiegsfenster zurückzukehren.

»Bin schon unterwegs«, sagte Quigg. »Wann kommen Sie zurück, Al?«

»Bald.« Werrys kalter, erbarmungsloser Blick ließ Morlacher nicht los. »Ich habe hier zunächst noch eine Kleinigkeit zu erledigen.«

»Verschwinden wir von hier!« sagte Morlacher, wie man es von ihm gewohnt war, und rückte auf die Tür zu. »Ich muß zum Hotel.«

Doch Werry gab ihm den Weg nicht frei und schüttelte den Kopf. »Sie werden jetzt *mein* Hotel aufsuchen, Buck. Ich habe für Sie und Starr benachbarte Zimmer reserviert.«

Morlacher richtete einen zitternden Zeigefinger auf ihn. »Damit haben Sie sich soeben um einen guten Job gebracht.«

»Das wäre das zweitemal an einem Abend«, gab Werry unbeeindruckt zurück. Er zog zwei Fesselflecken aus der Tasche und warf sie Hasson zu. »Hände auf dem Rücken, Rob, wenn du nichts dagegen hast. Ich möchte kein Risiko eingehen.«

Rob nickte, ging zu Morlacher und drückte dem großgewachsenen Mann die Hände auf dem Rücken zusammen. Er zog die Schutzhaut von einem der quadratischen blauen Flecken, legte ihn zwischen Morlachers Handgelenke und preßte sie zusammen – wodurch sie unlösbar miteinander verbunden wurden. Pridgeon ergab sich beinahe bereitwillig derselben Behandlung und versuchte sich den Anschein zu geben, als hielte er viel davon, mit dem Gesetz zusammenzuarbeiten.

»Jetzt können wir gehen«, sagte Werry. Er öffnete die

Haustür, wodurch sich das Innere des Hauses wieder mit dem äußeren Universum verband – und jetzt war das Tschinuk-Hotel sogar von hier aus deutlich sichtbar, tief am südlichen Himmel und brennend wie ein aufgestörter roter Planet.

9. Kapitel

Wie Werry vorausgesagt hatte, drängten sich in unmittelbarer Nähe des Hotels die Zuschauer, auf dem Boden wie auch in der Luft. Auf den zum Bauwerk führenden Straßen wimmelte es von funkelnden Automobilen, die wie Insektenschwärme wirkten, und der Himmel war angefüllt mit den durcheinanderwirbelnden Positionslichtern von Fliegern. Mit Hilfe eines Bilaser-Projektors wurde ein riesiges Warnschild in der Luft sichtbar gemacht, dessen rote Buchstaben verkündeten:

ACHTUNG!
ES DROHEN WEITERE EXPLOSIONEN!
IN EINEM GROSSEN GEBIET WIRD GLAS ABSTÜRZEN!
BLEIBEN SIE AUF ABSTAND!

Und das eigentliche Hotelgebäude auf seinem hohen Stengel blieb unsichtbar bis auf einen vagen orangeflakkernden Widerschein.

»Es tut mir beinahe leid, daß ich Buck eingebuchtet habe«, sagte Werry beim Aussteigen. »Der müßte das eigentlich sehen.«

Hasson legte den Kopf in den Nacken und versuchte das gesamte Schauspiel in sich aufzunehmen. »Wie lange wird er wohl drinnen bleiben?«

»Seine Anwälte dürften ihn in etwa einer Stunde draußen haben.«

»Dann hat sich die Mühe ja kaum gelohnt.«

»Mir war es das wert – ich war es ihm schuldig.« Werry setzte ein rachedurstiges Grinsen auf. »Komm, ich will sehen, wie es Henry da oben ergangen ist.« Er ging über den unebenen Boden auf eine Reihe von Fahrzeugen zu, zu denen auch die nutzlosen Feuerwehrwagen gehörten. Das

Fernsehteam war noch immer am Werk, und die Übertragungseinheit war von einer Gruppe Männer und Frauen umgeben, die sich auf den Monitoren einen bequemen Eindruck von den Ereignissen in einer vierhundert Meter hoch gelegenen anderen Welt verschafften. Als Werry und Hasson näherkamen, löste sich die schlanke Gestalt Victor Quiggs aus der Gruppe und kam ihnen entgegen. Seine Augen waren vor Anspannung weit aufgerissen und dunkel und verliehen seinem unreifen Gesicht einen gehetzten Ausdruck – wie bei einem Nachtwesen, das plötzlich von Licht aufgescheucht wurde.

»Alles in Ordnung?« fragte Werry. »Wo ist Henry?«

»Noch immer oben, Al. Ich konnt' ihn nicht finden, soviel ist klar.«

»Soll das heißen, er ist immer noch im Hotel?«

»Ich nehm's an. Er wär' bestimmt nicht rausgekommen, ohne daß es jemand aufgefallen wäre. Er hätte Kontakt halten sollen.« Quigg war offensichtlich erschöpft und besorgt.

»Der verrückte alte ...« Werry stellte sich auf die Zehenspitzen, um einen Blick auf das Fernsehbild des Hotels zu werfen. »Sieht aus, als müßte der Brand sich jeden Moment in die zweite Etage durchfressen. Wie will er da wieder raus?«

»Das möchte ich auch gern wissen. Al, wenn ihm was passiert ...«

Werry brachte den jungen Beamten mit erhobener Hand zum Schweigen. »Gibt's noch einen Ausweg aus dem Hotel? Was ist mit dem Dach?«

»Es muß ein Schlupfloch im Dach geben – auf dem Weg scheinen die jungen Leute reinzukommen –, aber ich hab' nichts finden können«, gab Quigg zurück. »Da oben sieht es aus wie in einer richtigen Stadt, Al. Alle möglichen Maschinenhäuser und Wassertanks und solche Sachen.«

»Na, wir könnten Schlüssel kommen lassen oder eine Tür rausreißen.« Werry hielt nachdenklich inne. »Nur ... wenn wir reingehen und uns von oben nach unten vorarbeiten, besteht die Gefahr, daß wir einer von Bucks gottverdammten Bomben zu nahe kommen. Vielleicht müssen wir das Risiko trotzdem eingehen.«

»Henry hätte Kontakt halten sollen.«

»Was ist mit den Fenstern?« schaltete sich Hasson ein. »Gibt's da keine große Glasflächen, die er mit einem Ziegelstein kaputtkriegt?«

Werry schüttelte bedrückt den Kopf. »Das Material da oben ist hochmodern verarbeitet – eine sprengsichere – sprengsicher, das ist gut! – Mosaikbauweise, die hohe Bauten psychologisch besser erträglich machen soll, oder so etwas Ähnliches.«

»Ich verstehe.« Hasson drängte sich näher an den Fernseher heran und betrachtete das Bild, das von dem fliegenden Kameramann ausgestrahlt wurde. Der Architekt des Tschinuk-Hotels hatte das Würfelmotiv an der gesamten Außenfläche angewandt und Mauern und Fenster zu einem einzigen Mosaikmuster verschmolzen. Allein vom ästhetischen Standpunkt aus war das Bauwerk ein Erfolg, und es wäre unfair gewesen zu erwarten, daß ein Architekt eine Situation voraussah, in der sich irgend jemand aus einem Zimmer heraus in jene grausamen Luftströmungen hinausstürzen wollte, wie sie das Empire State Building umtobten. Hassons Phantasie überlistete ihn und zerrte ihn in die Situation, die er sich eben vorgestellt hatte – prompt schien der Boden unter seinen Füßen zu schwanken. Aufgewühlt wandte er dem Fernsehmonitor den Rücken zu und versuchte noch seine Atmung in den Griff zu bekommen, als er von der Straße her eine junge Frau näherkommen sah. Angesichts der ungewöhnlichen Umstände und in der fremden Umgebung hatte er im ersten Augenblick Mühe, sie als May Carpenter zu erkennen. Aufgeregt und mit bleichem Gesicht eilte sie an ihm vorbei und blieb neben Al Werry stehen.

Werry legte ihr einen Arm um die Schultern und drehte sie zur Straße herum. »Du kannst hier nicht bleiben, Schätzchen. Es ist gefährlich, außerdem bin ich im Augenblick ...«

»Theo ist fort«, sagte sie mit dünner, bedrückter Stimme. »Ich finde ihn nirgendwo.«

»Er ist bestimmt mit seinen Kumpeln unterwegs«, sagte Werry beruhigend. »Ich rede später mit ihm darüber.«

May schüttelte seinen Arm ab. »Ich habe überall angerufen. Überall dort, wo er sonst hingeht. Heute abend hat ihn noch niemand gesehen.«

»May«, sagte Werry ungeduldig, »siehst du nicht, daß ich zu tun habe?«

»Er ist da oben!« Ihre Worte waren ohne Betonung, leblos durch die Last der Gewißheit. »Er ist oben im Hotel.«

»Was für eine dumme Vermutung! Ich meine ... einfach unsinnig ist das!«

May preßte einen Handrücken an die Stirn. »Manchmal fliegt er nachts mit Barry Lutze herum, dabei landen sie immer dort – oben im Hotel.«

»Du weißt ja nicht, was du redest«, sagte Werry.

»Aber es stimmt!«

»Wenn du das gewußt und mir nichts gesagt hast«, knurrte Werry, und sein Gesicht hatte plötzlich etwas Unmenschliches, »dann hast du ihn umgebracht.«

May schloß die Augen und sank zu Boden. Hasson trat vor und fing sie gleichzeitig mit Werry auf; gemeinsam trugen die beiden Männer sie einige Schritte zu Seite und setzten sie auf dem Trittbrett eines Lkw ab. Etliche Männer blickten sich neugierig um und versuchten näherzurücken, doch Quigg breitete die Arme aus und scheuchte sie fort.

»Es tut mir leid, tut mir leid, tut mir leid«, flüsterte May. »Es tut mir ja so leid, aber ich dachte, du solltest ...«

Werry nahm ihr Gesicht zwischen die Hände. »Ich hätte so etwas nicht sagen dürfen. Nur ... nur ... May, warum hast du mir nichts davon erzählt? Warum hast du mir nicht Bescheid gegeben?«

»Ich hab's versucht, es ging aber nicht.«

»Das begreif ich nicht«, sagte Werry wie zu sich selbst. »Ich begreife das alles nicht. Jeder andere außer Theo ...«

Hasson spürte, wie sich in seinem Unterbewußtsein etwas regte. »Ist er unter Drogen mitgeflogen, May? Hat er Empathin genommen?«

Sie nickte, und Tränen rollten ihr über die Wangen.

»Warum hat er das getan, May?« fragte Hasson, dem einige Ideen durch den Kopf gingen. »Konnte er sehen, wenn er Empathin genommen hatte?«

»Ich hab' das ja auch nicht verstanden«, antwortete sie, öffnete die Augen und bedachte Werry mit einem traurigen Blick. »Eines Nachts erwischte ich ihn, wie er durch das Schlafzimmerfenster verschwand, und ich wollte dir auch Bescheid sagen, aber er flehte mich an, es nicht zu tun. Er sagte mir, wenn er bei den anderen ist und alle Empathin nehmen, sieht er manchmal, was auch die anderen sehen. Angeblich kommt es wie ein Aufzucken. Er sprach von künstlicher Telepathie oder sowas, Al, und er war so verzweifelt. Es bedeutete ihm soviel, sehen zu können, und einmal hörte ich dich sagen, daß Empathin und Gestaltin und solches Zeug niemandem wirklich schadet ...«

»Das hab' ich gesagt?« fragte Werry und richtete sich langsam auf. Der Kommunikator an seinem Handgelenk begann zu summen, doch er schien es nicht zu hören.

May blickte zu ihm auf. »Er haßt das Leben in Dunkelheit.«

»Weißt du, was hier los ist?« fragte Werry und rückte, in die gewohnte Rolle zurückkehrend, sein Käppi zurecht. »Wir ziehen voreilig Schlüsse. Wir stellen verdammt gewagte Schlußfolgerungen an – es gibt keinen Beweis, daß sich *überhaupt jemand* im Hotel aufhält. Mit Ausnahme von Henry Corzyn natürlich.«

Victor Quigg trat näher und hob die Hand, um Werrys Aufmerksamkeit auf sich zu lenken. »Al, würden Sie bitte Ihr Funkgerät einschalten? Ich glaube, es ist was passiert.«

»Na bitte«, sagte Werry triumphierend. »Das ist bestimmt Henry, der mir melden will, daß er den Laden überprüft hat.«

»Ich glaube nicht, daß es Henry ist«, murmelte Quigg totenbleich.

Werry warf ihm einen fragenden Blick zu und hob den Kommunikator an die Lippen. »Hier spricht Sheriff Werry.«

»Sie hätten das nicht tun sollen, Werry.« Die Stimme, die aus dem Kommunikator tönte, klang gepreßt, die Worte kamen in bedächtiger Folge, als müsse jedes einzelne untersucht und auf seine Bedeutung abgeklopft werden, ehe es in die Gesamtbotschaft eingebettet wurde. »Sie haben heute ein paar schlimme Sachen gemacht.«

Werry senkte ein wenig das Handgelenk und starrte verwundert auf das Funkgerät. »Ist das Barry Lutze?«

»Egal, wer ich bin. Ich will Ihnen nur sagen, daß alles, was heute abend passiert, Ihre Schuld ist. *Sie* sind der Killer, nicht ich. Nicht ich.« Aus den mühsam ausgesprochenen Worten und Sätzen schloß Hasson, daß der Sprecher ernsthaft verletzt war. In ihm festigte sich auch die düstere Überzeugung, daß eine bereits alptraumhafte Situation um einen neuen Schrecken bereichert wurde.

»Killer? Was ist das für ein Gerede?« Werry hielt sich an der Seite des Lkw fest. »Moment mal! War mein Junge bei Ihnen oben? Ist Theo verletzt?«

»Er war hier, als Ihre Bombe hochging. Damit haben Sie nicht gerechnet, wie, Mr. Werry?«

»Geht es ihm gut?«

Es trat ein ausgedehntes Schweigen ein.

»Geht es ihm gut?« brüllte Werry.

»Er ist gerade bei mir.« Die Stimme klang widerstrebend, ablehnend. »Sie haben Glück – er ist in guter Verfassung.«

»Gott sei Dank!« atmete Werry auf. »Und was ist mit Officer Corzyn?«

»Der ist auch bei mir – aber ihm geht es gar nicht gut.«

»Was soll das heißen?« fragte Werry und runzelte abschätzend die Stirn.

»Ich meine, daß er tot ist, Mister Werry.«

»Tot?« Werry blickte zum Hotel hoch, das jetzt als schwarze Scheibe sichtbar war, umgeben von einer dünnen orangefarbenen Korona, wie ein Mond, der sich vor eine rötliche Sonne geschoben hat. »Was machen Sie mit Corzyns Funkgerät, Lutze? Haben Sie ihn getötet?«

»Nein, aber *Sie*!« Die Stimme klang jetzt aufgeregt. »Sie

sind schuld, weil Sie einen dicken, verweichlichten, alten Kerl auf meine Spur gesetzt haben. Ich habe nur einmal zugeschlagen, und ...« Es trat ein kurzes Schweigen ein, und als die Stimme weitersprach, hatte sie wieder den tonlosen, unmenschlichen Klang vom Beginn des Gesprächs. »Sie hätten raufkommen und Ihre Drecksarbeit selber tun sollen, Mr. Werry. Es hätte mir nichts ausgemacht, Sie auf die Hörner zu nehmen. Kein bißchen.«

»Bleiben Sie gelassen, Lutze! Versuchen wir diesem Gespräch ein bißchen Sinn zu geben, ehe es zu spät ist«, sagte Werry. »Was soll ich heute getan haben? Was haben Sie gegen mich?«

»Die Bombe, Mr. Sheriff Werry. Die Bombe!«

Werry stampfte mit dem Fuß auf. »Ist das ein idiotischer Witz? Schlucken Sie da oben immer noch Ihre Kapseln? Buck Morlacher hat die Bombe gelegt, das wissen Sie ganz genau.«

»Was macht das für einen Unterschied? Sie arbeiten für ihn, oder?«

»Ich arbeite nicht für ihn«, antwortete Werry und bezwang seine Stimme. »Ich habe ihn eben in eine Zelle gesteckt.«

»Toll!« sagte die Stimme spöttisch. »Da sitzt er doch höchstens eine Stunde – und zwanzig Minuten werden ihm wegen guter Führung noch erlassen. Wie ich die Sache sehe, ist das keine ausreichende Strafe dafür, daß er meinen Vetter ermordet und mir die Rippen eingedrückt hat.«

»Der junge Sammy ist nicht tot. Er liegt im Krankenhaus, ist aber nicht tot.«

Ein längeres Schweigen trat ein, eine Unterbrechung des verbalen Duells, dann machte der unsichtbare Sprecher seinen nächsten logischen Zug. »Der dicke Bulle ist tot.«

Werry atmete tief ein. »Hören Sie, Barry! Wenn Sie Henry Corzyn nicht vorsätzlich töten wollten, sieht die Sache anders aus. Wir können uns später darüber unterhalten. Im Augenblick ist mir vor allem wichtig, dafür zu sorgen, daß sonst niemand verwundet oder getötet wird. Hören Sie?«

»Ich höre.«

»Sie müssen wissen, daß Buck etwa zwanzig solcher Sprengladungen überall im Hotel plaziert hat. Sie befinden sich in jedem Stockwerk und haben ganz besondere Zünder, die hochgehen, wenn man nur in ihre Nähe kommt. Wo sind Sie jetzt?«

»In der dritten Etage.«

»Also, Sie müssen Theo zum Fenster im zweiten Stockwerk runterführen, wo das Loch ist. Und gehen Sie dabei nur Wege, die Sie heute schon mal gegangen sind. Kommen Sie durch das Fenster raus, dann übernehmen wir die Sache!«

»Übernehmen?« Das Funkgerät an Werrys Arm ließ ein freudloses Lachen ertönen, das mit einem pfeifenden Keuchen endete. »Das möchten Sie gern! Kann ich mir vorstellen, daß Sie das möchten!«

»Sie haben keine andere Wahl«, sagte Werry. »Etwas anderes können Sie nicht tun!«

»Kommt nicht in Frage, Mr. Werry. Ich weiß nicht mal, ob ich das Fenster überhaupt erreichen würde – da unten wird es schon ziemlich heiß. Und selbst wenn ich's schaffte, könnte ich wohl kaum weit genug rausspringen, um mein Feld in Ordnung zu bringen. Da muß ich bis tief unterhalb der ersten Etage fallen, ehe ich Auftrieb kriege.«

»Niemand wird Sie stören. Ich will nur Theo da raushaben. Ich schwör's Ihnen, ich schwör's Ihnen, Barry, ich gebe Ihnen jede Garantie, die Sie haben wollen.«

»Sparen Sie sich den Atem, Mr. Werry! Wir gehen aufs Dach. Von da oben komme ich garantiert weg, und morgen bin ich schon in Mexiko.«

»Das geht nicht«, sagte Werry und begann aufgeregt im Kreis zu laufen, was Hasson voller Mitgefühl verfolgte. »Setzen Sie Ihren Verstand ein, Mann!«

»Das tue ich ja«, versicherte ihm die Stimme. »Wäre doch aber möglich, daß es die anderen Bomben gar nicht gibt – aber selbst wenn es sie gibt: der Laden hier ist ziemlich groß, und – ich habe ja einen Pfadfinder. Theo kann vorausgehen.«

Werry blieb stocksteif stehen. »Ich warne Sie – tun Sie das nicht!«

»Also, nun machen Sie sich mal nicht naß, Mr. Werry.« Die Stimme klang beschwingt, nervös, spöttisch. »Theo und ich machen einen hübschen kleinen Sparziergang zum Dach hinauf. Wenn wir Glück haben, können Sie ihn dort in etwa fünf Minuten abholen. Sorgen Sie nur dafür, daß niemand *mich* abzuholen versucht – ich habe die Kanone des Dicken und weiß damit umzugehen.«

»Lutze! *Lutze!*« Werry preßte das Gerät an seinem Handgelenk zusammen, als wollte er es zu einer Antwort zwingen, aber der Funkkontakt war bereits unterbrochen. May Carpenter barg das Gesicht in den Händen und schluchzte leise. Werry malte die Umrisse eines AS-Harnisches mit dem Zeigefinger auf seiner Brust nach und schob Quigg in Richtung seines Wagens. Quigg nickte verstehend und lief eilig los. Werry ging zur Fernsehübertragungsanlage, und die Gruppe davor schmolz sofort links und rechts zur Seite.

»Wie steht es in der zweiten Etage?« fragte er. »Kann ich noch durch das Fenster?«

»Sehen Sie selbst, Al.« Der zuständige Techniker deutete auf das Bild, das den unteren Teil des Hotels zeigte. Hinter sämtlichen sichtbaren Fenstern der ersten Etage loderten Flammenwände, die sich von Orangerot zu einem glühenden Weiß aufheizten. »Rein kämen Sie vermutlich noch, aber es sieht aus, als würde das zweite Stockwerk jeden Moment einbrechen.«

»Dann setze ich lieber höher an.« Werry eilte zu einem Feuerwehrwagen und kehrte Sekunden später mit einem bajonettähnlichen Thermalschneider zurück. Victor Quigg kam von der anderen Seite mit seinem AS-Harnisch und streckte ihn seinem Chef wortlos hin. Hasson hielt sich im Hintergrund, und seine Gedanken bewegten sich taumelnd über schwindelerregenden Abgründen, sobald er sich Werrys Plan verdeutlichte. Er sah zu, wie er die breiten Gurte fest anzog. Er fühlte sich hilflos und schwach in den Knien und – auf unbestimmbare Weise – für die Zwangslage des anderen verantwortlich.

Werry schenkte ihm ein verkniffenes Lächeln, als er die letzte Schnalle schloß. »Da hätten wir es wieder, Rob – keine Alternative.«

»Ich weiß nicht«, erwiderte Hasson und übernahm die Rolle des Judas. »Vielleicht nützt es gar nichts, wenn du dir gewaltsam Zutritt verschaffst. So viele Dinge könnten ... – ich meine, vielleicht ist es besser zu warten.«

»So wie du warten würdest, wenn dein Sohn da oben wäre?«

Beschämt und angstvoll wich Hasson zurück, und Werry schaltete seine Lampen ein, verstellte einen Hebel an den Hüftkontrollen des Harnischs und sprang leichtfüßig in die Luft. Er stieg in schnellem Tempo empor, in den Himmel hinauffallend, ein schrumpfendes Licht, ein Stern, der zur vorgeschriebenen Aufgabe aller Sterne zurückgerufen wurde. Hoch oben, wie um sich auf die kämpferische Begegnung mit ihm vorzubereiten, schleuderte die schwarze Scheibe des Hotels eine gelbe Protuberanz von der Südseite. Der Ausbruch, eine Miniatur-Sonneneruption, verblaßte beinahe sofort wieder, und die Zuschauer am Boden hörten einen dumpfen, knirschenden Knall. Quigg zerrte seinen Stimmenverstärker aus der Tasche.

»Das war die zweite Bombe«, verkündete er, der in dieser Sache bereits zum Experten arriviert war. »Vorsicht vor Glas!«

Hasson lief mit den anderen los und drückte sich in den Schutz eines Feuerwehrwagens, und eine überraschend lange Zeit später hörte man ringsum im Gras ein unregelmäßiges Klopfen und Flüstern. Sobald er sich wieder sicher fühlte, kehrte er zur Fernsehanlage zurück. Die Flammenausbrüche, die die Explosion begleitet hatten, ließen erkennen, daß die Bombe in der brennenden ersten Etage gezündet hatte – doch er wollte ganz sicher sein, daß Al Werry durch den windzerzausten Schauer aus Glassplittern sicher hindurch war.

Cheftechniker Cec schaltete eine Mikrofonverbindung. »Terry, paß auf, gleich muß Al Werry bei dir eintreffen! Er hat einen Schneider mit und will durch eines der oberen Fenster rein. Daraus läßt sich gut was machen, also bleib dran, klar?«

Halten Sie doch die Klappe! wollte Hasson dazwischenfahren. *Das kann doch jeder mithören.* Aber er schwieg.

»Klar, Cec«, antwortete Terry, und das Bild im Monitorschacht begann auf schwindelerregende Weise herumzuschwenken. Es richtete sich auf die Gestalt Werrys, die sich einen Augenblick lang vor dem Inferno im ersten Hotelstockwerk abzeichnete, ehe sie den dunkleren Hintergrund der oberen Etagen erreichte. Hasson spürte einen seltsamen Kloß in der Kehle, als er bemerkte, daß Werry entgegen der Polizeiflugvorschriften anstelle seines Helms das Käppi trug.

Werry ging etwa fünf Meter vor einem Fenster des vierten Stockwerks in den Schwebeflug und zog seine Pistole. Er zielte und schoß, und die Kamera, die trotz der schlechten Beleuchtung hervorragende Bilder lieferte, zeigte, wie in einer der eckigen Scheiben ein Loch erschien. Werry feuerte weiter und traf immer dasselbe kleine Rechteck, bis es kein Glas mehr aufwies. Er schob die Waffe wieder in den Halfter und arbeitete an den Kontrollen des Thermalschneiders, an dessen Spitze ein Dolch diamantscharfer Helligkeit erschien. Ohne zu zögern entfernte sich Werry weiter von der Wand des Hotels, wobei er noch ein wenig mehr auf Höhe ging. Die Scheinwerfer der tief unten stehenden Wagen kamen unter seinen Füßen in Sicht wie winzige, unscharf abgebildete Kerzenflammen.

Werry verstellte etwas an seinen Gürtelkontrollen und raste auf das Fenster zu. Kaum war er auf Feldstörweite, begann er abzustürzen, doch er hatte den Unterschied richtig berechnet und vermochte den linken Arm durch die Öffnung zu schieben, die er erzeugt hatte. Seine Füße suchten Halt an den horizontalen Trennlinien zwischen den Außenkacheln. Er fand Widerstand, fing sich ab und führte den

Schneider in seiner rechten Hand gegen den Fensterrahmen. Die sonnengrelle Spitze glitt mühelos durch Metall und Glas und zog eine orangerot schimmernde Linie. Werry, der sich an der glatten Fläche krampfhaft festhielt, erweiterte den Einschnitt. Die Höhenwinde zerrten an seiner Uniform und riefen in Hassons Magen eine kalt aufwogende Übelkeit hervor.

Hasson wußte nicht recht, ob er sich tatsächlich übergeben mußte, und wollte schon kehrtmachen – dann aber hielt er inne, als in der Dunkelheit hinter Werrys hängender Gestalt eine Bewegung sichtbar wurde. Ganz kurz war ein Mann in einem ungekennzeichneten Fluganzug zu sehen, das Gesicht ein bleicher dreieckiger Schimmer, der rechte Arm ausgestreckt. Hasson brüllte unwillkürlich auf, als Al Werry rücklings vom Fenster wegstürzte, wobei ihm der Thermalschneider aus der Hand fiel und in der Tiefe verschwand. Werry fiel ein kurzes Stück, doch der Querschwung brachte ihn aus der Störungsreichweite, und schon wurde er vom nächtlichen Wind abgetrieben, wobei er mit Armen und Beinen schwache, unkoordinierte Bewegungen machte. Sein Käppi flatterte in die drohende Dunkelheit hinab wie ein fliehender Vogel.

Die drohende rechteckige Höhe des Fensters war wieder leer.

Für Hasson folgte eine qualvolle Periode der Verwirrung, in der er nur vage mitbekam, wie Quigg zum Himmel emporsprang und dabei bereits ein Plastahl-Seil von der Rolle an seiner Hüfte abspulte. Ganz in der Nähe brüllten Männer durcheinander, aber die Stimmen klangen seltsam fern. Myriaden Leuchtpunkte wirbelten durch die himmlische Nacht. Quigg tauchte wieder auf, sichtlich gealtert, und zerrte eine reglose Gestalt hinter sich her, nach der viele Hände griffen, als sie sich langsam dem Boden näherte und dann plötzlich schwer ins Gras sackte.

Und schon kniete Hasson neben Werry und starrte in herzklopfendem Entsetzen auf den Einschuß in der linken Schulter des Polizisten. Die Lage der Wunde – unmittelbar über der Achselhöhle – ließ an eine relativ harmlose Behinderung denken, eine Verletzung, die ein Held in einem Holoschauspiel ohne zusammenzuzucken eingesteckt hätte, aber die ganze linke Seite von Werrys Tunika war blutdurchtränkt und funkelte wie ein Haufen frisch zerschnittener Leber. Werrys Gesicht war beinahe durchscheinend in seiner Blässe. Sein herumirrender Blick richtete sich umständlich auf Hasson, und seine Lippen begannen sich zu bewegen. Der unhörbaren Bitte folgend, beugte sich Hasson vor.

»Es häuft sich immer mehr an«, flüsterte Werry. »Komisch, wie sich das alles ...«

»Nicht reden«, sagte Hasson drängend. »Versuch dich ruhig zu halten!«

Werry umfaßte seine Hand mit schwachem Griff. »Du wirst es nicht glauben; Rob, aber ich mache ... ich mache mir nicht mal Sorgen um ...« Stille und Reglosigkeit überkamen ihn, und seine Finger lösten sich schlaff von Hassons Hand.

Hasson stand auf und blickte sich mit brennenden, tränenerfüllten Augen um sich. Ein Mann neben ihm reichte ihm Werrys Käppi, das zufällig ganz in der Nähe gelandet war. Victor Quigg erhob sich aus kniender Stellung, ergriff die Mütze und legte sie Werry auf die Brust. Einige Sekunden lang verweilte er neben dem Toten, dann machte er kehrt und marschierte auf den nächsten Streifenwagen zu, die schweren Stiefel durch das lange Gras ziehend. Hasson lief ihm nach und hielt ihn am Arm fest.

»Wohin wollen Sie, Victor?« fragte er.

»Ich hole meine Flinte«, erwiderte Quigg hölzern. »Dann fliege ich aufs Dach des Hotels und warte dort mit meiner Flinte.«

»Vielleicht erreicht Lutze das Dach nicht mal.«

»Wenn er es tut, bin ich mit meiner Flinte zur Stelle.«

»Ich denke eher an den jungen Theo«, sagte Hasson und hörte seine eigenen Worte wie aus öden interstellaren Fernen. »Geben Sie mir eine Waffe und einen Ersatzharnisch!«

10. Kapitel

Es geschieht gar nichts. Ich bin noch immer sicher auf dem Boden. Es geschieht nichts.

Hasson sah zu, wie sich die Unterseite des Tschinuk-Hotels gleich einer fleischfressenden Pflanze entrollte und aufblühte. Während sich das kreisförmige Gebäude bis zu den Grenzen seines Sichtfeldes ausdehnte, nahm er immer mehr technische Einzelheiten wahr – die Radialstützen, das Spinnennetz der Querrippen und Stützpfeiler, die identischen runden Öffnungen für die Fahrstuhlschächte, von denen eine zuckend rot glühte und daher eher wie ein Zugang zur Hölle aussah.

Weißt du, es ist eigentlich ganz einfach. Das Fundament der Stützsäule ist zufällig auf eine geologische Kontinentfalte oder in einen Sumpf gestellt worden – und gerade jetzt versinkt das ganze Ding wie ein Kolben darin. Ich bin nach wie vor sicher auf dem Boden – und schaue mir nur an, wie das Hotel auf meine Ebene herabsinkt.

Der Flug führte ihn dicht an den unteren Rand des Hotels heran, wo er zum erstenmal das Toben des Feuers hören konnte, das hier oben von heftigen Winden angefacht wurde. Nach unten kam es nicht groß voran – nur wenige ganz dünne Risse enthüllen, daß Pfeiler und Mauerwerk von der Hitze und ihren Folgen zerstört wurden – doch in der anderen Richtung strömten Flammen und heiße Gase die Treppenhäuser und Ventilationsschächte hinauf zu den höheren Stockwerken, und dieses Vorrücken war von ungleichmäßigen dumpfen Explosionen von Holz, Glas und Farbeimern begleitet. Rauchwolken, durchsetzt von Kaskaden langlebiger Funken, wurden vom Wind davongetragen.

Außerordentlich faszinierend – eigentlich beinahe ein Privileg, wenn auch ein ziemlich gespenstisches –, hier am Boden zu stehen und sich die Ereignisse im Hotel so aus der Nähe anschauen zu können. Unwillkürlich muß man an den Untergang der ›Hindenburg‹ denken. Trotzdem – obwohl ich hier sicher auf dem Boden stehe, kommt doch das Fenster des zweiten Stockwerks sehr nahe, und wenn ich lässig hineinspringen will, nur um mich mal schnell umzusehen, sollte ich mir lieber überlegen, wie ich …

Heftig prallte Hasson gegen den Fensterrahmen, und sein geradezu ballistischer Aufstieg trug ihn praktisch ohne Geschwindigkeitsverlust durch die Feldstörungsphase. Er griff nach dem Metall rings um die Öffnung, aus der sechs Scheiben herausgeschnitten worden waren, seine Füße fanden gleitend Halt am Rand zum Nichts, und plötzlich war er im Innern des Hotels auf einem unratübersäten Teppichboden. Der Lärm des Feuers war hier viel größer, und er spürte die Hitze durch die Schuhsohlen. Er war sicher, der Fußboden in dieser Zone würde nicht mehr allzu lange durchhalten.

Er suchte seine Umgebung ab – wobei er aus den Augenwinkeln den Kameramann vom Fernsehen gewahrte, der außerhalb der Fenster im luftigen Asyl schwebte – und erkannte die Sägezahnsilhouette einer nahen Treppe. Innerhalb des Hotels waren lediglich die tragenden Wände vollendet worden, so daß Hasson vor allem einen Eindruck der Weite gewann, den Eindruck, bei Nacht auf einem Schlachtfeld zu stehen, auf dem Dutzende kleinerer Scharmützel sich in einem Wald aus Säulen als aufzuckendes Leuchten und Funkeln bemerkbar machten. Er lief zur Treppe und eilte hinauf.

Der Thermalschneider, den er sich in den Gürtel gesteckt hatte, ruhte sicher an seiner linken Hüfte, doch infolge der heftigen Körperbewegungen begann sich die Pistole zu lokkern; er mußte sie in die rechte Hand nehmen. Es war mit ziemlicher Sicherheit anzunehmen, daß Lutze und Theo Werry diesen Weg vor ihm beschritten hatten, so daß er sich sicher fühlte vor den Sprengladungen und ihren Annäherungszündern, doch inzwischen wurde es Zeit, sich auf eine neue Begegnung mit Lutze vorzubereiten. Als er Al Werry erschoß, war er im vierten Stockwerk gewesen, doch der

Aufstieg zum Hoteldach wurde bestimmt durch seine Verwundung behindert und vermutlich durch die Tatsache, daß Theo langsam vorausging. Hasson rechnete sich aus, daß er die beiden schon in der achten Etage einholen konnte. Er überzeugte sich, daß die Waffe entsichert war, und begann die Stockwerke zu zählen, während er durch das vulkanische Zwielicht nach oben stürmte.

Vier Treppenabschnitte in jeder Etage, und das heißt, ich bin im ... Oder sind es nur drei? Vielleicht bin ich schon höher, als ich ...

Hasson und Barry Lutze sahen sich gleichzeitig.

Hasson stand auf einem breiten Treppenabsatz und blickte zu der geneigten Gestalt Theo Werrys empor, die sich eine kahle Treppe hinauftastete. Diese Treppe wirkte mangels eines Außengeländers besonders gefährlich. Kaum bemerkte Lutze Hassons Annäherung, ließ er sich auf ein Knie sinken und begann mit der Polizeiwaffe zu schießen, die er Henry Corzyn abgenommen hatte. Hasson, der seinen Lauf noch nicht abgebremst hatte, sah kein Versteck und hatte keine Zeit, sich eine Taktik zurechtzulegen. Es kam nur eine ganz grundlegende Überlebensreaktion in Frage. Er hob seine Waffe und zog durch, so schnell es der Mechanismus zuließ, erfüllt von der unangenehmen Erkenntnis, daß er hier in etwas gestolpert war, das für manche als fairer Zweikampf galt, als klassische Auseinandersetzung, deren Ergebnis genauso von den blindlings kreisenden Zylindern des Zufalls wie von den persönlichen Eigenschaften der Gegner entschieden werden würde. Die Pistole ruckte immer wieder in seiner Hand zurück, doch niemals schnell genug, und zwischen jedem lautlosen Abschuß schienen Äonen zu liegen.

Zwei Dinge ereigneten sich gleichzeitig. Eine Bombe explodierte in einem unteren Stockwerk und schleuderte eine Wand aus braunen und roten Flammen durch einen Zentralschacht herauf, und im gleichen Moment, wie von der Detonation ergriffen, wurde Lutze von den Beinen gefegt. Wogen der Erschütterung liefen durch das Bauwerk, Bodenelemente zuckten und wölbten sich auf, und eine Folge geringerer Explosionen wurde ausgelöst, doch Lutze bewegte sich nicht. Hasson lief zum Treppenabsatz empor, wobei er die Waffe vor sich hielt. Lutze hatte beide Hände an die Stirn gepreßt, die Augen waren glasig und blicklos, der Mund in einem Ausdruck der Überraschung erstarrt.

Hasson wandte sich von ihm ab und sah, daß Theo Werry in die Knie gesunken war. Der Junge befand sich wenige Zentimeter vor dem nackten Rand des von Menschen erzeugten Abgrunds, der viele Stockwerke tiefer endete, und war im Begriff, sich unsicher zu erheben. Hasson öffnete den Mund, um eine Warnung zu brüllen, aber dann schoß ihm durch den Kopf, was geschehen mochte, wenn er den Jungen erschreckte. So sprang er nur die Treppe empor, schlang einen Arm um Theo und zerrte ihn vom Treppenrand fort. Der Junge begann sich zu wehren.

»Schon gut, Theo«, sagte Hasson ruhig. »Ich bin's, Rob Hasson.«

Theo gab Ruhe. »Mr. Haldane?«

»Das wollte ich sagen. Komm – wir verschwinden von hier!« Hasson packte den Jungen an einem Gurt seines Harnischs und begann ihn zum Treppenabsatz hinabzuziehen, den er eben verlassen hatte. Er führte ihn an Lutzes Leiche vorbei, fort von der gähnenden Öffnung des Treppenhauses zu einem Fenster in der Außenwand. Die dunkle Welt dahinter wirkte friedlich, vernünftig, einladend. Hasson schob die Pistole in eine Tasche, zog den Thermalschneider aus dem Gürtel und stellte die Kontrollen ein.

»Ich begreife das nicht«, sagte Theo und drehte das Gesicht hin und her. »Wie kommen Sie hierher?«

»Auf die gleiche Weise wie du, mein Sohn.«

»Aber ich dachte, Sie könnten nicht fliegen.«

»Ich habe zu meiner Zeit so manche Stunde in der Luft verbracht.« Hasson aktivierte den Schneider und verwandelte ihn in ein Zauberschwert aus weißem Feuer.

Sein Widerschein offenbarte die Anspannung, unter der Theo stand. »Was ist mit Barry?«

»Er hatte eine Waffe. Er begann auf mich zu schießen, und ich mußte zurückschießen.« Hasson flehte innerlich, daß Theo nicht weiterfragen möge, wandte sich dem Fenster zu und ließ die Spitze des Schneiders durch die nächste Scheibe gleiten. Ohne nennenswerten Widerstand drang der Schneider in das Glas ein; rötlich schimmernde Tropfen rannen am Glas herab.

»Ich hörte, wie mir mein Vater vor einigen Minuten etwas sagte.« Theo erhob die Stimme über die vielfältigen Geräusche in dem weitläufigen Gebäude. »Wo ist er jetzt?«

»Wir reden später darüber, Theo – für uns ist jetzt vor allem wichtig, daß ...«

»Hat Barry auf ihn geschossen?«

»Ich ... ich fürchte, genau das ist geschehen.« Hasson bewegte die Klinge des Schneiders zur Seite und trennte eine Aluminiumstrebe durch. »Hör zu, Theo, ich schneide uns gerade eine Fluchttür in ein Fenster, und gleich sind wir hier heraus. Bereite dich bitte auf einen Flug vor!«

Theo tastete nach seinem Arm und umfaßte ihn. »Er ist tot, nicht wahr?«

»Es tut mir leid – ja.« Unfähig, den Jungen anzuschauen, konzentrierte sich Hasson voll auf das Fenster und empfand unbestimmte Verwirrung, als er sah, daß in einer der Scheiben dicht vor seinem Gesicht ein kleines rundes Loch erschienen war. Das Gewirr seiner Gedanken – über Al Werry und seinen Sohn und die Notwendigkeit, aus dem brennenden Hotel herauszukommen – war so übermächtig, daß das plötzliche Auftauchen des Lochs im Glas unwichtig war oder allenfalls ein Randphänomen ohne große Bedeutung. Verzerrte die Hitze des Schneidegeräts den Fensterrahmen und verursachte ...?

Ein zweites Loch erschien im Glas, und in Hassons Geist wurde ein unglaublicher Gedanke geboren.

Er fuhr herum und sah Barry Lutze auf dem Treppenabsatz stehen. Noch immer hielt er eine Hand an die Stirn gepreßt, sein Gesicht war eine furchterregende, blutüberströmte Maske, und er benutzte die Waffe – die Waffe, die

Hasson nicht aus seiner Reichweite gekickt hatte. Aus der Drehung heraus, getrieben von seinen Instinkten, schleuderte Hasson den Thermalschneider. In einer Folge exzentrischer Wirbelbewegungen wie eine Doppelsonne, die um einen unsichtbaren Gefährten kreist, flog das Gebilde durch die Luft, berührte Lutze an der Hüfte, klapperte funkensprühend zu Boden und verschwand in der Schlucht des Treppenhauses. Lutze, der bereits zu taumeln begonnen hatte, stürzte zu Boden. In einem einzigen konvulsivischen Aufzucken bewegte er alle Gliedmaßen gleichzeitig, dann rührte er sich nicht mehr – im Handumdrehen von einem Menschen in etwas verwandelt, das keine Beziehung mehr zum Leben haben konnte.

Hasson, der den Eindruck gewonnen hatte, daß der Schneider Lutze so gut wie verfehlt hatte, lief zu dem Liegenden hinüber. Der kurze Kontakt, das beiläufige, blitzschnelle Vorüberzucken der Sonnenklinge hatte quer durch Lutzes Brust eine qualmende, tödliche Furche gezogen. Jetzt war klar, daß keine Notwendigkeit mehr bestand, ihn irgendwelcher Waffen zu berauben. Seine natürliche Reaktion unterdrückend, trat Hasson an den Abgrund und versuchte in der Tiefe den Schneider auszumachen. Doch er konnte ihn nicht sehen. Unter ihm befand sich nichts als ein komplexer Tunnel abfallender Perspektiven, verdeckt durch Rauch und da und dort von Bahnen höllischen Lichts erleuchtet. Hoffnungslos fluchend eilte er zu Theo zurück, der betäubt und hilflos am Fenster zusammengesunken war.

»Wir haben den Schneider verloren«, sagte Hasson und versuchte seiner Stimme die Panik nicht anmerken zu lassen, die er empfand. »Weißt du einen Weg hier raus?«

Theo schüttelte den Kopf. »Irgendwo auf dem Dach gibt es eine Tür, aber ich konnte sie nicht finden. Ich bin stets dort heraus- und hineingeführt worden.«

Hasson wog das Für und Wider ab, stellte eine schreckliche Vision gegen die andere – und faßte dann einen Entschluß. »Komm, mein Sohn, wir gehen nach unten, und zwar *schnell!*«

Er griff nach Theos Hand und zerrte ihn zur Treppe. Der Junge versuchte Widerstand zu leisten, doch Hasson war zu kräftig für ihn, so daß sie schon nach wenigen Sekunden in einem gefährlichen Abstieg in die höllisch tobenden unteren Regionen des Hotels begriffen waren. Nachdem er dem anderen seinen Willen gelassen hatte, gab sich Theo größte Mühe, Schritt zu halten, doch das erwies sich als unmöglich für einen Blinden, so daß der Abstieg bald zu einer Folge von Zusammenstößen, Beinahe-Stürzen und ausgedehnten, die Fußgelenke belastenden Rutschpartien ausartete. Nur die Tatsache, daß in diesen Etagen bereits die Geländer angebracht waren, bewahrte die beiden vor einem katastrophalen Absturz in den Mittelschacht des Treppenhauses.

Auf jedem Treppenabsatz nahm das Brausen der Flammen zu, machte sich der erstickende Rauch stärker bemerkbar, und als sie schließlich das zweite Stockwerk erreichten, mußte Hasson zu seinem Entsetzen feststellen, daß es bereits in Auflösung begriffen war. Einige Bodenabschnitte krümmten sich bereits wie Sanddünen und begannen an den Kanten zu glühen. Heftige Erschütterungen liefen durch den Bau, begleitet von einem entsetzlich grollenden Ächzen, das darauf hinwies, daß der Fußboden jede Sekunde einbrechen konnte.

Hasson stieß Theo auf die Öffnung des großen Fensters zu. Er faßte den Jungen an den Schultern, drehte ihn zu sich herum und aktivierte im gleichen Augenblick sein AS-Gerät. Das Funktionslicht an Theos Gürtel-Kontrollen blieb dunkel. Hassons geübter Blick suchte Theos Flugausrüstung ab und stockte an den Klammern, die die Energiezelle hätten halten sollen. Er spürte, wie sich sein Gesicht bei der entsetzlichen Erkenntnis verzog.

»Theo!« brüllte er. »Deine Energiezelle! Wo ist deine Energiezelle?«

Theos Hand tastete erschrocken an den leeren Klammern herum. »Barry hat sie genommen ... Mexiko ... ich hatte das ganz vergessen.«

»Schon gut – noch ist es nicht zu spät.« Hasson spürte,

wie sich seine Lippen zu dem dünnen Abglanz eines Lächelns verzogen bei dem Gedanken, wie unpassend seine Worte waren. Gleichzeitig löste er seine Energiezelle und brachte sie an Theos Harnisch an.

»Ich hab's einfach vergessen«, sagte Theo. »Als ich das mit Paps erfuhr ... Was werden wir tun?«

»Wir verschwinden von hier, wie vorgesehen«, sagte Hasson zu ihm. »Du fliegst zuerst, und ich komme dir nach, sobald ich mir eine Energiezelle besorgt habe.«

Theos Gesicht wandte sich dem flammenden Innern des Hotels zu, blind, doch nicht realitätsfern. »Wie können Sie ...?«

»Keine Widerrede!« befahl Hasson, stellte die elektrischen Verbindungen her, und an Theos Hüfte entstand der lebenswichtige erbsengroße Strahlungskern.

»Wir könnten es zusammen versuchen«, sagte Theo. »Ich hab' erzählen hören, daß Leute im Huckepack geflogen sind.«

»Aber doch nur Kinder!« Hasson schob den anderen in die rechteckige Öffnung. »Das waren keine erwachsenen Männer wie wir, Theo. Zusammen würden wir die Modulmasse bei weitem überschreiten. Und wer so scharf ist auf das Fliegen wie du, müßte Bescheid wissen über die MM und den Feldzusammenbruch.«

»Aber ...«

»Raus mit dir! Ich habe einen Wert eingestellt, der bei deinem Gewicht knapp unter dem Höhenerhalt liegen müßte, wenn du also draußen bist, läßt du dich einfach wegtreiben und sinken. Jetzt ... *los!*« Hasson stieß Theo so fest er konnte hinaus. Der Junge wirbelte in den kühlen, dunklen Schutz des Nachthimmels hinaus. Theo spürte sich fallen und fügte im letzten Moment die Stoßkraft der eigenen Beine hinzu, was seinen Sturz zu einem schwungvollen Sprung machte, der ihn gut über den Feldstörungsradius hinaustrug, hoch über die juwelenartige Geometrie der Stadt. Er schwamm in einem weichen Meer aus Luft.

Hasson blickte ihm nach, bis er auf gekrümmter Bahn aus

seinem Sichtbereich verschwunden war, dann merkte er, daß der Boden unter seinen Füßen wie ein Lebewesen zu zittern und zu ruckeln begonnen hatte. Er verließ die Sektion und eilte zur Treppe, eher von Neugier als von Angst beseelt, und im gleichen Augenblick zerplatzte das betreffende Bodensegment in zahlreiche Einzelteile. Einige Brokken fielen in das darunterliegende Stockwerk, andere wurden in einem brausenden Feuersturm nach oben getragen, der den Treppenabsatz taghell erleuchtete und in Hassons Augen die Feuchtigkeit trocknen ließ. Er wirbelte zur Treppe herum und suchte Zuflucht in den oberen Stockwerken, wobei er jede Sekunde damit rechnete, ins Leere zu treten. Ein unheildrohendes Grollen verband sich mit einem Zunehmen der allgemeinen Helligkeit – ein Zeichen dafür, daß die Gesamtheit des Hotels von dem Brand zunehmend in Mitleidenschaft gezogen wurde.

Er versuchte noch schneller zu rennen, zwang seine Schenkel dazu, die Beine so hoch wie möglich zu werfen, und er begann in kratzenden, die Kehle versengenden Atemzügen zu keuchen. Als er eine endlos scheinende Zeit gelaufen war, machte sich eine neue Angst bemerkbar, die Angst, daß er unabsichtlich die Ebene passiert hatte, auf dem Lutzes Leiche lag. Oder konnte es sein, daß Lutze eine zweite tödlich erscheinende Wunde überstanden hatte, wenn auch nur für kurze Zeit, und sich nicht mehr auf dem Treppenabsatz befand? Nach oben blickend, sah Hasson, daß er die Stelle erreicht hatte, wo das Metallgeländer aufhörte – und schon konnte er seine Position richtig einschätzen. Mit steifem Arm stieß er sich von der Wand in die Weite des nächsten Stockwerks und empfand große Erleichterung, als er Lutzes reglose Gestalt genau dort liegen sah, wo er sie verlassen hatte.

Er eilte zu dem Toten, ließ sich auf die Knie fallen und tastete herum in der Erwartung, Theos Energiezelle entweder in Lutzes Kleidung oder in der Nähe auf dem Boden ausfindig zu machen. Doch er fand nichts. Er hob den Kopf und erweiterte den Radius der Suche – nur um festzustellen, daß bei dem unruhigen, schwachen Licht jedes Stück Unrat, jeder von den Handwerkern zurückgelassene Brokken eine Energiezelle zu sein versprach und sich im nächsten Augenblick als etwas anderes entpuppte.

Auf einem der Stockwerke, die er vor Sekunden passiert hatte, explodierte eine Bombe und erzeugte ein verstärktes Aufwallen der Flammen und horizontale Rauch- und Staubwolken. Gleichzeitig mit einem Graupelschauer aus Papier- und Plastikfetzen kam ein Beben des Bodens, ein unheimliches Gefühl der Auflösung.

Hasson erkannte, daß er trotz seiner extremen Notlage einem Luxus der Sauberkeit frönte. Er rollte Lutzes Körper auf den Rücken, wodurch die schreckliche schwarzgerahmte Todeswunde sich öffnete, und löste die Klemmen der Energiezelle aus dem Harnisch des toten Jungen. Das Gerät und die elektrischen Kontakte waren mit dunklem Blut verschmiert. Die Zelle an die Brust drückend, stand Hasson auf und trabte erschöpft auf die Treppe zu.

Der weitere Aufstieg wurde durch das Fehlen des Geländers erschwert. Die anhaltende, kräftezehrende Anstrengung raubte den Beinen Beweglichkeit und Sicherheit. Immer häufiger knickten ihm die Knie ein, immer häufiger landeten seine Füße nicht auf der Stelle, die er anvisiert hatte – doch ohne Geländer hätte das kleinste Stolpern mit einem Sturz in das Inferno der unteren Stockwerke enden können. Zu allem Übel hatte er jetzt einen Bereich des Hotels erreicht, der seines Wissens noch nicht betreten worden war, seit Morlacher seine Sprengladungen hatte anbringen lassen, und das bedeutete, daß er Gefahr lief, von einer unsichtbaren Hand ausgelöscht zu werden. Was von seinem Denkvermögen noch übriggeblieben war, sagte ihm, daß er die Gefahr hinnehmen mußte – um das Hotel verlassen zu können, mußte er bis zum Dach vordringen und den Ausgang finden, den Barry Lutze und die anderen Angels benutzt hatten. Düstere, gefährliche Aussichten – aber eine andere Möglichkeit sah er nicht.

Nachdem es ihm gelungen war, seine Gedanken ein kleines Stück in die Zukunft vorauszuschicken, begann sich Hasson – abseits des schmerzhaften Auf und Ab seiner Beine und des Blasebalg-Dröhnens seiner Lungen – zu fragen, ob die Treppe, die er hier erstieg, an einer Tür zum Dach enden würde. Für das Hotel waren Dachgärten und Schwimmbecken geplant gewesen, es war also zu vermuten, daß man Zugänge über Treppen wie auch durch Fahrstühle vorgesehen hatte. Beflügelt von der Hoffnung, vielleicht plötzlich ohne weiteres in der sauberen, sternenerfüllten Luft zu stehen, wandte Hasson den Blick nach oben und fragte sich, ob er den obersten Treppenabsatz erkennen würde, wenn er in Sicht kam.

Aber damit sollte er keine Schwierigkeiten haben. Das gesamte oberste Stockwerk des Hotels war von einer undurchdringlichen, wogenden Rauchschicht erfüllt, die sich vom Boden bis zur unsichtbaren Decke erstreckte.

Erschöpft ließ sich Hasson auf die Stufen sinken, die zum obersten Stock führten, und fühlte sich wie ein Belagerter, während er den Blick in die Runde wandern ließ. Die Unterseite der meterdicken Rauchdecke zeichnete sich mit überraschender Klarheit ab. Sie brodelte und verschob sich und wogte wie die Oberfläche einer langsam kochenden Suppe, die durch eine Umkehrlinse betrachtet wurde, und zwischen der Erscheinung und dem Boden gab es eine dünne Zone klarer Luft. Horizontal in den durchscheinenden Sandwich blickend, vermochte Hasson am anderen Ende des Raums den Fuß einer weiteren Treppe auszumachen. Die Stufen waren schmaler als die, auf denen er saß, und in ihm festigte sich die Überzeugung, daß sie direkt zu einer Tür führen mußten, die zum Dach hinausging.

Er zwang sich dazu, seine Rast noch um einige Atemzüge auszudehnen, und tankte Sauerstoff, dann stand er auf, verschloß seine Atemwege und lief auf die Treppe zu. Seine Füße fanden die Stufen mit scheinbar schlafwandlerischer Sicherheit, und er jagte blindlings aufwärts, so schnell er konnte, durchaus wissend, daß schon eine einzige Lungenfüllung von dem übelriechenden Qualm ringsum zur Katastrophe führen konnte. Da kam ihm der bange Gedanke: woher wollte er wissen, daß die Treppe, auf der er sich befand, derselben Anlage folgte wie das untere Treppenhaus? Woher wollte er wissen, daß er nicht im Begriff stand, über eine ungeschützte Kante ins Leere zu treten? Er wischte den Gedanken beiseite und lief weiter, wobei er mit der Hand an einer rauhverputzten Wand entlangfuhr, bis er einen kleinen Treppenabsatz und eine Metalltür erreichte. Die Tür war verriegelt und mit einem Vorhängeschloß gesichert.

Beinahe dankbar dafür, daß die Tür in ihrer offensichtlichen Solidität ihn nicht dazu verführt hatte, Zeit auf einen Durchbruchversuch zu verschwenden, machte Hasson kehrt und lief auf dem Weg zurück, den er gekommen war. Er erreichte seinen Ausgangspunkt, als seine Lungen nicht mehr mitmachten. Ausgepumpt hockte er sich auf die Treppe nieder. Fetzen beißenden Rauches, die er in seiner heftigen Bewegung mitgerissen hatte, schmerzten ihn in Nase und Kehle und lösten einen ausgedehnten Hustenanfall aus. Er klammerte sich an der Treppe fest, bis die Zukkungen vorüber waren, doch ein Teil seines Verstandes weigerte sich verächtlich, mit diesem Ereignis zu tun zu haben, und nutzte die Augenblicke dieser Loslösung, um die Situation zu analysieren.

Seit dem Augenblick, da er das Tschinuk-Hotel betreten hatte, hatte sein Leben von einem Gegeneinander von Kräften abgehangen. Einige der Faktoren, mit denen er sich herumschlagen mußte, waren menschlichen Ursprungs gewesen, andere leiteten sich ausschließlich aus der Physik her – und nicht alle hatten sich gänzlich zu seinem Nachteil ausgewirkt. So hatten zum Beispiel Anlage und Topographie des Gebäudes dazu beigetragen, daß er sich wieder erholen konnte, daß er Zeit zum Monövrieren hatte. Ein Feuer war wie eine urzeitliche Düsenmaschine, sie brauchte Luftansauger und eine wirksame Abstrahlung, ehe es seine volle tödliche Pracht entwickeln konnte. Die Tatsache, daß das Dach des Hotels luftdicht und intakt geblieben war – anders war die eingefangene Rauchschicht nicht zu erklären –, hatte dem Feuer den Aufwärtssog vorenthalten, hatte sein Vorankommen verlangsamt, hatte es an seiner natürlichen Entfaltung gehindert. Hätte sich die Decke aus Rauch nicht bilden können, wäre er, Rob Hasson, schon nicht mehr am Leben, sondern schon viel früher von Flammen eingehüllt und verkohlt worden. Es war bedauerlich – auch wenn darin seitens der realen Welt keine Boshaftigkeit zum Ausdruck kam –, daß nun dieselbe Giftwolke es ihm unmöglich machte, den einzigen möglichen Fluchtweg ins äußere Universum zu suchen ...

Tief unter Hasson wurde ein Teil des Gebäudes von einer Erschütterung durchlaufen – dazu gehörte auch der Teil der Treppe, auf dem er sich befand. Es gab ein spürbares Zittern und Dröhnen, das vermuten ließ, daß ganze Treppenflüchte sich aus ihren Fundamenten lösten und wie achtlos hingeworfene Spielkarten in die Tiefe wirbelten. Heiße Luftströme wogten durch den Treppenhausschacht neben Hasson und brachten den allesüberlagernden Wolkenvorhang in Bewegung.

Hasson ächzte unwillkürlich auf, als die Treppe, auf der er hockte, zu rucken begann. Er kroch auf den soliden Etagenboden, wo er sich lang hinlegte, um in der flachen Schicht klarer Luft zu bleiben, jedesmal den Atem anhaltend, wenn eine Störung in den erstickenden unteren Regionen der Wolke ihn einhüllte. Selbst hier auf dem Boden war die Luft inzwischen so verseucht, daß sein Lungengewebe protestierte und er qualvoll zu husten begann. Ein leichter Rotschleier legte sich ihm pulsierend vor die Augen.

Hasson blinzelte und starrte durch sein zweidimensionales Kontinuum nach vorn, wobei er die verspätete Entdekkung machte, daß das unruhige Rot kein subjektives Phänomen war, sondern etwas, das seinen Ursprung in der äußeren Welt hatte. Vom Impulsen getrieben, die sich seinem logischen Denken entzogen, kroch er auf den Ausgangspunkt der unregelmäßigen Strahlung zu. Endlich – eine nicht zu berechnende Zeit später – entdeckte er, daß er am Rand eines kreisrunden Sees lag.

Er schüttelte den Kopf und versuchte ein Gefühl für den richtigen Maßstab zu entwickeln, die Fähigkeit, sich und seine Umwelt im richtigen Verhältnis zu sehen.

Was er da vor sich sah, war kein See, kein Teich und auch kein Schwimmbecken. Es war ... ein Fahrstuhlschacht.

Hasson blickte in den Abgrund hinab, die Augen zu Schlitzen zusammenziehend, um dem heißen Luftzug zu begegnen. So starrte er in die perspektivisch schrumpfende, zurückweichende Teleskop-Endlosigkeit, die konzentrischen Ringe von Dunkelheit, durchsetzt mit orangerotem Feuer, die an ihrem Ende ein kleines, schwarzes, starres Auge aufwiesen.

Das Auge hypnotisierte ihn, bezauberte ihn, verlockte ihn.

Hasson riß sich mühsam davon los und richtete seine Aufmerksamkeit auf den massiven länglichen Block der Energiezelle, die er noch immer in der linken Hand hielt. Er ließ sich auf die Seite rollen und machte sich mit der gelassenen Präzision eines Mannes in Trance ans Werk: er fügte die Batterie in die leeren Halteklammern, wobei er merkte, daß sich über das Metallgehäuse eine Hitzeverfärbung zog, was bedeuten mochte, daß sie von dem Thermalschneider gestreift worden war, der Barry Lutzes Leben beendet hatte. Hasson wischte klebrige dunkle Reste von den beiden elektrischen Kontakten und stöpselte sie in den benachbarten Anti-Schwerkraft-Generator an seinem Gürtel. Und dann blieb ihm nichts anderes mehr zu tun, als den Hauptkontrollknopf zu drehen, wodurch das Flugsystem mit Energie versorgt wurde, und in den wartenden Fahrstuhlschacht zu treten und sich in Sicherheit fallen zu lassen. Hasson ließ seinen Gedanken freien Lauf, während er sich auf den Schritt vorbereitete.

Natürlich war es eine unorthodoxe Methode, so einen Flug zu beginnen – eine Methode, die in den zahlreichen Handbüchern über die Technik der Einzelfliegerei auf keinen Fall empfohlen wurde. Das AS-Feld mußte in der Enge des Fahrstuhlschachts gestört werden und konnte dort keine Wirkung entfalten – und das bedeutete, daß er vierzehn Stockwerke und tiefer freifallen würde und erst ein gutes Stück unterhalb des Hotels damit rechnen konnte, daß sich Auftrieb ergab. Er würde etwa sechzig Meter tief frei fallen, eine Entfernung, die in etwa vier Sekunden zurückzulegen war, wobei ein gewisser Zuschlag für den Luftwiderstand schon eingerechnet war. Zugegeben, es war eine unangenehme und unbequeme Art, einen Flug zu beginnen, etwas, das einen nervösen Menschen oder Anfänger aufregen konnte; für einen erfahrenen Luftpolizisten, der bei einer Verhaftung einmal sogar *dreitausend* Meter tief abgestürzt war, mußte das jedoch eine Kleinigkeit sein, eine Kleinigkeit ...

Hasson drehte den Hauptknopf an den Gürtelkontrollen – und ein zitterndes, ungläubiges Lächeln bildete sich um seine Mundwinkel, als er sah, daß das Funktionslicht nicht zu leuchten begann. Wenn er diese Botschaft hinnahm, hieß das, daß sein AS-Harnisch nicht funktionsfähig war, daß er keine Entkommenschance hatte.

Zunächst mal drei Dinge, die es bedeuten kann, betete er sich vor und überspielte seine Reaktion mit Textbuch-Präzision. *Dann sage ich dir das eine, was es AUF JEDEN FALL bedeutet.*

Es könnte bedeuten, daß du keine Energie kriegst, aber das steht noch nicht fest. Der Strom mag durchkommen, aber der Mikroprozessor in den Monitorschaltungen ist vielleicht der Meinung, die Energiezelle ist nicht in bestem Zustand. Der Mikroprozessor scheint nicht zu wissen, was ein Notfall ist – er behandelt jeden Start wie den Beginn eines achstündigen Demonstrationsfluges.

Es könnte bedeuten, du hast den AS-Generator beschädigt, als du unten im zweiten Stockwerk gegen den Fensterrahmen pralltest, aber das ist nicht anzunehmen – diese Geräte halten einiges aus.

Es könnte bedeuten, daß das eigentliche Funktionslicht kaputt ist – so etwas ist schon vorgekommen, wenn auch nicht sehr oft.

Nun begann ein lauteres, bedrohlicheres Grollen ganz in der Nähe, aus der Richtung der Treppe, die er eben verlassen hatte, und die Rauchwolke begann sich heftig zu bewegen und senkte sich wie ein Zwerchfell auf ihn herab. Noch immer auf der Seite liegend, zog er die Knie an und schloß die Augen.

Und was es auf jeden Fall bedeutet, Rob, Mr. Hasson, Sir – du bleibst lieber hier oben liegen und erstickst, als den Sturz zu riskieren. Wer könnte es dir verdenken? Welcher vernünftige Mensch würde sich schon dafür entscheiden, vierzehn Stockwerke tief durch ein brennendes Gebäude zu fallen ... und am anderen Ende im Freien herauszukommen, noch höher als das Empire State Building ... all die Weite noch unter sich, noch zurückzulegen ... ohne zu wissen, ob der AS-Harnisch funktionieren würde oder nicht? Es ist unmöglich. So etwas übersteigt jede Vernunft. Und doch ... Und doch ...

Hasson bewegte sich, rückte näher an die grinsende Kante heran und blickte in den endlosen Schlund der feurigen Kreise des Schachts hinab. Er richtete den Blick auf die schwarze Mittelscheibe am anderen Ende, wo die Welt auf ihn wartete – und machte sich klar, daß dies gar kein Auge war, daß sein Vater ihn nicht beobachtete, daß *niemand* ihn beobachtete. Er war allein. Es lag einzig und allein an ihm, ob er den Tod wählte oder die Wiedergeburt.

Er traf die Entscheidung, indem er die Muskeln entspannte, sich vorwärts fallen ließ, sich einem gemächlichen, traumhaften Fall ins Unbekannte hingab.

Vier Sekunden.

Am normalen menschlichen Zeitgefühl gemessen, sind vier Sekunden ein sehr kurzer Zeitabschnitt – doch Hasson empfing unvergleichlich lebhafte Sinneseindrücke mit beschleunigtem Tempo, und für ihn blieben alle Uhren stehen, und der Himmel hörte auf zu kreisen. Er hatte Zeit genug, die lodernden Schlachtfelder der verschiedenen Etagen wahrzunehmen, zu spüren, wie er durch ihr tosendes Brausen hindurchfiel, in seinem Magen jene zunehmende Leere zu bemerken, die ihm verriet, daß er, dem stummen und tödlichen Ruf der Erde folgend, immer schneller fiel, den Wechsel von Licht und Schatten, Hitze und relativer Kühle wahrzunehmen, zu denken, zu planen, zu träumen, zu schreien ...

Und als er schließlich in der murmelnden, windigen Dunkelheit – während das Hotel wie ein schwarzer Mond vor einer blutroten Sonne über ihm zurückblieb – spüren durfte, wie der AS-Harnisch Auftrieb schuf und Ordnung in das heulende Chaos brachte – da war er tatsächlich wiedergeboren.

11. Kapitel

Al Werry und Henry Corzyn wurden Seite an Seite am sonnenhellen, nach Süden gerichteten Hang eines dicht bei Tripletree gelegenen Friedhofs begraben.

Hasson, der von einer Insel stammte, auf der seit langer Zeit die Verbrennung vorgeschrieben war, hatte noch nie an einer traditionellen Beerdigung teilgenommen. Begräbnis-Zeremonien, die in Fernseh-Holospielen dargestellt worden waren, hatten ihn auf ein Übermaß an traurigen Emotionen vorbereitet, die Wirklichkeit jedoch war seltsam ruhig. In der Rückkehr in die Erde lag ein Element des Richtigen, das ihn wohl nicht zu trösten vermochte, ihn aber in gewissem Maße mit der Realität von Leben und Tod aussöhnte.

Während der Feier hielt er sich abseits von der Hauptgruppe der Trauernden, denn er wollte seine Beziehung zu Werry nicht dadurch definieren, daß er sich der einen oder anderen Gruppe anschloß. Sybil Werry, die aus Vancouver herübergeflogen war, stand dicht neben ihrem Sohn. Sie war eine kleine dunkelhaarige Frau, deren schmale Statur den Vierzehnjährigen neben ihr groß und überraschend reif erscheinen ließ. Theo Werry hielt den Kopf hoch und gab sich seine Mühe, seine Tränen zu verbergen. Er folgte mit leichten Bewegungen seines Sensorstabes dem Sarg seines Vaters in die Erde. Wenn er den Jungen so anschaute, vermochte Hasson schon deutlich die ersten Spuren des Mannes auf seinem Gesicht auszumachen, der er einmal werden würde.

May Carpenter und ihre Mutter waren diskret verschleiert und standen in einer anderen Gruppierung, zu der Dr. Drew Collins und andere gehörten, die Hasson nicht kannte. May und Ginny waren wenige Stunden vor Sybil Werrys Ankunft ausgezogen und wohnten in einem anderen Teil Tripletrees. Ganz in ihrer Nähe standen Victor

Quigg und Oliver Fan, die nun gar nicht zusammenpaßten, beide in der formellen schwarzen Kleidung kaum wiederzuerkennen. Hinter den einzelnen Trauergästen bildete die achtlos funkelnde Stadt für alle einen Rahmen unter den pastellfarbenen Bahnen der Luftstraßen. Hasson gewahrte das Bild mit einer intensiven Klarheit, bei der ihm von vornherein bewußt war, daß er sich an diese Szene oft zurückerinnern würde.

Kaum ins Haus zurückgekehrt, suchte er sein Zimmer auf, das von dem hellen Sonnenschein auf den Jalousien pergamentgelb erstrahlte. Er legte seine Habe zurecht und begann sie konzentriert arbeitend in einem neuen Satz Flugtaschen zu verstauen. Er konnte nicht alles unterbringen, was er im Koffer mitgebracht hatte, doch er zögerte nicht, die unbedingt notwendigen Dinge herauszusuchen und die anderen in einem großen Haufen auf dem Bett zusammenzulegen. Er war etwa seit fünf Minuten am Werk, als er auf dem Flur Schritte hörte und Theo Werry das Zimmer betrat. Der Junge blieb einen Augenblick lang stehen und drehte und neigte den Sensorstab, dann trat er dichter an Hasson heran.

»Wollen Sie wirklich abreisen, Rob?« fragte er mit aufmerksamem Gesicht. »Ich meine, jetzt gleich, heute nachmittag schon?«

Hasson setzte die Packerei fort. »Wenn ich gleich aufbreche, kann ich vor Einbruch der Dunkelheit schon an der Westküste sein.«

»Was ist mit dem Prozeß? Müßten Sie den nicht eigentlich abwarten?«

»Ich habe das Interesse an Prozessen verloren«, erwiderte Hasson. »Ich werde bei einem weiteren Prozeß in England erwartet und finde das ebenfalls nicht mehr interessant.«

»Man wird Sie suchen.«

»Die Welt ist groß und der Himmel ist frei, Theo, und ich gedenke in alle Richtungen loszupreschen.« Hasson schwieg für einen Augenblick, um die Gegenwart des Jungen richtig zu würdigen. »Das ist ein Spruch von Leacock.«

Theo nickte und setzte sich auf die Bettkante. »Eines Tages komme ich bestimmt dazu, ihn zu lesen.«

»Aber ja doch.« In einem plötzlichen Aufwallen des Mitgefühls fragte sich Hasson, ob er zu egoistisch war. »Bist du dir deiner Entscheidung ganz sicher, den grauen Star nicht herausnehmen zu lassen? Weißt du, niemand hätte etwas dagegen, wenn du die Operation nur an einem Auge durchführen ließest.«

»Nein, meine Entscheidung steht fest, vielen Dank.« Theo sprach mit der Stimme eines Erwachsenen. »Ich kann ein paar Jahre warten.«

»Wenn ich annehmen müßte, du brauchst ...«

»Das ist das Mindeste, was ich tun kann.« Theo lächelte, stand auf und entband Hasson damit von der selbstauferlegten Verpflichtung. »Ich ziehe selbst fort, wissen Sie. Ich habe gestern abend mit Mama alles durchgesprochen, und sie sagt, sie hat in Vancouver Platz genug für mich.«

»Das ist großartig«, sagte Hasson unbehaglich. »Hör mal, Theo, irgendwann komme ich dich dort mal besuchen. Einverstanden?«

»Gern.« Der Junge lächelte wieder, zu höflich, seinen Unglauben zu zeigen. Dann gab er Hasson die Hand und verließ das Zimmer.

Hasson blickte ihm nach und kehrte dann zu der Arbeit zurück, seine Tragtaschen mit den notwendigen Dingen für einen ausgedehnten Soloflug zu beladen. Er hatte kein bestimmtes Ziel im Sinn – nur das instinktive Bedürfnis, nach Süden und Westen zu reisen, ein neues Leben zu beginnen, indem er sich auf die uralte gekrümmte Weite des Pazifischen Ozeans wagte, als Ausgleich für die Jahre, die er in Spießbürgertum und Konformität verschwendet hatte, indem er sich in Domänen verlor, in denen Zeit und Geschichte noch keine Brückenköpfe geschlagen hatten.

Minuten später waren alle Vorbereitungen abgeschlossen, alle Gedanken des Bedauerns beiseitegeschoben, und er startete in die ruhige blaue Luft über Tripletree und begann einen langen Spaziergang am Himmel.

HEYNE BÜCHER

HEYNE SCIENCE FICTION

Romane und Erzählungen internationaler SF-Autoren im Heyne-Taschenbuch.

06/3914 - DM 5,80

06/3999 - DM 9,80

06/3800 - DM 7,80

06/4023 - DM 9,80

06/3977 - DM 3,80

06/3916 - DM 12,80

06/3900 - DM 6,80

06/3945 - DM 5,80